B.C. Schiller
Todesfalter

Das Buch

Die junge Aktivistin Maja Svenson ist mit ihrem Freund Jonas einem riesigen Umweltskandal auf der Spur. In einem geheimen Labor in Riga werden lebensgefährliche Atomstrom-Akkus für Elektroautos hergestellt. Auf einer Konferenz soll Maja diese Dokumente präsentieren. Doch dann wird Jonas ermordet und Maja muss untertauchen.

In ihrer Not wendet sie sich an den Ex-BND-Agenten David Stein. Dieser soll sie sicher zu der Konferenz in den französischen Alpen bringen. Doch es bleiben ihnen nur fünf Tage Zeit. Wird es David und Maja gelingen, rechtzeitig eine Katastrophe zu verhindern? Und welche Rolle spielt der geheimnisvolle Todesfalter, der sich auf ihre Spur setzt?

Die Autoren

Barbara und Christian Schiller leben und arbeiten in Wien und auf Mallorca. Sie waren über zwanzig Jahre in der Marketing- und Werbebranche tätig. Gemeinsam schreiben sie unter dem Autorennamen B.C. Schiller packende Thriller. Sie gehören zu den erfolgreichsten Spannungsautoren im deutschsprachigen Raum und haben bisher mit ihren Thrillern über 1.500.000 Leser begeistert.

B.C.SCHILLER
TODESFALTER

THRILLER

Deutsche Erstveröffentlichung bei
Edition M, Amazon Media EU S.à r.l.
38, avenue John F. Kennedy, L-1855 Luxembourg
Oktober 2020
Copyright © der deutschsprachigen Ausgabe 2020
By B.C. Schiller
All rights reserved.

Umschlaggestaltung: bürosüd⁰ München, www.buerosued.de
Umschlagmotiv: © javarman /Shutterstock; © STILLFX /Shutterstock;
© Milan M /Shutterstock; © Tatjana Kabanova/Shutterstock; © Protasov
AN /Shutterstock;
1. Lektorat: Wolma Krefting
2. Lektorat und Korrektorat: Media-Agentur Gaby Hoffmann,
www.profi-lektorat.com
Gedruckt durch:
Amazon Distribution GmbH, Amazonstraße 1, 04347 Leipzig /
Canon Deutschland Business Services GmbH, Ferdinand-Jühlke-Str. 7,
99095 Erfurt /
CPI books GmbH, Birkstraße 10, 25917 Leck

ISBN 978-2-49670-383-2

www.edition-m-verlag.de

Anmerkung

Wir haben uns erlaubt, einige Namen und Örtlichkeiten aus Spannungsgründen neu zu erfinden, anders zu benennen und auch zu verlegen. Sie als Leser werden uns diese Freiheiten sicher nachsehen.

Wichtige Hinweise für das richtige Hundetraining haben wir von Sascha Steiner, dem besten Dogprofi Österreichs, erhalten. Wir bedanken uns recht herzlich für die tolle Zusammenarbeit.

1

LETTLAND – INSEL IN DER BUCHT VON RIGA

Der Seeadler zog seine Kreise über der Leiche, die von den Wellen sanft an den Strand gespült worden war. Möwen und kleinere Vögel flatterten bereits aufgeregt um den Toten herum und begannen, mit ihren spitzen Schnäbeln an der Kleidung zu rupfen. Als sie den Seeadler bemerkten, verschwanden sie mit lautem Gekreische in der Nacht.

Eine Welle schwappte über den Toten und trieb ihn weiter auf den Strand. Der Seeadler breitete seine beinahe einen Meter langen Flügel aus, schwang sich leicht wie eine Feder ein wenig höher in die Lüfte. Die aufkräuselnden Wellen hatten ihm signalisiert, dass Gefahr drohte. Es war ein Schlauchboot, das sich langsam vom Festland her der Insel näherte. Im Heck saß eine junge Frau, die den Außenbordmotor bediente. Sie trug eine gestrickte Wollmütze, unter der zwei geflochtene Zöpfe hervorlugten.

Noch war der jungen Frau die Leiche nicht aufgefallen, die am Strand lag. Noch konzentrierte sie sich auf die Insel mit den zerklüfteten Klippen, gegen die das Meer brandete. Noch waren ihre Gedanken bei dem Mann, den sie liebte.

Der klagende Laut des Seeadlers schreckte die Frau auf. Der dünne Strahl ihrer Taschenlampe folgte dem Vogel, der mit schnellen Flügelschlägen in der schwarzen Nacht wie ein leuchtender Pfeil verschwand. Das Licht glitt suchend durch die Dunkelheit und flimmerte über das aufgewühlte Wasser. In seinem Schein glitzerten und schimmerten die Wellen, als hätte man Münzen über dem samtenen Wasser verstreut.

Die Frau stoppte den Motor, zückte ihr Handy und wählte eine Nummer, kam aber nur auf die Mailbox: »Jonas, ich bin jetzt an der verabredeten Stelle vor der Insel, um dich abzuholen. Hast du die Daten schon hochgeladen und auch sicher in der Cloud verschlüsselt? Wir sehen uns gleich.«

Sie leuchtete mit ihrer Taschenlampe in Richtung Insel und gab das vereinbarte Lichtzeichen, indem sie wiederholt auf- und abblendete. Als sie nach mehreren Versuchen keine Antwort erhielt, paddelte sie auf das Ufer zu. Plötzlich sah sie dort etwas Unförmiges im flachen Wasser treiben.

Je näher sie kam, desto deutlicher war im grellen Schein ihrer Taschenlampe zu erkennen, dass es ein Mensch war. Der Lichtstrahl glitt ein Stück weiter und huschte wie eine dünne Leuchtspur über die Schläfe der Person. Ein goldener Ohrring blitzte auf.

»O mein Gott! Jonas!«, rief die Frau und ließ die Taschenlampe fallen. Sie sprang aus dem Schlauchboot und packte mit beiden Händen den Kopf des Mannes, klopfte auf die bleichen Wangen, wollte einfach nicht glauben, dass kein Leben mehr in ihm war. Doch dann sah sie das Einschussloch, das wie ein Kastenzeichen des Todes mitten auf seiner Stirn prangte.

»Mach die Augen auf! Ich bin es, Maja! Hörst du?« Maja weigerte sich, die Realität zu akzeptieren, sie wollte das Endgültige nicht wahrhaben. Aber Jonas war tot. Der Mann, den sie liebte, würde nie mehr an ihrer Seite sein.

Wie in Trance packte sie ihren Freund an den Schultern und zog ihn an den Strand.

»Wer hat das getan?«, flüsterte sie und strich mit ihrer Hand zärtlich über die kalte Wange des Toten. Plötzlich ging ein Zittern durch den Körper von Jonas, als würde er noch leben. Mit einem erstickten Schrei zuckte Maja zurück. »So eine Scheiße!«, fluchte sie laut. »Was mache ich jetzt nur?« Maja wusste natürlich, dass sie einer gefährlichen Sache auf der Spur waren. Aber dass ihre Widersacher bis zum Äußersten gehen würden, damit hatte sie nicht gerechnet. Doch sie bemühte sich, rational zu handeln und ihre Trauer zu unterdrücken. Hektisch blickte sie umher und entdeckte plötzlich den Eingang einer Höhle im Felsen. »Ich werde Jonas dort verstecken, bis ich mit der Polizei zurückkehre.«

Mit aller Kraft wuchtete sie den Toten hinauf und zog ihn ins Innere.

Plötzlich hörte sie ein Geräusch. Es war das Knirschen der feinen Steine am Ufer. Maja hielt den Atem an und lauschte. Es waren eindeutig Schritte, jemand ging langsam über den Strand. Sie spürte, wie ihr Herz wild zu pochen begann, und schnappte angsterfüllt nach Luft. Vorsichtig kroch sie an den Rand der Höhle und spähte hinaus. Unten am Strand sichtete sie die Umrisse einer Gestalt, die ein Gewehr geschultert hatte. Eine Taschenlampe leuchtete auf und der Strahl huschte über die Klippen, verharrte am Eingang zur Höhle. Maja legte sich ganz flach neben ihren toten Freund und zog sich die Mütze tief in die Stirn. Der Lichtstrahl blieb zitternd an den Felsen im Inneren hängen und strich schließlich langsam nach unten.

»Komm da runter!«, hörte sie eine Stimme. »Ich weiß, dass du dich in der Höhle versteckst.«

Maja überlegte fieberhaft. Der Mann war unten am Strand. Wenn sie jetzt rasch aus der Grotte huschte und die Klippen hinaufkletterte, konnte sie dem Mann entkommen. Es war noch dämmerig und die Felsen boten ausreichend Schutz.

Blitzschnell robbte sie aus der Höhle und bewegte sich im Zickzack über die schroffen Steine nach oben. Die Klippen waren nur leicht abfallend und so kam sie schnell voran. Schon nach kurzer Zeit hatte sie die Kante erreicht und warf einen Blick zurück. Von dem Mann war nichts mehr zu sehen. Vielleicht hatte er ihre Flucht überhaupt nicht bemerkt.

Geduckt hastete sie ein Stück von der Klippe weg und wagte es erst dann, sich aufzurichten. Mit klammen Fingern tastete sie nach ihrem Handy und zerrte es aus ihrem Parka. Die Ladekontrolle blinkte und signalisierte, dass der Akku leer war. Plötzlich vernahm sie ein metallisches Knacken in ihrem Rücken und erstarrte. Sie hatte dieses Geräusch früher oft gehört, als sie noch im Wald bei ihrem Vater lebte. So klang es, wenn ein Gewehr entsichert wurde, bevor man den Abzug drückte.

2

AFGHANISTAN – KABUL

David Steins Frau Jane war an einem kalten Morgen vor einigen Jahren gestorben. Sie hatte ihm einen Kuss auf die Wange gedrückt und war wie eine Fata Morgana im Staub der afghanischen Hauptstadt verschwunden. Noch immer erinnerte er sich an das unverwundbare Lächeln von Jane, aber auch an den Schutt nach der Explosion, als er ihren zerfetzten Körper mit bloßen Händen ausgrub. Die ganze Tragödie war mit einem Mal so gegenwärtig, dass David schlucken musste. Hastig fuhr er sich mit dem Handrücken über die feuchten Augen und konzentrierte sich wieder auf die Gegenwart.

David war Ende dreißig und hatte kurzes blondes Haar. Sein Gesicht war kantig; die Narbe, die seine rechte Augenbraue teilte, gab ihm ein verwegenes Aussehen. Er war lange Zeit als Agent des Bundesnachrichtendienstes tätig gewesen und hatte Spezialaufträge übernommen. Nach der Katastrophe von Kabul hatte er seinen Job gekündigt und arbeitete seither als Hundeflüsterer auf Mallorca. Wenn er doch ab und zu einen Auftrag annahm, geschah das nur, um Geld für das Hundeasyl seines Freundes Miguel zu verdienen.

In den letzten Jahren hatte sich die Sicherheitslage in Kabul zwar ein wenig verbessert, aber trotzdem war es nach wie vor nicht ratsam, sich ohne Eskorte vom Flughafen in die Stadt zu begeben. Zum Glück war die Fahrt bisher ohne Zwischenfälle verlaufen. Die schwarzen Limousinen hatten ihr Ziel im Regierungsviertel von Kabul erreicht.

Das internationale Studienzentrum im Stadtteil Wazir Akbar Khan war von meterhohen Mauern umgeben, auf denen im frostigen Licht Stacheldrahtrollen blitzten. Obwohl die Sonne vom wolkenlosen Himmel schien, war es wie stets im März kalt und ein eisiger Wind wirbelte Staub auf. Die Männer und Frauen, die sich in dem Innenhof versammelt hatten, trugen alle Anoraks und hatten Tücher um den Kopf gewickelt.

»Heute ist der zehnte Jahrestag des verheerenden Attentats auf das ehemalige Hauptquartier der Friedenstruppe in Kabul, bei dem viele unserer Freunde ums Leben kamen. An diese Menschen wollen wir uns heute erinnern«, mahnte der Abgesandte des Auswärtigen Amtes und enthüllte ein schlichtes Denkmal aus Quarzstein. Es war ein aufrecht stehender Quader, auf dessen Vorderseite die Namen der Toten eingemeißelt waren.

»Schön, dass du gekommen bist, David«, flüsterte eine blonde Frau, während das afghanische Militärorchester einen Trauermarsch spielte.

»Das bin ich Jane schuldig.« David Stein strich mit dem Daumennagel über seine Narbe. Die Verletzung hatte er sich damals zugezogen, als er versucht hatte, Jane zu retten. Aber es war zu spät gewesen. Ein Attentäter hatte eine am Tag zuvor im Schulungsraum deponierte Bombe gezündet und Jane und einige andere Mitarbeiter verschiedener Nachrichtendienste in die Luft gejagt. Das Absurde an diesem Anschlag war, dass der Attentäter die Explosion überlebt hatte.

»Im Grunde hätte ich sterben müssen«, murmelte David. »Ich habe mir die verdammte Zigarette angezündet und war abgelenkt. Sonst wäre mir das präparierte Handy aufgefallen.«

»Es war eine Verkettung unglücklicher Umstände. Niemand hat damals bei der Kontrolle des Gebäudes die Klimaanlage untersucht, in der die Bombe versteckt war.« Hanna Svenson tupfte sich mit einem Taschentuch die Tränen von den Wangen. »Jane hat ihren gefährlichen Job geliebt und kannte das damit verbundene Risiko.«

»Trotzdem gebe ich mir immer wieder die Schuld«, beharrte David. Er dachte an das Streichholzbriefchen, auf das Jane »Smokey Lover« geschrieben hatte, in Anspielung auf Davids exzessiven Zigarettenkonsum. Und er dachte an Janes todesstarres Gesicht, als er mit der Pistole im Anschlag dem Attentäter hinterherrannte und einen Wimpernschlag zu spät feuerte. Beinahe körperlich spürte er noch die Explosion und sah das Gebäude in sich zusammenstürzen. Unter den Trümmern wurden auch alle Wünsche und Träume, die Jane und er gehabt hatten, auf ewig begraben.

»Wie lange bleibst du in Kabul?«, fragte Hanna. Sie war die Schwester seiner toten Frau Jane und arbeitete für das schwedische Außenministerium. Damals, als das Glück noch in seinem Leben wohnte, hatten sie sich alle oft getroffen und viel zusammen unternommen. Nach Janes Begräbnis hatte es keinen Kontakt mehr gegeben. Vielleicht auch, weil David sich Janes Familie gegenüber schuldig fühlte. David hatte Hanna seit vielen Jahren heute zum ersten Mal wiedergesehen.

»Bis morgen. Ich fliege mit der Nachmittagsmaschine nach Madrid und dann weiter nach Mallorca«, gab er einsilbig zur Antwort. »Und was planst du?«

»Ich habe noch einige Besprechungen in der Botschaft«, erklärte Hanna.

»Du bist auch beruflich hier?«, erkundigte sich David.

»Du weißt doch, wie das ist. In unserem Job ist man nie nur eine Privatperson«, gab Hanna zur Antwort.

»Nein, das weiß ich nicht mehr. Ich bin nur ein einfacher Hundeflüsterer auf Mallorca.«

Hanna lächelte schweigend und gesellte sich wieder zu den anderen Trauergästen.

Als die Zeremonie zu Ende war, schritt David auf den schlichten Stein zu und kniete sich davor. Mit den Fingerspitzen fuhr er über die gemeißelten Buchstaben, die Janes Namen formten, und versuchte, sich an die schönen gemeinsamen Zeiten zu erinnern. Seufzend erhob er sich und holte ein abgegriffenes Streichholzbriefchen aus seinem Anorak. Dieses Erinnerungsstück begleitete ihn seit Janes Tod überallhin. Er faltete es behutsam auseinander und las zum wiederholten Male die Worte »*Smokey Lover*«. David nahm das Briefchen, küsste es kurz und hielt es über eine Kerze, die hinter dem Denkmal auf dem Boden stand. Dabei musste er wieder an seine Hochzeit mit Jane denken.

Sie hatten sich erst ein paar Monate vorher bei einem Einsatz in Algerien kennengelernt und beschlossen, in der Wüste zu heiraten. Es war eine spontane Trauung mit dem Armeekoch James und der Übersetzerin Susan als Trauzeugen gewesen.

Die Nacht verbrachten sie mit einer Flasche Wein mitten in der Wüste, wegen der Kälte in dicke Armeedecken gehüllt. Der unglaubliche Himmel über der Sahara war ein einzigartiges Schauspiel. Jeder von ihnen suchte sich einen Stern aus.

»Wir werden uns oft verlieren und genauso oft wiederfinden. Also such mich bitte nie«, hatte Jane ihm zugeraunt und sich eng an ihn geschmiegt.

»Ich habe dich nie gesucht, Jane, aber leider auch nicht mehr wiedergefunden«, murmelte David und senkte das

Streichholzbriefchen in die Flamme. Als es mit einem leisen Zischen verglühte, richtete er sich wieder auf und klopfte den Staub von seiner dunklen Hose. Er drehte sich um und bemerkte, dass Hanna ihn mit nachdenklichem Blick beobachtete.

»Ist das deine Art, mit der Vergangenheit endlich abzuschließen?«, fragte sie ihn, während sie mit den anderen Trauergästen zu den wartenden Limousinen gingen.

David wollte etwas darauf erwidern, doch in dem Moment fiel ihm plötzlich der Fahrer eines Wagens auf. Der Mann hatte ein schmales, ausgemergeltes Gesicht, das so gar nicht zu dem voluminösen schwarzen Sakko passte, das er trug. Bereits zum dritten Mal griff sich der Fahrer nervös unter das Jackett. David spürte, wie sich seine Nackenhaare aufstellten. Sein Instinkt hatte ihn noch nie getäuscht.

»Geh sofort zurück«, wisperte er Hanna zu und schob sie nach hinten.

Auch seinem Kollegen Philippe vom französischen Geheimdienst war der Fahrer aufgefallen und er verständigte sich durch einen schnellen Blick mit David. Sofort reaktivierte David die über viele Jahre antrainierten Verhaltensmuster.

»Wieso? Was ist denn los?«, wollte Hanna nervös wissen.

»Vertrau mir bitte und verschwinde schnell«, zischte David, um den Mann neben dem Auto nicht auf sich aufmerksam zu machen. So unauffällig wie möglich schlenderte er seitlich auf den Wagen zu, während sein Kollege von der anderen Seite her das Gleiche tat.

Im nächsten Augenblick schnellte David nach vorne und sprang auf den Fahrer zu. Dieser riss die Hände aus den Taschen seines Sakkos und hielt ein Handy in die Höhe. Jetzt war auch schon Philippe bei ihm. Er schlug dem Mann mit einem gezielten Hieb das Handy aus der Hand und fing es auf. Mit der anderen Hand hielt er das Genick des Mannes fest, sodass der sich nicht mehr bewegen konnte.

»Achtung, eine Bombe!« David riss dem Fahrer mit einem Ruck das Jackett auf und erblickte den Sprengstoffgürtel mit drei Päckchen, die miteinander verdrahtet waren. Eines davon blinkte wie ein rotes tödliches Auge.

»*Merde*!«, schnaubte Philippe. »Die Ladung ist bereits scharf.«

»Wir müssen ihn sofort von hier wegschleppen!« David packte den Fahrer unter den Armen und zerrte ihn in Richtung einer Stahltür in der Betonmauer. Der Mann wehrte sich aus Leibeskräften und schlug wütend um sich. Doch gemeinsam mit Philippe schaffte es David, den Attentäter bis zur Tür zu schleifen.

Mit verkrampftem Gesicht schrie der Mann: »*Allahu akbar*! Gott ist groß! Wir sind die Brüder von Amir Kassai, dem Helden, der das mutige Attentat vor zehn Jahren begangen hat. Ich vollende seine göttliche Mission!«

»*Merde*! Halt die Fresse!«, fluchte Philippe und stieß die Tür auf. Gemeinsam zogen sie den Mann in einen verwilderten Garten.

»Ich kümmere mich um die Bombe!«, rief David. Er hob den Kopf, als er plötzlich ein Surren in der Luft hörte. Aus der Ferne sah er ein riesiges Insekt schnell auf sie zufliegen.

»Eine Drohne!«, schrie Philippe. Beide ließen den Attentäter sofort los, der Franzose zog eine Pistole aus seinem Schulterhalfter und feuerte auf das mit einem bösartigen Schnarren auf sie zurasende Objekt. Von Weitem war das Heulen von Sirenen zu hören.

»*Allahu akbar*!« Der Attentäter ging plötzlich in die Knie und streckte beide Arme in den Himmel. Die Drohne umkreiste ihn surrend, während Philippe verzweifelt versuchte, sie mit seiner Pistole zu treffen.

»Ich brauche auch eine Waffe!«, rief David. Philippe griff in seinen Stiefel und zog eine handliche Sig Sauer hervor, die er

David zuwarf. Dieser packte die Pistole und eilte damit auf den Attentäter zu.

»Wo ist der Zünder?«, knurrte er den Mann an und drückte ihm den Pistolenlauf an die Schläfe.

Doch der Fahrer schien bereits in eine andere Welt abgedriftet zu sein. Unentwegt rief er »*Allahu akbar*!« und winkte der Drohne zu, die plötzlich direkt auf David zuhielt.

»Verdammt! Die Drohne schießt auf uns!«, brüllte David, während links und rechts die Kugeln den Staub aufwirbelten. Kurz entschlossen packte er den Attentäter am Genick und zog ihn durch den Garten, hielt sich dabei aber konsequent hinter dem Mann in Deckung, um nicht getroffen zu werden. Am Rand des Gartens stand ein großer provisorischer Stromverteilerkasten, von dem eine Menge Kabel abgingen. David blieb stehen und schoss gezielt auf die Drohne. Mehrere seiner Kugeln trafen den metallenen Propeller, der für Stabilität sorgte. Sofort kam die Drohne ins Trudeln, feuerte noch einige Schüsse in die Luft ab, doch dann geriet sie zwischen zwei eng beieinanderliegende Stromkabel. Das elektromagnetische Feld schien die Sensorik des Fluggeräts völlig außer Kraft zu setzen, denn es blieb bewegungslos hängen und wirkte wie ein überdimensionales totes Insekt.

»Philippe, ich muss sofort die Bombe entschärfen.«

»Lass das bleiben, David. Das ist zu riskant«, warnte ihn sein Kollege.

»Vielleicht schaffe ich es!« David deutete auf die Digitalanzeige, die sich an der Vorderseite des mittleren Sprengstoffpakets befand. Die Sekundenanzeige raste dahin und David erkannte, dass er nur noch vierzig Sekunden Zeit hatte. Genug, um sich in Sicherheit zu bringen, zu wenig, um die Bombe zu entschärfen. Widerstrebend ließ David den Attentäter los und rannte zu der Mauer zurück. Am Stahltor stand bereits Philippe mit angelegter Pistole, um ihm

Rückendeckung zu geben, falls der Attentäter noch auf David schießen sollte.

Als sich das Stahltor hinter ihnen schloss, hörte David die gewaltige Explosion, gefolgt von einem Zischen und Krachen, als der Stromverteiler mit einer Serie von Kurzschlüssen Feuer fing.

»Gut gemacht, *mon ami.*« Philippe klopfte David anerkennend auf die Schulter. »Du hast noch nichts verlernt.«

»Nein, das habe ich wirklich nicht.«

Die Vergangenheit holt mich immer wieder ein, dachte David und spürte mit einem Mal die aufputschende Wirkung des Adrenalins, die er so lange verleugnet hatte.

3

Lettland – Insel in der Bucht von Riga

Das Blut pochte in Majas Ohren und trommelte immer schneller und immer lauter. Sie hatte das Gefühl, als würde ihr Schädel gleich zerspringen. Trotz des Sirrens und Zischens in ihrem Kopf drang ein Klacken an ihr Ohr. Maja wusste, dass ihr Verfolger hinter ihr stand und gleich den Abzug seines Gewehrs drücken würde. Sie würde genauso wie Jonas mit einem hässlichen Loch im Kopf sterben.

Die klagenden Laute der Vögel verstummten; eine tödliche Stille senkte sich über die Insel. Geistesgegenwärtig sank Maja auf die Knie, und die Kugel pfiff knapp über ihrem Kopf hinweg in die finstere Nacht.

Geschmeidig wie eine Wildkatze rollte sie zur Seite auf den Rand der Klippe zu und sprang nach unten. Der grelle Strahl einer Taschenlampe zerriss das Dämmerlicht und streifte über die Felsen. Ein weiterer Schuss knallte, feine Steinsplitter prasselten auf Maja herab. Sie prallte hart gegen einen Felsbrocken, stieß einen unterdrückten Schmerzensschrei aus und humpelte weiter. Noch hatte sie den Strand nicht erreicht, sondern befand sich auf der halben Höhe der Klippe, von wo ein schmaler Pfad in den Wald führte. Auf allen vieren krabbelte sie weiter, hörte hinter sich die schweren Schritte ihres Verfolgers. Doch in ihrer Panik hatte sie die falsche Richtung genommen, war im Kreis gelaufen und bewegte sich jetzt wieder auf das Plateau zurück. Das fahle Licht des Morgens beleuchtete ihre schmale Gestalt. Sie gab eine prächtige Zielscheibe ab. Im selben Moment zischte ein Geschoss an ihr vorbei und schlug in den Stamm eines Baumes ein. Mit einem schnellen Sprung hechtete Maja in das Unterholz. Zweige zerkratzten ihr Gesicht, als sie durch das feuchte Dickicht robbte. Sie überquerte ein ausgetrocknetes Bachbett und entdeckte eine Mulde im Boden. Dort legte sie sich flach auf den Bauch und tarnte sich mit Laub und Zweigen.

»Sie muss hier irgendwo sein«, hörte sie eine Stimme und erkannte voller Schrecken, dass es zwei Männer waren, die Jagd auf sie machten.

»Wo ist das Boot, mit dem sie auf die Insel gelangt ist?«

»Das liegt sicher noch unten am Strand, Aris.«

»Geh du zurück und halte Wache, damit sie uns nicht entkommt«, befahl Aris dem anderen Mann.

Als jener verschwunden war, ging Aris langsam durch das ausgetrocknete Gewässerbett, bückte sich und hob einige abgeknickte Zweige auf. Von Majas Versteck aus wirkte es, als würde er wie ein Waldläufer ihrer Spur folgen.

»Du musst dich in die Rolle des gejagten Wildes versetzen«, hatte Majas Vater immer zu ihr gesagt. »Wie würde sich ein Wolf verhalten, wenn du ihm auf den Fersen bist? Er spürt, dass er gegen dich keine Chance hat, deshalb versucht er zunächst, dir zu entkommen. Er wiegt seinen Verfolger in Sicherheit und bemerkt instinktiv, dass dessen Aufmerksamkeit nachlässt. Dann sucht sich der Wolf ein Versteck, um seinen Feind zu überraschen. Genauso musst du dich jetzt verhalten.«

Als sie nach der Scheidung ihrer Eltern bei ihrem Vater eingezogen war, hatte sie ihn oft auf die Jagd begleitet und war fasziniert von seinen Bemühungen gewesen, die Wildnis zu verstehen. Von ihm hatte sie auch gelernt, Respekt vor der Natur zu haben und dass man Pflanzen, Bäume und Bäche schützen musste, da sie die Lunge des Planeten Erde waren. Einige Jahre hatte Maja bei ihrem Vater im Wald gelebt. Er unterrichtete sie, brachte ihr alles über die Natur und die Tiere bei.

Jetzt, mit Anfang zwanzig, arbeitete sie in Stockholm bei der internationalen Organisation Safe World, die viele Industrieanlagen prüfte, die schädlich für die Umwelt und die Menschen waren. Wenn es notwendig war, wurden diese Firmen bei der WHO zur Anzeige gebracht. Deshalb hatten sie und Jonas auch schon seit längerer Zeit Material über FuturX gesammelt, um herauszufinden, wie gefährlich die Entwicklungen dieses Unternehmens tatsächlich waren. Jonas hatte alles akribisch dokumentiert und in einer Cloud gespeichert. In den nächsten Tagen wären sie deswegen nach Stockholm zu Safe World gefahren.

Doch es war alles anders gekommen. Jetzt war Jonas tot und Maja kämpfte ums Überleben. Regungslos lag sie in ihrer Grube unter dem Laub, spähte durch ein Gewirr feiner Äste, sah die robusten Wanderschuhe von Aris immer näher kommen. Fast glaubte sie, seinen Schweiß zu riechen. Kurz vor Majas Versteck blieb der Verfolger stehen und schob mit dem Schuh die Blätter beiseite. Maja fühlte sich wie in Trance.

Wie wird der Wolf reagieren, wenn der Jäger vor seinem Versteck steht, schoss es ihr in rasender Geschwindigkeit durch den Kopf. Ein Film lief vor ihrem inneren Auge ab. Das Tier sprang mit gefletschten Zähnen aus seinem Schlupfwinkel direkt auf den Jäger zu, nutzte das Überraschungsmoment, um schließlich im Dickicht der Wälder zu verschwinden.

»Du schaffst das«, formten Majas Lippen kaum vernehmbar die Worte, und sie spannte ihre Muskeln an.

Aris drehte sich unschlüssig hin und her, hatte die Fährte verloren, aber als erfahrener Jäger gab er nicht auf. Er streckte die

Nase in die Höhe, versuchte, den Geruch von Maja einzuatmen, um so wieder auf ihre Spur zu kommen.

In ihrem Versteck zählte Maja den lautlosen Countdown und starrte auf die Schuhe von Aris.

»Ahhh!« Mit einem schrillen Schrei sprang sie hoch, stürzte sich auf Aris, riss ihm die Waffe aus der Hand und schlug mit dem Kolben zu. Sie verfehlte sein Gesicht, aber der Schlag traf ihn neben der Schulter und zertrümmerte mit einem lauten Knirschen sein Schlüsselbein.

»Verdammte Schlampe!«, schrie Aris mit schmerzverzerrtem Gesicht.

Panisch drückte Maja den Abzug, aber die Waffe hatte eine Ladehemmung, und so warf sie das Gewehr zur Seite, rannte das Bachbett entlang und zurück zu den Klippen.

Unten am Strand stand der zweite Mann und hielt Wache direkt neben ihrem Boot.

»Wie komme ich jetzt von der Insel weg?« Maja rutschte den Hang hinunter. Der Aufpasser rauchte eine Zigarette und starrte hinaus auf die stürmische See. Maja legte sich flach auf den Bauch und kroch näher heran, bis sie hinter einem Felsen Schutz fand. Sie wusste, dass es nicht mehr lange dauern konnte, bis Aris oben auf der Klippe auftauchen würde, deshalb musste sie sofort reagieren. Mit den Händen tastete sie über den Boden, suchte nach etwas, mit dem sie sich verteidigen oder auch angreifen konnte. Sie fand einen langen Ast, den sie vorsichtig zu sich herüberzog. Hastig griff sie nach einem Stein, wog ihn in der Hand und warf ihn zu den Klippen hinauf. Der Stein prallte gegen den Felsen und kollerte wieder ein wenig abwärts.

Sofort wirbelte der Mann am Ufer herum und rannte über den Strand zur Klippe. Auf seinem Weg kam er ganz nahe an Majas Versteck vorbei. Diesen Moment nutzte sie, sprang auf und schlug ihm den Stock in den Nacken. Mit einem dumpfen Schrei sackte der Mann zusammen. Maja lief zu ihrem Schlauchboot, so schnell sie konnte, schob es ein Stück weiter ins Wasser und kletterte hinein. Fahrig riss sie an der Zugschnur des Anlassers, aber der Motor gab lediglich ein unterdrücktes Blubbern von sich.

Mittlerweile hatte sich der Mann ächzend erhoben und suchte auf dem Boden nach seinem Gewehr. Doch zum Glück begann der Motor zu laufen, und ohne sich noch einmal umzudrehen, nahm sie Kurs auf den Hafen von Riga. Sie wünschte sich, dass sie und Jonas niemals auf die Idee gekommen wären, die verfluchte Insel zu betreten.

Doch Maja hatte auch von ihrem Vater gelernt, bis zum Ende zu kämpfen und nie aufzugeben, und das würde sie jetzt auch nicht tun. Denn die ganze schreckliche Wahrheit musste endlich ans Licht kommen.

4

Aus der Ferne wirkte die Frau in dem schlichten hellen Kleid mit den langen brünetten Haaren wie eine Elfe. Wie jedes Mal, wenn sie in Paris war, residierte sie im hinteren Teil der Brasserie Lipp. Sie saß an dem mittleren Tisch, umgeben von großen, schon ein wenig blinden Spiegelwänden, die ihre ätherischen Gesichtszüge ins Unendliche vervielfältigten. Den Tisch neben dem ihren hatte man zur Seite geräumt, damit ihr riesiger Irischer Wolfshund auf einer aus alten Flicken gefertigten Kaschmirdecke auf dem Boden liegen konnte.

Die Brasserie Lipp am Boulevard Saint-Germain existierte seit 1880 und war ständig ausgebucht. In früheren Zeiten waren Poeten wie Paul Verlaine hier zu Gast gewesen, und noch heute zählten Künstler und Designer zu ihrem Stammpublikum.

Gloria Schmidt war zwar eine Deutsche, aber von ihrer Aussprache her hätte man sie ohne Weiteres für eine Französin halten können. Sie beherrschte sechs Sprachen fließend und war mit Anfang dreißig bereits der CEO von FuturX, einer innovativen Firma, die an der Entwicklung eines zukunftsweisenden Elektroautos arbeitete. Gloria hatte am MIT in Massachusetts und danach in Europa an der renommierten

Hamburger Biotech-Privatuniversität studiert. Dort hatte sie mit zwei anderen Studenten eine bahnbrechende Testreihe mit Nuklearbatterien für Elektrofahrzeuge durchgeführt und bald darauf in Riga mit einem russischen Investor das Unternehmen FuturX gegründet.

Wenn Gloria in Paris weilte, war die Brasserie Lipp ihr Lieblingslokal, doch sie sponserte auch diskret einen Preis für unkonventionelle, nachhaltige Cafés, ohne es allerdings an die große Glocke zu hängen.

»Wie weit sind wir mit den Ankäufen der Grundstücke?«, fragte Gloria einen jungen Mann im Businesslook, der ihr gegenübersaß.

»Wir haben interessante Areale in Lettland, Deutschland, Österreich, Frankreich und in Polen gefunden. Auf Mallorca sind wir gerade dabei, den Deal abzuschließen.«

»Ausgezeichnet, Raffael, in fünf Tagen erhalten wir mit großer Wahrscheinlichkeit das Go, was die Zulassung unserer Vivax-Akkus betrifft. Dann können wir endlich starten.« Den Namen »Vivax« hatte Gloria aus dem lateinischen Wort für »langlebig« abgeleitet, denn er passte perfekt für ihr Produkt.

Entspannt lehnte sie sich zurück und streichelte versonnen das stahlgraue Fell ihres Hundes. Dabei erinnerte sich Gloria an den damaligen Internetaufruf eines jungen Mädchens aus Irland: »Wer hilft meinem Freund? Dieser Welpe wird bald ausgesetzt, aber er kämpft«, und darunter befand sich das Foto eines zotteligen Irischen Wolfshundes. Irgendetwas hatte Gloria an der Anzeige berührt. So war sie nach Irland gefahren, um mit dem Vater des Mädchens, der Züchter war, zu sprechen. Der Hund hatte eine geknickte Rute und war daher für den Züchter wertlos, doch Gloria fühlte sich von den braunen Welpenaugen sofort angezogen. Als sie den jungen Hund das erste Mal in den Arm nahm, wusste sie, dass es endlich wieder jemanden gab, den sie in ihr Herz lassen würde. Sie nannte den Wolfshund

Balthus, und von diesem Tag an wich er nicht mehr von ihrer Seite.

»Bald bin ich meinem Ziel näher und ganz Europa wird auf mich blicken«, sagte sie leise zu Balthus. »Dann habe ich wieder viel Zeit für dich, mein Liebling.«

Gloria lächelte versonnen und warf einen prüfenden Blick auf die Spiegelwand. Von ihrem Aussehen her würde man sie eher für eine Feengestalt halten als für eine zielorientierte Businessfrau. Zufrieden betrachtete sie ihr ebenmäßiges Gesicht so lange, bis es sich schließlich in den Spiegeln im Nichts auflöste.

»Sind Sie sicher, dass die EU-Umweltminister bei der Abstimmung für die Zulassung von Vivax sein werden?«, riss sie die Frage von Raffael aus ihren Gedanken.

»Wieso fragen Sie das? Glauben Sie nicht an unseren Erfolg?«

»Es gibt mehrere Initiativen von Umweltorganisationen, die vehement gegen die Produktion der Akkus sind«, antwortete Raffael.

»Ich habe davon gehört«, erwiderte Gloria knapp, denn sie wollte sich ihre gute Laune nicht verderben lassen. »Aber diesen Demonstranten nehmen wir schnell den Wind aus den Segeln, wenn wir sie von den unglaublichen Vorteilen unserer Akkus für die Umwelt überzeugen.«

»Den Umweltschützern geht es hauptsächlich um die gefährliche Radioaktivität, die bei der Produktion der Akkus austreten kann«, warf Raffael ein.

»Auf welcher Seite stehen Sie eigentlich, Raffael?« Gloria beugte sich vor und fixierte ihn mit ihren braunen Augen.

»Natürlich auf der Seite von FuturX«, stieß Raffael überrascht hervor. »Ich wollte doch nur zu bedenken geben, dass wir Gegenwind haben.«

»Für jedes innovative Projekt gibt es Gegner. Also machen Sie sich keine Sorgen.«

»Madame, Ihr veganer Gemüsesalat.« Der Oberkellner des Lipp tauchte mit einer eigens für Gloria zusammengestellten Salatschüssel auf. »Salat und Gemüse sind aus eigenem Anbau unseres Maître de Cuisine«, erklärte der Kellner stolz. »Alles stammt aus einem Umkreis von zwanzig Kilometern.«

»Zwanzig Kilometer?«, wunderte sich Raffael. »Da befinden wir uns ja noch mitten in Paris.«

»Natürlich«, lächelte der Ober. »Der Maître hat auf seiner Dachterrasse einen Biogarten angelegt.«

»Wie weitsichtig.« Gloria lächelte amüsiert. »Richten Sie ihm meinen besonderen Dank aus. Das Gemüse von seiner Dachterrasse schmeckt wirklich vorzüglich.«

»Und das hier ist eine kleine Aufmerksamkeit des Hauses für Balthus.« Der Oberkellner nahm einen dünnen Knochen aus einer Serviette und wollte ihn dem Irischen Wolfshund reichen, doch Gloria hielt ihn am Arm zurück.

»Der Knochen ist doch hoffentlich von einem frei laufenden Schwein?«

»Selbstverständlich. Er stammt aus der Charcuterie Corse von einem halbwilden korsischen Schwein.«

»Sieh nur, Balthus, was für einen Leckerbissen du bekommst.« Gloria kraulte zärtlich das struppige Fell des Hundes, der gierig nach dem Knochen schnappte.

Nachdem sich der Oberkellner wieder zurückgezogen hatte, registrierte Gloria, dass eine neue Nachricht auf ihrem Handy eingegangen war. Sie stammte vom Sicherheitschef ihres Forschungswerkes, das sich auf einer kleinen und gut abgeschirmten Insel vor Riga befand.

»Wir haben ein Problem.«

Gloria atmete heftig aus und ein. Ihre gute Laune war wie weggeblasen. Schon wieder dieses Unwort. Wie sehr sie es hasste!

»Es gibt keine Probleme für mich«, zischte sie. Als Gloria bemerkte, dass Raffael überrascht aufblickte, lächelte sie sofort wieder. »Kümmern Sie sich bitte um den Kauf des Grundstückes auf Mallorca. Das wäre im Moment alles.«

Gloria wartete, bis Raffael die Brasserie verlassen hatte, danach wählte sie eine Nummer.

»Was ist passiert?«

»Es gab einen Zwischenfall, den wir teilweise lösen konnten«, erklärte der Sicherheitschef am anderen Ende der Leitung.

»Was bedeutet *teilweise*?«

»Jemand hat Dinge in der Produktionsanlage unserer Prototypen entdeckt, die er nicht sehen sollte. Wir konnten das abwehren, doch plötzlich ist eine zweite Person auf der Insel aufgetaucht.«

»Wie ist das möglich? Unsere Forschungseinrichtungen sind doch streng abgeschirmt.«

»Diese Person muss im Morgengrauen durch unser Sicherheitssystem geschlüpft sein. Aber wir haben bereits unsere Kontakte zum lettischen Geheimdienst SAB aktiviert. Die kümmern sich darum.«

»Gut, dann haben Sie ja alles unter Kontrolle. Halten Sie mich auf dem Laufenden.«

Gloria legte ihr Handy auf den Tisch und stocherte lustlos in ihrem Salat herum. Gerade noch war sie guter Dinge gewesen, doch jetzt sammelten sich am Horizont düstere Wolken, die sich zu einem Unwetter zusammenbrauen konnten. Seufzend beugte sie sich zu ihrem Hund, der sie mit seinen dunklen Augen beobachtete. Gloria wusste, dass Balthus eine sensible

Wahrnehmung besaß und jede ihrer Gemütsschwankungen sofort registrierte.

»Wir lassen nicht zu, dass uns jemand Steine in den Weg legt, nicht wahr, Balthus.«

Gloria straffte ihre Schultern und betrachtete sich erneut prüfend in der Spiegelwand. Es war ein weiter Weg bis hierher gewesen. Sie dachte an Felix, den intelligenten Kollegen an der Universität, der vehement gegen sie gewesen war, als sie ihm von ihrem Vorhaben erzählt hatte. Aber sie hatte sich nicht beirren lassen. Mit der gleichen Konsequenz würde sie auch jetzt ihre hochgesteckten Ziele weiterverfolgen.

5

BERLIN – OBERBAUMBRÜCKE

Es war bereits weit nach Mitternacht, als eine junge Frau in einem schwarzen Hoodie die Treppe der U-Bahn-Station Warschauer Straße nach oben ging. Sie hatte die Kapuze ihres Shirts tief ins Gesicht gezogen und vermied jeglichen Augenkontakt mit den Junkies und Dealern. Trotzdem zog sie interessierte Blicke auf sich, denn sie trug farblich unterschiedliche Sneakers, so, als hätte sie in der Eile zwei Paar verwechselt. Schnell lief sie in Richtung Oberbaumbrücke.

Aus der Ferne wirkte die Brücke wie ein romantisches Schloss mit den beiden Türmen und den Rundbögen, die sich über die Spree spannten. Doch wenn man näher kam, dann sah man die gesprayten Graffitis an den Wänden und die kaputten Typen, die an den Eingängen zur U-Bahn-Station herumlungerten. Was viele Berliner nicht wussten, war, dass die beiden Türme nicht nur der Berliner Stadtverwaltung als Lager dienten, sondern auch private Klubs beherbergten.

Auf einen dieser Türme eilte die junge Frau im Laufschritt zu.

Dort blieb sie vor einer massiven Holztür stehen und klopfte in einem bestimmten Rhythmus dagegen. Mit einem leisen Summen schwang das Tor auf und die Frau trat ein. Vom Entree verlief eine Treppe hinab in einen lang gezogenen Raum, der sich unterhalb der Fahrbahn befand, die über die Spree führte.

Das fahle Licht der Bildschirme war die einzige Lichtquelle in diesem höhlenartigen Saal. Alle Plätze waren mit Personen besetzt, die ausnahmslos schwarze Hoodies mit Kapuzen trugen und regungslos vor ihren Computern saßen. Niemand sprach ein Wort, nur das Klappern der Tastaturen war zu hören.

Was auf den ersten Blick wie eine geheime Hacker-Zusammenkunft wirkte, war der IQ150-Computertreff. Die Mitglieder mussten einen Intelligenzquotienten von über 150 nachweisen und durften nicht älter als achtunddreißig Jahre alt sein. Außerdem war es den Mitgliedern verboten, miteinander zu sprechen und sich außerhalb des Klubs zu treffen. Die Kommunikation erfolgte ausschließlich online. Mitglied in diesem elitären Verein konnte man nur über die Einladung eines anderen Mitglieds werden. Ziel des Klubs war der Aufbau einer eigenen Cyberrealität, in der man sich frei entfalten konnte. Die in Berlin lebenden Mitglieder trafen sich physisch, weil es das Gruppengefühl stärkte und ihnen so vermittelte, nicht isoliert zu sein.

Deshalb war auch Robyn Mitglied geworden. Bereits mit siebzehn Jahren hatte Robyn einen Doktortitel und ein Stipendium für die Harvard University erworben. Nach ihrem Postgraduate-Studium kehrte sie nach Berlin zurück und bewarb sich beim BND, dem Bundesnachrichtendienst. Dort stieg sie schnell zur führenden Datenspezialistin und persönlichen Assistentin des Abteilungsleiters einer Einheit auf, die sich mit unorthodoxen Operationen befasste. Da ihre soziale Kompetenz nicht mit ihrer Intelligenz Schritt halten konnte, war dieser Klub genau das Richtige für sie. Mit gleichgesinnten verhaltensgestörten Genies an einer eigenen Realität zu arbeiten, war einfach faszinierend.

Robyn setzte sich an ihren Platz und loggte sich in das Chatsystem ein. Es dauerte nicht lange, bis eine erste Frage auf dem Bildschirm auftauchte.

»Würdest du im Angesicht des Todes nicht auch gern wie ein Todesfalter um die brennende Sonne kreisen?«

»Hallo, Todesfalter«, schrieb Robyn, denn sie hatte von diesem Mitglied schon länger nichts mehr gehört. Sie hatte auch keine Ahnung, was Todesfalter im wirklichen Leben machte, nur dass er ein Mann war, hatte sie bei ihren Chats erfahren.

»Wie schön, von dir zu lesen, Blue Planet. Ich hatte eine kreative Pause.« Robyn schaute konzentriert auf ihren Monitor. »Blue Planet« war der Name, den sie sich in der virtuellen Welt gegeben hatte. Der blaue Planet ... einmal wollte sie die Erde von einem Raumschiff aus betrachten, das war ihr sehnsüchtigster Wunsch.

»Du warst jetzt längere Zeit nicht online«, tippte Robyn in ihren Computer.

»Nein, ich war beruflich viel unterwegs.«

»Wie sieht es mit deinem virtuellen Kontaktraum aus?«

»Ich arbeite weiterhin daran, die Kontaktfrequenzen zu erhöhen. Es geht ja auch darum, etwas echt körperlich zu empfinden.«

»Verstehe.« Robyn ahnte, dass Todesfalter in der Realität eine masochistische Ader besaß. Für ihn war Schmerz die Möglichkeit, eine andere Bewusstseinsstufe zu erreichen. Und dieses Prinzip wollte er auch in einer virtuellen Welt verfolgen. Allerdings fehlte ihm hierbei ein entscheidender Punkt: das Fühlen von Schmerz.

»Du brauchst also noch immer den direkten Kontakt zu einem Menschen?«, schrieb Robyn weiter.

»Ja, leider. Ich habe es mit elektrischen Schlägen versucht, aber da geht das Spannungsmoment verloren. Die Vorfreude auf den Schmerz, die Vorstellung, wie man gleich leiden wird, all das existiert in der virtuellen Welt nicht.«

»Findest du?«, wunderte sich Robyn und überlegte, was sie als Nächstes formulieren sollte. Todesfalter verhielt sich heute anders als sonst. Aber sie wusste nicht, was sie störte. »Du müsstest einen Cyborg entwickeln, der dir Schmerzen zufügen kann und gleichzeitig auf dein Safeword reagiert.«

»Vielleicht sollte ich bald einen Menschen töten und sein Gehirn durch einen Datenstrom wieder zum Leben erwecken«, sinnierte Todesfalter weiter.

»Das wäre die moderne Version von Frankenstein«, tippte Robyn. »Du schließt ihn an ein Interface an und er gehorcht deinen Tastenbefehlen.«

»Genau, das wäre dann meine Familie«, las Robyn die Antwort von Todesfalter. »Hast du eine Familie?«

»Sorry, aber diese Frage ist mir zu persönlich«, beschied ihn Robyn.

»Möchtest du mich vielleicht gern einmal treffen, um zu wissen, wie ich rieche?«

»Was soll das? Das ist gegen die Regeln!«

»Aber Regeln sind doch dazu da, um gebrochen zu werden.«

»Oder man nutzt die Regeln für die eigenen Zwecke«, schrieb Robyn und loggte sich schnell aus.

Sie stand auf und zog die Kapuze ihres Hoodies noch tiefer in die Stirn. *Vielleicht sollte ich bald einen Menschen töten.* Der Satz von Todesfalter ging ihr nicht aus dem Kopf. Jemanden zu ermorden war so real. Es war der Einbruch der Wirklichkeit in die virtuelle Welt.

6

AFGHANISTAN – KABUL

David hatte ein Zimmer im zweiten Stock des Kabul Serena Hotels mit Blick auf den vertrockneten Park, der von einem riesigen Schwimmbecken dominiert wurde.

Das Hotel war ein lang gestrecktes, zweistöckiges Gebäude aus grauem Beton. Auf dem Platz vor dem Hotel hatte man Betonpoller in den Boden gerammt, um mögliche Fahrzeuganschläge zu verhindern.

Nach dem Zwischenfall mit dem Attentäter war David in das Hotel gefahren, um mit Leyla zu telefonieren. Nach Jane war Leyla Khan die Frau, die er liebte. Beide waren sie Menschen gewesen, die in einem eigenen Universum am Rande der Gesellschaft lebten, bis sie aufeinandergeprallt waren wie zwei glühende Planeten, bereit zu explodieren oder sich zu vereinen.

Jetzt lebte Leyla in ihrer beider Finca auf Mallorca und erwartete ihr erstes gemeinsames Kind. David würde bald zu ihr zurückkehren und das ruhige Leben eines Hundeflüsterers führen. Doch irgendwie konnte er sich mit einem Mal nicht so recht mit diesem Gedanken anfreunden. Unruhig tigerte er in seinem Hotelzimmer auf und ab, hielt das Handy in der Hand und dachte nach.

Bis zu dem heutigen Zwischenfall hatte sich David nicht vorstellen können, jemals wieder ein Leben als Agent zu führen, der fernab seiner Heimat gefährliche Spezialaufträge zu erledigen hatte. Doch in diesem Moment hatte er erneut das Adrenalin gespürt und das perfekte Zusammenspiel mit seinem Kollegen Philippe genossen. Es war wie eine Droge, die jetzt in seinen Adern kreiste und nach Wiederholung schrie. Wütend über seine Unschlüssigkeit verscheuchte er diese Gedanken und wählte Leylas Nummer.

»Wie ist es zurzeit in Kabul?«, erkundigte sie sich.

»Die Lage hat sich entspannt«, gab David zur Antwort und vermied es, den Zwischenfall mit dem Attentäter zu erwähnen. Er wollte Leyla auf keinen Fall unnötig beunruhigen.

»Wann kommst du zurück?«

»Ich nehme morgen das Flugzeug nach Madrid.« David blickte aus dem Fenster. Am Schwimmbecken im Park standen zwei Männer in schwarzen Anzügen und schauten zum Hotel. David hatte das Gefühl, als würden sie das Fenster seines Zimmers observieren. Schnell zog er den Vorhang vor.

»Was ist, du bist so still«, hörte er die Stimme von Leyla.

»Nichts, nur die Verbindung ist ziemlich schlecht«, erklärte David. Draußen war das Geräusch des Aufzugs zu hören. Kurz darauf ging jemand durch den Korridor vor seinem Zimmer.

»Wie geht es unserem Baby?«, fragte David zärtlich und bewegte sich näher zu seiner Tür.

»Es strampelt manchmal wie wild und lässt mich nicht schlafen. Von wem es wohl diese Unruhe hat?«

David wollte etwas darauf erwidern, doch plötzlich verharrten die Schritte draußen direkt vor seiner Zimmertür.

»Ich rufe dich morgen an, ehe ich zurückfliege. Bis bald«, sagte David rasch und legte auf.

Mit routiniertem Blick scannte er den Raum auf der Suche nach einer geeigneten Waffe. Ein Kleiderbügel aus Draht an der Garderobe fiel ihm ins Auge und er griff danach. Geschickt bog er ihn auf und formte den Draht zu einer Art Garrotte, mit der er einem möglichen Gegner die Luft abschnüren konnte.

Es klopfte.

»Wer ist da?«

»Zimmerservice«, hörte David jemanden in schlechtem Englisch antworten. Vorsichtig öffnete er die Tür einen Spalt und spähte hinaus.

Ein afghanischer Kellner in einem weißen Jackett hatte einen Servierwagen herangeschoben.

»Ich habe keinen Kaffee bestellt«, grummelte David und warf den aufgebogenen Kleiderbügel auf das Bett. »Aber wenn Sie schon einmal hier sind, dann stellen Sie die Kanne ab.«

David wartete, bis der Kellner das Zimmer verlassen hatte, danach sperrte er die Tür wieder ab und ging ins Bad.

Unter dem heißen Strahl der Dusche fiel die Anspannung ab, die ihn seit dem Attentat belastete. Als er sich umgezogen hatte, verspürte er Hunger und marschierte nach unten. Er durchquerte die Lobby, in der sich nur wenige ausländische Gäste aufhielten, und trat hinaus auf den Vorplatz, um den Portier zu bitten, ihm ein Taxi zu rufen.

Eine schwarze Limousine rollte die Einfahrt hinauf und hielt direkt vor dem Hoteleingang. David achtete nicht weiter darauf, doch in diesem Moment sprangen zwei Männer heraus und packten ihn. Mit geübten Griffen zerrten sie ihn in den Fond des Wagens, der daraufhin sofort losfuhr.

»Wer sind Sie? Was wollen Sie von mir?«, fauchte David, doch die beiden Männer schwiegen und blickten starr geradeaus.

»Wo bringen Sie mich hin?« Erneut erhielt er keine Antwort, und als er sich aufrichtete, wurde er von den Männern sofort wieder in den Sitz zurückgedrückt.

Die Fahrt ging durch einen relativ intakten Außenbezirk von Kabul, denn David konnte nur wenige zerschossene Häuser ausmachen. Bald hatten sie die Vororte passiert, vor ihnen lag die karge afghanische Steinwüste. Der Wagen donnerte über eine staubige Straße Richtung Masar-e Sharif, wo die deutschen Friedenstruppen stationiert waren. Doch plötzlich verlangsamte die Limousine ihr Tempo und bog auf einen schmalen Feldweg ab.

David schloss die Augen und überlegte, wie er die beiden Männer überwältigen konnte. Er vermutete, dass man mit seiner Entführung Lösegeld erpressen wollte. Doch andererseits wirkten die Männer nicht wie normale Kidnapper, auch das teure Auto passte nicht dazu. Ehe er sich weitere Gedanken machen konnte, stoppte der Wagen vor einem ausladenden weißen Zelt.

»Aussteigen!«, kommandierte einer der Männer.

David kletterte aus dem Wagen und steuerte auf das Zelt zu. Links und rechts des Eingangs standen zwei Afghanen mit historischen Flinten, aus dem Inneren ertönte knisternd eine Opernarie von einem Plattenspieler. Einer der Afghanen hielt David die Zeltbahn auf, sodass er eintreten konnte.

Der Innenraum des Zeltes wurde von glimmenden Kohlebecken in großen Drahtkörben erhellt, die gleichzeitig als Wärmequelle dienten. An den Seiten hatte man Sofas und Diwans platziert, auf denen Männer und Frauen in Uniform saßen. Kellner in afghanischer Tracht huschten lautlos umher und servierten Drinks.

David kannte einige der deutschen Militärs noch aus seiner aktiven Zeit, es waren Offiziere, die für Spezialoperationen zuständig waren. In der Mitte des Zeltes befand sich eine große Tafel, auf der silbrig funkelnde Töpfe standen. An einem Tisch dahinter saß ein Mann in Zivil, der eine Hornbrille trug und sein längeres braunes Haar mit Gel streng zurückgekämmt hatte.

»Hallo, David. Möchtest du einen Drink zum Aufwärmen?« Der Mann winkte einer Bedienung.

»Was für ein Aufwand, nur um mich zum Mittagessen einzuladen. Schon lange nicht mehr gesehen, Max!«, sagte David. Max von Hunzicker war der Staatssekretär des deutschen Innenministers. David kannte ihn von früher, als es noch so etwas wie Familie in seinem Leben gegeben hatte. Max war der Verlobte seiner Schwägerin Hanna gewesen. Die beiden hatten heiraten wollen, aber dazu war es nie gekommen. Den eigentlichen Grund hatte David nicht erfahren.

»Setz dich, David. Was möchtest du essen?« Max blätterte gelangweilt in der Speisekarte. »Ich kann dir Lamm mit Couscous und flambierten Feigen empfehlen.«

»Was soll das alles hier, Max? Für Couscous muss ich nicht so weit fahren. Also, heraus mit der Sprache!«

»Hanna braucht dich, David. Der BND wird uns dabei unterstützen.« Max nahm sein Handy, öffnete eine Videodatei und hielt es David entgegen: »Das ist eine Nachricht von Hanna an dich.«

Auf dem Display erschien das Gesicht von Hanna.

»David, meine Tochter Maja ist in Gefahr. Sie hat sich gerade aus Riga bei mir gemeldet. Jonas, ihr Freund, ist ermordet worden und sie wird verfolgt. Du musst sie finden und in Sicherheit bringen.« Hanna stockte und wischte sich mit dem Handrücken die Tränen von den Wangen, ehe sie weitersprach. »Wenn du schon Jane nicht retten konntest, dann hilf wenigstens Maja.«

7

Lettland – Insel in der Bucht von Riga

Je näher sie dem Containerhafen kam, desto heller und heller wurden die Lichter. Jetzt konnte Maja erkennen, dass ihre Finger voller Dreck und getrocknetem Blut waren. Sie drosselte den Motor, streckte wie gehetzt ihre Hände in das eiskalte Wasser und rieb so lange, bis sie nichts mehr spürte. Kurz darauf fuhr sie in den Hafen, zog das Schlauchboot eine Sliprampe hoch und lief sofort zur Hafenmeisterei.

»Mein Freund Jonas ist tot«, begann sie atemlos, stoppte jedoch kurz, da sie sich erst sammeln musste. »Er lag auf der Forschungsinsel am Strand. Ich habe ihn in einer Höhle versteckt. Dann haben mich zwei Männer mit Gewehren verfolgt und wollten mich töten. Sie müssen mir bitte helfen«, berichtete sie dem Hafenmeister aufgewühlt.

»Dafür bin ich leider nicht zuständig.« Der Hafenmeister zuckte mit den Schultern. »Du musst zuerst zur Polizei gehen. Die können dich sicher unterstützen.«

»Danke für den Tipp.« Maja blickte sich um und sah ein Telefon auf dem Schreibtisch stehen. »Darf ich telefonieren? Mein Akku ist leer.«

Der Hafenmeister nickte und Maja wählte die Nummer ihrer Mutter. »Hallo, Hanna. Ich bin's, Maja. Jonas wurde ermordet und jetzt will man auch mich umbringen.«

Hastig berichtete sie ihrer Mutter, was vorgefallen war, und legte danach auf.

»Ich mache mich jetzt auf den Weg zur Polizei«, teilte sie dem Hafenmeister mit und lief aus dem Büro.

»Warum hat man denn deinen Freund getötet?«, rief er ihr hinterher.

»Weil er zu viel wusste«, antwortete Maja.

Der kalte Wind heulte und verschluckte die Antwort des Hafenmeisters.

Maja spürte, wie die Wirkung des Adrenalins langsam nachließ; erst jetzt begriff sie die ganze Tragweite dessen, was geschehen war.

Als wäre plötzlich ein Damm gebrochen, strömten ihr Tränen über die Wangen, und ihr Herz schmerzte, als sie an Jonas dachte. Mit einer fahrigen Handbewegung zog sie sich die Mütze tiefer ins Gesicht und versuchte, die Bilder zu vergessen, die Bilder von Jonas, wie er draußen am Strand mit einem Loch im Kopf gelegen hatte und langsam von den Vögeln zerhackt wurde.

Mit diesen Gedanken im Kopf eilte sie auf die breite Ringstraße, wo sich die Zentrale der *Latvijas Valsts policija*, der lettischen Staatspolizei, befand.

Maja hatte Glück, denn das Büro war schon besetzt.

Aivars Balodis, ein Kommissar mit dunklen Haaren und grauem Gesicht, der überarbeitet wirkte, hörte sich schweigend Majas Geschichte an und nippte dabei an seinem Kaffee.

»Ihr Freund hat also auf dieser Insel heimlich Arbeiter interviewt, die angeblich radioaktiv verseucht waren. Und es gab ein paar Arbeitsunfälle, bei denen zwei Menschen ums Leben kamen. Außerdem wurde radioaktives Material aus

40

Russland illegal nach Lettland transportiert? Ist das nicht ein bisschen viel auf einmal? Das klingt ja wie ein Spionagefilm«, fragte er skeptisch.

»Alle Beweise sind in einer Cloud gespeichert«, erwiderte Maja. »Außerdem habe ich die Leiche meines Freundes in einer Höhle versteckt und kann sie Ihnen zeigen. Worauf warten Sie noch?«

»Na gut, sehen wir uns die Insel einmal genauer an.« Balodis wuchtete sich aus dem Stuhl und angelte nach seinem Anorak. Schweigend marschierten sie zu dem Polizeiboot, das gleich darauf Kurs auf die geheime Forschungsinsel des Unternehmens FuturX nahm.

Wegen des hohen Wellengangs hob und senkte sich das relativ kleine Streifenboot unablässig. Maja klammerte sich an ihren behelfsmäßigen Sitz, um das Gleichgewicht zu halten. Links und rechts türmten sich die schwarzen Felsen auf, als das Schiff mit halber Kraft in die enge Bucht tuckerte.

»Dort oben hat man auf mich geschossen«, erklärte Maja und deutete auf die Klippe.

»Das ist eigenartig. Ich habe schon per Funk nachgefragt, aber in dem Forschungslabor hat niemand Schüsse gehört«, wunderte sich Balodis, der gerade aus der Steuerkabine kam.

»Sie glauben mir nicht, aber es ist die Wahrheit.«

Balodis sagte nichts, sondern ging nach vorne zum Bug.

Als der Schiffsführer den Motor stoppte und das wendige Boot langsam in das flache Wasser am Ufer gleiten ließ, breitete sich eine unheimliche Stille über der Bucht aus, die einzig von den klagenden Lauten eines Vogels unterbrochen wurde. Weit oben vor dem grauen Himmel drehte ein Seeadler seine Runden.

Balodis und Maja verließen das Polizeiboot über die Bugspitze mit einem beherzten Sprung auf den Kieselstrand.

»Das ist ein riesiger Umweltskandal. Es wurde radioaktives Wasser ins Meer abgelassen. Jonas hat auch tote Fische fotografiert. Mein Freund musste sterben, weil er das alles aufgedeckt hat«, sagte Maja aufgebracht. Insgeheim verwünschte sie sich, dass sie kein Foto von dem toten Jonas gemacht hatte, als sie jetzt die zweifelnde Miene des Kommissars wahrnahm.

»Immer langsam!« Balodis hob abwehrend die Hände. »Zeigen Sie mir die Höhle. Dann sehen wir weiter.«

»Natürlich. Doch das Forschungslabor von FuturX ist der Schlüssel. Ich kann beweisen, dass diese Nuklearbatterien, die dort entwickelt werden, gefährlich sind. Obduzieren Sie die beiden Techniker, dabei werden Sie feststellen, dass die Männer mit hoch radioaktiven Substanzen in Berührung gekommen sind.«

»Uns ist kein einziger Fall untergekommen, bei dem der Tod durch Radioaktivität hervorgerufen wurde«, blockte Balodis sofort ab.

»Weil Sie die Toten natürlich nicht daraufhin untersucht haben«, konterte Maja. »Das müssen Sie jetzt nachholen!«

»Junge Frau, Sie brauchen mir meine Arbeit nicht zu erklären«, versetzte Balodis gereizt. »Außerdem sind die Leichen schon eingeäschert.«

»Warum wollen Sie mir einfach nicht glauben?« Maja wollte noch etwas äußern, doch plötzlich brachen die Ereignisse der letzten Nacht mit geballter Wucht über sie herein.

»Sie warten hier«, befahl Balodis und hielt Maja, die gerade in Richtung Klippe losstürmen wollte, am Arm zurück. »Ich schaue mich in der Höhle um.« Behände kletterte der Kommissar die spitzen Felsen hinauf und kroch in das schwarze Loch.

»Sind Sie sicher, dass es diese Höhle ist?«, hörte Maja die Stimme von Balodis aus den Eingeweiden der Felsen gespenstisch hallen.

»Natürlich, wie könnte ich das je vergessen!«, rief sie nach oben.

Stille.

Was zum Teufel geht dort oben vor, dachte Maja und trat nervös von einem Bein auf das andere. Schließlich hielt sie es nicht mehr aus und erklomm zwei scharfkantige Felsbrocken, um nachzusehen.

»Was ist denn los?«, fragte sie laut in die Dunkelheit hinein, und ihre Stimme brach sich an den schwarzen Wänden und wurde als vielfältiges Echo zurückgeworfen.

»In der Höhle liegt keine Leiche, keine Spur von Ihrem Freund Jonas«, ertönte Balodis' Stimme. Er leuchtete Maja mit seiner Taschenlampe direkt ins Gesicht.

»Und was ist mit den Schüssen? Es muss doch Patronenhülsen geben«, beharrte Maja.

»Wir werden hier kein Sonderkommando einsetzen«, antwortete Balodis ungehalten. »Es gibt nicht den geringsten Verdacht. Peer Lundqvist, der Leiter des Forschungslabors, war übrigens so freundlich, uns zu gestatten, dass wir uns auf der Insel ein wenig umsehen.« Balodis schob sich an Maja vorbei und kletterte wieder hinunter zum Strand.

»Haben Sie keine Blutspuren auf dem Felsboden entdeckt?«, rief ihm Maja hinterher und riss sich wütend die Mütze vom Kopf. »Das gibt's doch nicht. Glauben Sie etwa, ich lüge?«

»Vielleicht steigern Sie sich ein wenig zu sehr in diesen sogenannten Umweltskandal hinein«, gab Balodis zu bedenken.

»Sie glauben, ich habe mir das alles bloß eingebildet? Halten Sie mich etwa für verrückt?«

»Ich bin kein Arzt. Darüber erlaube ich mir kein Urteil«, entgegnete Balodis diplomatisch. »Fahren wir jetzt zum Forschungslabor.«

Sie gingen wieder an Bord des Polizeibootes und kurvten die felsige Küste entlang, bis sie die Anlegestelle erreichten, die man für das Forschungslabor gebaut hatte. Am Bootssteg erwartete sie bereits ein großer Mann mit blonden Haaren.

»Ich bin Peer Lundqvist, der Leiter dieses Forschungslabors«, begrüßte er sie und schüttelte Balodis die Hand. Anschließend wandte er sich an Maja. »Sie sind also die Mitarbeiterin von Safe World, deren Freund angeblich tot am Strand aufgefunden wurde.«

»Mein Name ist Maja Svenson und mein Freund ist nicht angeblich tot, sondern er wurde ermordet. Und zwar mit einem Kopfschuss«, sagte Maja. »Sein Name ist Jonas Lindström und er hat für Sie gearbeitet.«

»Ja, ich erinnere mich an Jonas. Ein sehr fähiger Techniker, so wie alle Schweden hier. Ich hätte ihn gerne hierbehalten, aber er hat gekündigt.«

»Gab es einen Grund für seine Kündigung?«, fragte Balodis dazwischen.

»Seine Freundin hat sich von ihm getrennt, deshalb wollte er nach Amerika. Er hatte ein Angebot aus Stanford«, antwortete Lundqvist.

»Das stimmt doch nicht. Wir haben uns nicht getrennt und Jonas hatte auch kein Angebot der Stanford University«, widersprach Maja trotzig.

»Ich kann Ihnen gerne Jonas' Kündigungsschreiben zeigen«, bot Lundqvist freundlich an.

»Nicht nötig«, lenkte Balodis ein. »Wenn Sie gestatten, schauen wir uns auf der Insel noch ein wenig um.«

»Selbstverständlich.« Lundqvist gab einem Mann in schwarzem Overall, der in einem Geländewagen saß, ein Zeichen. »Wir können jetzt gern das Gelände abfahren und nach Ihrem Freund suchen. Die Insel ist nicht sehr groß und schnell zu umrunden. Sie können sich nach Herzenslust umsehen.«

Nachdem sie in den Wagen gestiegen waren, drückte der Fahrer auf einen Knopf. Der Wagen bewegte sich geräuschlos vorwärts.

»Ein elektrischer Geländewagen«, stellte Balodis beeindruckt fest.

»Das ist ein Prototyp von FuturX. Wir verbauen unsere Nuklearbatterien in Zukunft natürlich auch in großen Geländewagen und experimentieren bereits mit Trucks.«

»Wie genau funktioniert das eigentlich mit diesen Akkus?«, wollte Balodis interessiert wissen.

»Das radioaktive Material, das wir hier verarbeiten, wurde uns unter strengsten Sicherheitsauflagen von der lettischen Regierung zur Verfügung gestellt. Es wird in künstlich produzierte Diamanten verwandelt. Dort entsteht die elektrische Spannung, die für den Antrieb des Fahrzeugs notwendig ist«, erläuterte Lundqvist.

»Hier haben Sie also schon eine Ihrer radioaktiven Zellen verbaut?«, konstatierte Maja. »In dem Fall können wir doch gleich eine Messung vornehmen?«

»Glauben Sie tatsächlich, ich würde Sie dieser Gefahr aussetzen, wenn die Batterie radioaktive Strahlung absondert? Das einzig Strahlende sind Sie, Maja«, frotzelte Lundqvist amüsiert.

»Das finden Sie wohl witzig? Insofern haben Sie doch sicher auch nichts dagegen, wenn wir die Strahlung überprüfen? Ganz unkompliziert mit einem Geigerzähler«, ließ Maja nicht locker.

»Wenn Sie darauf bestehen.« Lundqvist winkte einem Mitarbeiter. »Besorgen Sie uns bitte einen Geigerzähler.«

Kurz darauf kehrte der Mann mit einem Gerät zurück, das an einen Rasierapparat mit Display erinnerte. Lundqvist öffnete die Heckklappe des Geländewagens, wo sich unter einer Aluplatte die Batterie befand.

»Messen Sie bitte die radioaktive Belastung«, wies Lundqvist den Mann an.

»Hier gibt es keine Radioaktivität«, erwiderte der Mitarbeiter, nachdem er das Gerät über den Akku gehalten hatte, und zeigte Maja das Display.

»Wie Sie sehen, halten wir uns streng an die Umweltstandards und Auflagen der EU«, sagte Lundqvist triumphierend. »Das können Sie gerne Safe World berichten.«

»Das gibt's doch nicht«, murmelte Maja. *Verdammt, jetzt stehe ich da wie eine hysterische Umweltschützerin – ohne jede Fachkompetenz und Professionalität. Wie blöd kann man denn sein*, dachte sie. Natürlich hatte sich Lundqvist auf ihren Besuch vorbereitet. Auch das Kündigungsschreiben von Jonas war sicher eine Fälschung, aber noch hatte sie einen Trumpf im Ärmel.

»Jonas hat alles dokumentiert und in einer Cloud gespeichert«, verkündete sie spontan und verwünschte sich sofort für diese Äußerung, als sie die Augen von Lundqvist bemerkte, die plötzlich zu Eis wurden.

»Ist das eine Drohung?« Lundqvist wirkte wieder völlig unbeeindruckt und Maja glaubte schon, sich getäuscht zu haben.

»Das können Sie auslegen, wie Sie möchten«, antwortete Maja.

»Ich denke, wir können uns die Fahrt über die Insel sparen«, lenkte Balodis ein und kletterte wieder aus dem Wagen.

Maja blickte Lundqvist hinterher, der gerade ein niedriges Gebäude aus grauem Stein betrat.

Ich würde zu gerne hinter diese Mauern sehen, dachte sie. Schnell lief sie auf das Gebäude zu, in dem Lundqvist verschwunden war. Sie wollte gerade die Tür öffnen, als diese von innen aufgestoßen wurde.

»Wollten Sie zu mir?«, fragte Lundqvist, der mit zwei dampfenden Bechern in der Hand vor ihr stand. »Ich habe uns Kaffee geholt. Möchten Sie?« Auffordernd hielt er Maja einen Kaffeebecher hin.

»Danke, nein«, winkte Maja ab.

»Sie sind eine sehr impulsive junge Frau. Das nächste Mal rufen Sie mich an, wenn Sie unsere Insel besuchen möchten.« Lundqvist reichte Balodis einen der Becher. »Mein Tipp: Springen Sie über Ihren Schatten und rufen Sie Jonas an. Er war sehr traurig darüber, dass Sie sich von ihm getrennt haben. Warten Sie dann ein paar Tage, bis sich die Wogen der Erregung gelegt haben, und er wird sicher wieder auf der Bildfläche erscheinen.«

»Wie sollte er denn auftauchen – als Zombie?«, entgegnete Maja wütend und drehte sich abrupt um. Die Hände tief in den Taschen ihrer Hose vergraben, stapfte sie auf der Betonpiste zurück zum Anleger, wo das Polizeiboot festgemacht hatte. *Wen kann ich um Hilfe bitten, um diesen Skandal aufzudecken? Noch besser, ich lasse das Material auf Echtheit überprüfen und präsentiere es dann bei der WHO. Ich gebe nicht auf, niemals!*

Schweigend fuhren sie zurück. Als das Polizeiboot in den Hafen einlief, sah Maja auf dem Parkplatz neben dem Kai einen Wagen der *Latvijas Valsts policija* mit rotierendem Blaulicht, vor dem zwei Uniformierte standen. Ein zweites Auto fuhr heran und ein Mann stieg aus. Er trug einen grauen Mantel und rauchte eine Zigarette. Langsam schlenderte er zum Pier und wartete, bis das Schiff angelegt hatte. Als Maja und Balodis von Bord gingen, warf er seine Zigarette ins Hafenbecken und kam gelassen auf sie zu.

»SAB. Lettischer Geheimdienst. Ich übernehme«, sagte der Mann zu Balodis mit einer befehlsgewohnten Stimme, die keinen Widerspruch duldete.

Balodis nickte kurz und ging schnell weiter.

Als Maja ihm folgen wollte, vertrat ihr der Geheimdienstmann den Weg.

»Maja Svenson, Sie sind verhaftet.«

8

Die Großdemonstration brachte den Nachmittagsverkehr in Charlottenburg fast völlig zum Erliegen. Auf Transparenten forderten die grünen Aktivisten von der Regierung ein Umdenken in der Klimafrage und den sofortigen Ausstieg aus dem Kohlebergbau. Vom Bahnhof Zoo bis zum Savignyplatz war kein Durchkommen mehr möglich. Die schwarzen Limousinen mussten auf ihrem Weg aus dem Regierungsviertel auf weniger frequentierte Straßen ausweichen, um die Tiefgarage eines unauffälligen Bürohauses in der Kantstraße zu erreichen.

»Haben Sie die Spruchbänder gesehen?«, fragte Erik Hansen, Vizechef des BND, eine Frau, die gerade aus dem Fond ihres Wagens stieg. »Klimawandel, das ist es, was die Massen bewegt. Mit diesen Themen gewinnt man heutzutage die Wahlen.«

»Deshalb sind wir auch hier«, erwiderte Birgit Lang, die Staatssekretärin im Umweltministerium. Sie strich ihren dunkelblauen Hosenanzug glatt. »Es wird höchste Zeit, dass wir etwas unternehmen. Lassen Sie uns reingehen, wir werden bereits erwartet.«

Schweigend fuhren sie mit dem Aufzug nach oben und gelangten in einen breiten Korridor mit Schränken und Sitzgelegenheiten aus den Sechzigerjahren. Vor einer Tür ohne Aufschrift blieben sie stehen und ein Personenschützer klopfte diskret an. Die Tür öffnete sich automatisch und gab den Blick frei in ein modernes Foyer, das in krassem Gegensatz zu dem altmodischen Flur stand.

Eine blonde junge Frau in verschiedenfarbigen Sneakers balancierte gerade einen Kaffeebecher auf ihrem iPad und zeigte wortlos auf eine Designtür.

»Sehr originell«, flüsterte Birgit Lang, als sie eintraten, und deutete auf die unterschiedlichen Schuhe der Frau. Der Besprechungsraum wurde von einer großen Glastafel dominiert, die an der Stirnseite installiert worden war. In der Mitte befand sich ein rechteckiger Tisch, der wie eine überdimensionierte Tischtennisplatte anmutete. Links und rechts davon standen bunte Stühle.

»Willkommen in der Abteilung«, begrüßte sie ein Mann mit dunklem Vollbart, der einen schwarzen Rollkragenpullover trug. Es war Müller, der Chef dieser Spezialabteilung des BND. »Danke, dass Sie so schnell unserer Einladung gefolgt sind, Frau Staatssekretärin. Hallo, Erik.« Er nickte auch dem Vizechef des BND zu.

»Ich hoffe, es ist wirklich dringend«, signalisierte Birgit Lang ihre Ungeduld. Sie war Mitte vierzig, gut aussehend, wären da nicht die beiden Falten gewesen, die sich von ihren Mundwinkeln abwärts zogen und ihr einen verhärmten Touch verliehen.

Warum müssen diese hohen Beamten immer so gestresst wirken? Aber genau das macht sie wahrscheinlich so wichtig, dachte Robyn insgeheim und blickte gespannt zu Hansen und ihrem Chef.

»Mich würde auch interessieren, was an dieser Sache so brisant ist«, stimmte Hansen zu.

»Ich komme gleich zur Sache. Robyn, fangen wir an.« Müller gab Robyn, die mit verknoteten Beinen auf einem Stuhl saß, ein Zeichen.

»Wie Sie sicher gehört haben, gibt es in fünf Tagen eine Abstimmung der EU-Umweltminister über die europaweite Zulassung von umweltfreundlichen Elektrofahrzeugen der Firma FuturX, die mit Nuklearbatterien betrieben werden«, begann Müller seine Ausführungen, und Robyn schickte mit dem Beamer das Logo des Unternehmens auf die Glaswand.

»CEO und Frontfrau des Unternehmens ist Gloria Schmidt, die über sehr gute Verbindungen zum Kanzleramt verfügt, und das macht die Sache daher besonders delikat.«

»Inwiefern?« Birgit Lang zog die Stirn kraus.

»Wir haben auf dringende Anfrage des Innenministeriums das Unternehmen FuturX überprüft und sind dabei auf einige Ungereimtheiten gestoßen.«

Robyn projizierte mit ihrem iPad ein Schaubild des Unternehmens auf die große Glastafel.

»Hier sehen wir das Organisationsdiagramm von FuturX«, erklärte Müller und wies dabei auf ein kleines Kästchen. »Das Unternehmen ist Teil einer großen Firmengruppe, deren Head eine Holding namens Treasure Island ist.«

»Das ist doch hinlänglich bekannt«, meinte Hansen und hob genervt die Augenbrauen. »Ich verstehe nicht, worauf Sie hinauswollen.«

»Gloria Schmidt hat außerdem auf Ersuchen des Kanzleramtes bisher absolut kooperativ bei den Überprüfungen mitgewirkt«, ergänzte Birgit Lang.

»Das stimmt, aber bis jetzt wussten wir nicht, wer wirklich hinter Treasure Island steckt«, sprach Müller weiter. »Gestern gelang es unserer IT-Spezialistin Robyn, eine anonyme Mail abzufangen und zu entschlüsseln.«

»Eigentümer der Holding mit Sitz auf Zypern ist der Russe Alexej Alexandrowitsch, dem enge Verflechtungen mit dem russischen Geheimdienst nachgesagt werden«, erläuterte Robyn mit ausdrucksloser Stimme. Während sie sprach, hielt sie den Kopf gesenkt und massierte sich die hochrasierten Schläfen mit den Fingerspitzen.

Hoffentlich werden jetzt nicht wieder zu viele naive Fragen gestellt, dachte sie und blickte angestrengt in die Runde, während sie ein Foto von Alexandrowitsch auf die Glaswand warf.

»Dieser Alexandrowitsch ist also der Drahtzieher«, konstatierte Hansen und klopfte energisch mit seinem Stift auf die Tischplatte. »Der BND hat ihn schon seit einiger Zeit als russischen Agenten auf dem Radar.«

»Außerdem hat Alexandrowitsch im sibirischen Irkutsk eine Firma, die sich auf das Entsorgen von Brennstäben aus Atomkraftwerken spezialisiert hat«, ließ sich Robyn nicht aus der Ruhe bringen. »In Zusammenarbeit mit ehemaligen Agenten des russischen Geheimdienstes werden diese hoch radioaktiven Brennstäbe illegal nach Riga in das geplante Werk von FuturX gebracht – so unsere Vermutung.«

»Durch die Beteiligung von Alexandrowitsch erhält die ganze Angelegenheit eine zusätzliche Dimension«, fügte Müller hinzu. »Denn in den Sensoren der Akkus werden Daten gespeichert, die dem russischen Geheimdienst dann ohne Weiteres zugänglich sind.«

»In Anbetracht dessen schlage ich vor, dass die Umweltminister so bald wie möglich telefonisch negativ über die Zulassung dieser Akkus abstimmen, und das Problem ist erledigt«, verkündete Hansen schnell.

Robyn warf ihm einen unauffälligen Blick zu. *Hansen will die Angelegenheit sofort ohne weitere Nachforschungen bereinigen, vielleicht ist er ein Lobbyist der deutschen Autoindustrie*, ging es ihr durch den Kopf.

»Nicht so voreilig«, bremste die Staatssekretärin Hansen sofort ein. »Ist das eine bloße Vermutung oder gibt es dafür Indizien?«, bohrte sie mit skeptischer Miene. »Das Kanzleramt wird nicht erfreut sein, wenn wir FuturX und Gloria Schmidt unbegründet in Verruf bringen.« Dabei zupfte sie indigniert an ihrer Perlenkette. »Deshalb brauchen wir stichhaltiges Material, ehe wir hier eine Entscheidung treffen.«

»Wir haben bereits genug Beweise«, antwortete Robyn kühl und schickte ein Soundfile auf die Glaswand. »Dieses Telefonat aus Riga wurde heute sehr früh am Morgen abgefangen. Die Übersetzung steht darunter.«

Robyn drückte auf Start: »Mama, es ist etwas Schreckliches geschehen. Man hat Jonas ermordet und will auch mich töten. Hier passiert ein gigantischer Umweltskandal. Radioaktive Brennstäbe gelangen illegal ins Land, und diese Nuklearbatterien sind hochgefährlich. Jonas hat alles dokumentiert und in einer Cloud gespeichert. Bitte hilf …«

Robyn schaute kurz auf, da alle Besprechungsteilnehmer nachdenklich schwiegen.

»Wessen Stimme ist das?«, fragte Birgit Lang.

»Das ist Maja Svenson, eine schwedische Mitarbeiterin von Safe World, einer Organisation, die Umweltsünden aufdeckt und der WHO meldet. Sie hat im Auftrag von Safe World belastendes Material über FuturX gesammelt.« Robyn projizierte ein weiteres Foto auf die Glaswand. Es zeigte eine junge Frau, die eine Strickmütze trug und ihre blonden Haare zu zwei Zöpfen geflochten hatte. »Die Frau, mit der sie telefoniert hat, ist Hanna Svenson, Mitarbeiterin im schwedischen Außenministerium. Sie ist die Mutter von Maja.« Auch zu dieser Information wurde ein Foto eingeblendet. Auf einem weiteren Bild sah man einen jungen Mann in einem Forschungslabor in die Kamera lächeln.

»Das ist Jonas Lindström. Er ist Atomtechniker und hat für FuturX in Riga gearbeitet. Und er ist der Freund von Maja, der angeblich ermordet wurde. Das überprüfen wir gerade.«

»Wo soll das geschehen sein?« Birgit Lang drehte nervös die Kappe ihres Füllers hin und her.

»Das Forschungslabor von FuturX befindet sich auf einer hermetisch abgeschotteten Insel in der Bucht vor Riga«, informierte Robyn und ließ ein Bild von der Insel auf der Glaswand erscheinen. »Das ist eine Satellitenaufnahme unserer englischen Kollegen.«

»Ist die lettische Polizei bei diesem angeblichen Mordfall aktiv geworden?«, erkundigte sich Hansen.

»Wir haben noch keine detaillierten Informationen darüber, aber ein lettischer Kommissar ist mit Maja bereits auf der Insel gewesen.«

»Was schlagen Sie also vor? Wie wollen Sie weiter vorgehen?«, fragte Hansen ungehalten. »Gibt es bereits ein Erfolg versprechendes Szenario?«

»Natürlich, deshalb sind Sie auch zu diesem Treffen gebeten worden«, antwortete Müller und rückte seine schwarze Hornbrille zurecht, ehe er weiterredete. »Maja Svenson soll ihr Material bei der geheimen Abstimmung der EU-Minister im französischen Les Deux Alpes vorlegen. Das wurde mit Safe World vereinbart. Damit können wir die Zulassung der Nuklearbatterien von FuturX verhindern und die Elektroautos werden niemals gebaut.«

»Wo ist diese Maja im Augenblick? Sie erwähnte in dem Telefonat, dass auch sie in Gefahr ist. Wir müssen sie bis zu diesem Treffen schützen«, meinte die Staatssekretärin. »Sie ist unser Trumpf.«

»Derzeit ist Maja in Riga, aber das ist nicht verifiziert. Wir haben noch keinen Kontakt zu ihr hergestellt.«

»Wer soll mit ihr Verbindung aufnehmen? Das muss diskret und über eine neutrale Person erfolgen, die nichts mit dem Geheimdienst oder mit Regierungskreisen zu tun hat«, sagte Hansen. »Sonst glaubt man, wir hätten die Untersuchungen von Safe World beeinflusst.«

»Ich stimme Ihnen voll und ganz zu.«

»Gibt es eine derartige Person?«

»Ja, wir haben die geeignete Person«, bestätigte Robyn. Ein weiteres Foto tauchte auf der Glaswand auf. Es zeigte einen Mann mit blauen Augen und kurzen blonden Haaren. Er saß auf einem staubigen Feld und hatte einen dreibeinigen Hund neben sich.

»Wer soll das denn sein? Einer dieser Tierschützer, die am liebsten alle Tiere des Planeten retten wollen?«, ereiferte sich Hansen.

»Das ist David Stein, ein ehemaliger BND-Agent, der jetzt als Hundeflüsterer auf Mallorca lebt.«

»Was hat ein Hundeflüsterer und Ex-Agent damit zu tun?« Birgit Lang klopfte genervt mit den Fingerspitzen auf die Papiere, die vor ihr auf dem Tisch lagen. »Kann mir das bitte jemand erklären?«

»Natürlich nichts.« Müller lächelte angestrengt. »Das ist ja das Gute. Damit sind wir über jeden Verdacht erhaben.«

»Warum sollte Stein das machen?«

»Maja Svensons Mutter ist die Schwester von Steins toter Frau.«

»Und Sie glauben, deshalb wird er für uns arbeiten?«, gab Hansen skeptisch zu bedenken.

»Natürlich. Max von Hunzicker, der Staatssekretär des Innenministers, hat Stein in Kabul dieses Video gezeigt.« Müller nickte und Robyn projizierte das File auf die Glaswand.

»David, meine Tochter Maja ist in Gefahr. Sie hat sich gerade aus Riga bei mir gemeldet. Jonas, ihr Freund, ist ermordet worden und sie wird verfolgt. Du musst sie finden und in Sicherheit bringen. Wenn du schon Jane nicht retten konntest, dann hilf wenigstens Maja.«

»Und dieses emotionale Argument hat ihn überzeugt?«, wandte Birgit Lang zweifelnd ein und schob ihre Unterlagen zusammen.

»Es ist zwar logisch nicht nachvollziehbar, aber Stein konnte der Schwester seiner toten Frau diesen Wunsch nicht abschlagen«, bestätigte Robyn und dachte dabei an David, den sie insgeheim um seine Emotionalität beneidete.

9

Riga – Staatliche Universität

Morton Bergham hatte sich für das Postgraduate-Studium »Erneuerbare Energien« an der Universität von Riga eingeschrieben. Das war ein Studiengang, der erst seit Kurzem auf dem Lehrplan der staatlichen Universität stand. Morton war mittelgroß, um die dreißig, trug eine Brille und sein dunkles gelocktes Haar kurz geschnitten. Mit seiner abgewetzten Jacke und den derben Boots wirkte er auf den ersten Blick wie ein älterer Student oder Tutor. Die meiste Zeit trug er Kopfhörer, denn er redete nicht gerne mit anderen Menschen. In dem Studentenheim, in dem er seit ein paar Tagen wohnte, hatte er ein Zimmer direkt neben der Treppe bezogen, denn er hatte Angst davor, dass ein Feuer ausbrechen könnte.

Im Augenblick stand er vor dem niedrigen Eingangsbereich der staatlichen Universität, der von zwei grauen Betontürmen flankiert war, in denen sich die Hörsäle befanden. Wie immer hörte er moderne klassische Musik, die ihn in einen tranceartigen Zustand versetzte. Zu den Klängen flossen die Studenten wie eine undefinierbare Masse links und rechts an ihm vorüber, bis sich eine junge Frau herausschälte, auf die er zusteuerte.

»Kennst du dich hier aus?«, sprach er die Studentin an, die eine Pagenkopffrisur trug und ein Tattoo im Nacken hatte.

»Du bist wohl neu hier?« Die Studentin blieb vor Morton stehen und musterte ihn interessiert.

»Ja, sieht man mir das an?« Morton zog sich den Kopfhörer von den Ohren.

»Nein, aber du hältst den Infoflyer der Uni in der Hand und fragst mich etwas, da ist das ja wohl offensichtlich«, antwortete die Studentin.

»Ich interessiere mich für das Symposion von Alex Rauschenberg, dem amerikanischen Klimaforscher. Aber ich kann den Vortragssaal nicht finden«, erklärte Morton mit einem entwaffnenden Lächeln.

»Der Vortrag von Rauschenberg ist erst morgen. Heute geht es bei der Veranstaltung nur um allgemeine Umweltthemen. Du interessierst dich für den Klimaschutz?« Sie fixierte Morton, als wüsste sie nicht, wie sie ihn einschätzen sollte. »Übrigens, ich bin Nadja«, sagte sie nach einer kleinen Schweigepause und streckte ihm die Hand entgegen.

»Morton.«

»Komischer Name.«

»Habe ich meinen Eltern auch gesagt.« Morton zuckte entschuldigend mit den Schultern. »Ich bin heute extra wegen Rauschenberg hierhergekommen. Eine Bekannte von mir aus Berlin hat mich auf die Idee gebracht. Sie ist eine Freundin von Maja Svenson, die für Safe World arbeitet.«

»Ach, du kennst Maja?«, fragte Nadja überrascht. »Das ist ja ein Zufall. Ich bin sehr eng mit ihr befreundet.«

»Oh, wirklich? Weißt du, wo sie sich im Moment aufhält? Ich soll ihr schöne Grüße ausrichten.«

»Nein, leider. Maja hat mir vor ein paar Tagen eine WhatsApp-Nachricht geschickt, dass sie mit Jonas zu der

Forschungsinsel von FuturX hinausfahren will, aber seither habe ich nichts mehr von ihr gehört«, antwortete Nadja.

»Schade, ich hätte sie gern persönlich getroffen.«

»Vielleicht ist sie ja bei der Demonstration«, überlegte Nadja. »Ich wollte sowieso hin. Komm doch einfach mit.«

»Was für eine Demo?«

»Das Unternehmen FuturX will eine Fabrik für die Produktion von Elektroautos außerhalb von Riga bauen. Das wollen wir verhindern, denn es gibt Gerüchte, dass die Akkus radioaktive Strahlung abgeben.«

»Wow, das klingt ja übel! Da bin ich dabei, wenn es dir nicht zu viele Umstände macht«, meinte Morton.

»Überhaupt nicht. Wir nehmen den Elektrobus.«

An der Station warteten bereits mehrere Studenten, die ihre selbst gemalten Schilder und Transparente mit großer Überzeugung trugen. Am liebsten hätte Morton jetzt seine Kopfhörer aufgesetzt, um die Geräusche auszublenden, die ihn wie ein Strudel umkreisten und unweigerlich nach unten zogen. Doch das wäre unhöflich gegenüber Nadja gewesen, deshalb beherrschte er sich.

»Wie lange bist du schon in Riga?«, erkundigte sich Nadja neugierig.

»Ich bin erst vor ein paar Tagen angekommen und habe ein Zimmer im Studentenheim bezogen.«

»Das Heim ist immer so überfüllt. Ich kenne eine WG. Wenn du willst, frage ich, ob noch ein Zimmer frei ist.«

»Danke, das ist nicht nötig. Ich bleibe nie lange an einem Ort«, lehnte Morton ab. »Sieh mal, da kommt der Bus.«

Auf den ersten Blick wirkte der Elektrobus wenig spektakulär, sondern wie ein normaler Autobus, war aber ausschließlich batteriebetrieben. Auf beiden Längsseiten prangte das Logo von FuturX.

»Ist der Bus vielleicht auch radioaktiv?«, fragte Morton.

»Nein, das haben die Behörden getestet. FuturX hat den Bus der Stadt Riga zur Verfügung gestellt. Die Ironie daran ist, dass der Bus jetzt Demonstranten befördert, die gegen deren geplantes Werk sind.«

Das alles erzählte die Studentin Morton, während sie die Brücke über den Fluss Düna passierten. Dann bogen sie in Richtung des Viertels Kalnciema mit seinen pittoresken Holzhäusern ab, das zum Weltkulturerbe zählte. Je weiter sie fuhren, desto heruntergekommener wurden die Gebäude. Schließlich erreichten sie die Ausläufer der Stadt, wo triste Plattenbauten aus der Sowjetzeit den Horizont verstellten.

Der Elektrobus hielt an der Endstation. Morton und Nadja stiegen mit den anderen Demonstranten aus. Mittlerweile hatte sich der Himmel verdunkelt und es begann leicht zu schneien. Schweigend stapften sie über ein morastiges Feld, bis sie zu einem Stacheldrahtzaun gelangten, vor dem man ein beschauliches Zeltdorf errichtet hatte.

»Kannst du Maja vielleicht irgendwo sehen?« Morton blickte sich suchend um.

»Nein, aber es stehen hier so viele Leute herum. Lass uns weiterschauen.«

»Was bedeutet die Lotosblüte, die du dir in den Nacken hast stechen lassen?«, wollte Morton wissen, als sie durch die Zeltstadt gingen.

»Sie steht für Reinheit und Erleuchtung. Die Lotosblüte wächst zwar in schlammigem Wasser, wird aber selber nie schmutzig.«

»Interessante Symbolik. Komm, suchen wir weiter.« Morton klappte den Kragen seiner Jacke hoch und hielt das Gesicht in den Schneeregen. Mit seinen derben Boots stapfte er über den aufgeweichten Boden, blickte in die Zelte, in denen Schlafsäcke und Matratzen lagen. Die jungen Männer und Frauen hatten sich vor den vergitterten Toren des Geländes, auf dem die Fabrik gebaut werden sollte, in den Morast gesetzt. Sie filmten sich gegenseitig mit ihren Transparenten, um damit sofort alle Social-Media-Kanäle zu fluten.

»Maja ist leider nicht hier«, stellte Nadja enttäuscht fest, nachdem sie einige der Demonstranten befragt hatte.

»Wo kann sie denn sonst sein?« Morton schob die Kopfhörer zurück, die er sich während Nadjas Abwesenheit wieder aufgesetzt hatte.

»Ich weiß es wirklich nicht. Aber ein Bekannter hat mir gerade erzählt, dass etwas Schreckliches passiert ist. Angeblich ist Jonas, ihr Freund, tot. Allerdings sind das alles bloß Gerüchte. Niemand weiß Genaueres. Maja hat vielleicht etwas herausgefunden und ist deshalb abgetaucht. Ich mache mir Sorgen um sie.«

Nadja sah verzweifelt zu Morton.

»Am besten, wir fahren zurück und suchen in der Stadt nach ihr«, schlug Morton vor.

»Du hast recht«, stimmte Nadja zu. »Wieso interessierst du dich eigentlich so für Maja?«, fragte sie, plötzlich misstrauisch geworden.

»Wie ich schon erwähnte, ist Maja die beste Freundin einer Bekannten von mir. Außerdem bewundere ich Menschen, die sich engagieren.«

»Das tue ich auch!« Nadja strich sich mit der Handfläche über das Tattoo in ihrem Nacken.

»Ich weiß, deswegen finde ich dich ziemlich sympathisch.« Morton lächelte gewinnend.

Nadja streifte Mortons Ärmel hoch und berührte zufällig das tätowierte Symbol, das er dort trug.

»Du gefällst mir. Und das Zeichen auf deinem Arm finde ich cool. Es wirkt zwar etwas furchteinflößend, aber auch anziehend.«

»Das Geheimnisvolle ist immer anziehend.«

10

PALMA DE MALLORCA – FLUGHAFEN SAN JOAN

Die Maschine aus Madrid landete planmäßig und David griff nach seiner Reisetasche. Er überlegte, wie er Leyla klarmachen sollte, dass er bereits heute nach Riga weiterreisen musste. Er wusste natürlich, dass ihn Max von Hunzicker geschickt manipuliert hatte, aber andererseits gab er sich tatsächlich die Schuld am Tod von Jane. Deshalb war es verständlich, dass er die Bitte von Hanna nicht ausschlagen konnte.

Als er aus der Ankunftshalle in Palma de Mallorca trat, regnete es und der Himmel war pechschwarz. Wie jedes Jahr im März hatte die Wetterumstellung auf der Insel begonnen und die ersten starken Gewitter waren aufgezogen. Der Regen war so heftig, dass David innerhalb weniger Augenblicke komplett durchnässt war. Er überquerte den Busparkplatz und sah schon von Weitem den alten Land Rover am Straßenrand parken. David riss die Tür auf und sprang in den Wagen.

»Leyla, wie schön, dich zu sehen. Was macht das Baby?«, fragte er Leyla Khan, die am Steuer saß.

»Uns geht es gut«, antwortete sie mit einem leisen Lächeln und strich sich über den unübersehbaren Bauch. Sie war bereits im siebten Monat schwanger. David kam es vor, als würde Leyla von Tag zu Tag schöner werden. Ihr blauschwarzes Haar glänzte und ihr Profil mit der markanten Nase wirkte noch hoheitsvoller als früher. Spontan beugte er sich zu ihr und gab ihr einen Kuss auf den Mund.

»Schau mir in die Augen«, sagte Leyla plötzlich und hielt Davids Gesicht so mit den Händen, dass sie ihm direkt in die Augen sehen konnte. »Ich war bei einer Bruja, um mir die Zukunft deuten zu lassen.«

»Du warst bei einer Hexe?« David zuckte zurück und schob Leylas Hände von sich weg. Er erinnerte sich an frühere Zeiten, als Leyla sein schwarzer Schatten gewesen war, mit dem Auftrag, ihn zu töten. Damals hatte sie mithilfe von Hühnerknochen ihr Leben gedeutet, um sich über ihre Gefühle klar zu werden.

»Als Kind im Libanon bin ich mit Auntie auch immer zu einer Sahira, einer Hexe, gegangen. Es war eine alte Frau aus dem Berberland, die alles über die Vergangenheit und Zukunft wusste.«

»Damals warst du ein kleines Mädchen, jetzt bist du erwachsen«, wandte David ein. »Was hat sie denn jetzt vorausgesagt?«

»Nichts, sie hat nichts gesehen, nur Nebel.« Leyla lugte nachdenklich durch die vom Starkregen nahezu undurchsichtige Windschutzscheibe. Mit einem Seufzer startete sie den Motor.

»Gut, dann sage mir, was du gerade in meinen Augen siehst«, bat David, der fühlte, dass Leyla ihm nicht die ganze Wahrheit sagte.

»›Geben Sie auf Ihren Mann acht, damit er nicht wieder einen Verlust erleidet.‹ Das hat die Bruja mir geraten«, antwortete Leyla schließlich nach einer längeren Pause.

»Woher wusste sie, dass ich bereits einmal einen schmerzlichen Verlust erlitten habe?«, wunderte sich David.

»David, sie ist eine Bruja!«

Für einen kurzen Moment starrte Leyla in Davids Augen und er erwiderte ihren Blick. Es war, als würden sie miteinander verschmelzen, würden eins werden, und er wäre am liebsten bei Leyla geblieben. Aber dann ging ihm wieder der Hilferuf von Hanna durch den Kopf, und er wusste, dass er ihre Tochter Maja finden musste.

»Die Schatten der Vergangenheit irren durch deine Gedanken. Das sehe ich in deinen Augen. Aber noch haben wir die Möglichkeit, das Schicksal zu unseren Gunsten zu beeinflussen«, beschwor ihn Leyla mit eindringlicher Stimme.

»Ich werde daran denken«, versprach David und wandte sich ab. Er brachte es nicht übers Herz, Leyla zu erzählen, dass er nach Riga fahren musste, und ließ den Moment ungenutzt verstreichen.

»Ich muss mich mehr um euch beide kümmern«, sagte er stattdessen. Zärtlich strich David Leyla über den Bauch.

»Dann solltest du der Stimme deines Herzens folgen«, meinte sie und lenkte den Wagen aus der Parklücke.

»Das werde ich bald«, murmelte David und wusste, dass ihm sein Kopf gerade etwas anderes suggerierte.

Während sie auf der Autobahn in den Südosten der Insel fuhren, wurde der Regen immer heftiger, und dann tauchten mit einem Mal Blaulichter vor ihnen auf. Als sie näher kamen, erblickten sie mehrere Polizeiautos, die quer auf der Fahrbahn standen.

»Die Autobahn ist gesperrt«, erklärte ein Polizist. »Es gab einen Unfall. Sie müssen die Umleitung nehmen.«

Leyla nickte und fuhr über eine holprige Piste, bis sie endlich die Landstraße erreicht hatten.

»Was zeigt denn der Wetterbericht auf deinem Handy an?«, fragte sie David, der stirnrunzelnd die dunklen Wolkenberge beobachtete.

»Es gibt eine Sturmwarnung, wir müssen uns beeilen, bevor auch diese Straße gesperrt wird«, erwiderte David.

Unversehens war der Himmel komplett schwarz und erste dicke Hagelkörner prasselten auf den Geländewagen. Das Gewitter war so heftig, dass die Scheibenwischer es nicht mehr schafften, für freie Sicht zu sorgen. Die Straße verwandelte sich in einen Bach und der Defender schlingerte bedenklich hin und her. Im Schritttempo gelangten sie in einen kleinen Ort, dessen schmales Flüsschen, das normalerweise am Rand der Häuserreihen entlangplätscherte, bereits zu einem reißenden Wasserlauf geworden war.

»Wir kommen nicht mehr weiter.« Leyla lenkte den Wagen auf den Dorfplatz und stellte den Motor ab.

»Am besten warten wir hier, bis das Unwetter vorüber ist«, sagte David zu Leyla, die zusammenzuckte, als plötzlich ein greller Blitzstrahl die Umgebung taghell erleuchtete. Ein gewaltiger Donner ließ den Wagen erzittern. Wieder zischte ein Blitz vom Himmel, und in dem gleißenden Licht erblickte David ein kleines Mädchen, das im Wasser trieb. Das Kind schlug verzweifelt mit den Armen, wollte zum rettenden Ufer paddeln, hatte aber gegen die Strömung keine Chance. Ohne zu überlegen, öffnete David die Tür des Land Rovers und sprang hinaus.

»David, was machst du? Das ist gefährlich!«, rief Leyla ihm hinterher, doch er sprang bereits in den Fluss. Aber er hatte den Sog unterschätzt, der ihm sofort die Beine wegriss. David landete schmerzhaft auf dem Rücken und wurde von den Fluten in rasender Geschwindigkeit vorwärtsgetrieben.

»David!«, hörte er kurz die angstvolle Stimme von Leyla, doch in dem Getöse des entfesselten Unwetters gingen ihre restlichen Worte einfach unter.

Durch den sintflutartigen Regen war der Bach über die Ufer getreten, und aufgrund der Wucht der Wassermassen wurden

Fahrräder, Mülltonnen und andere bewegliche Gegenstände einfach mitgerissen. Das Mädchen paddelte nur noch mit halber Kraft, tauchte unter, kam wieder hoch und schrie um Hilfe. In seiner Zeit als BND-Agent hatte David gelernt, auch in gefährlichen Situationen einen kühlen Kopf zu bewahren.

»Ich komme zu dir!«, rief er und kraulte mit aller Kraft quer zur Strömung. Er erreichte das Mädchen, packte es am Arm und zog es zu sich heran.

Panisch klammerte sich das Kind an Davids Hals.

»Keine Angst, gleich bist du in Sicherheit.« Vorsichtig löste David die Arme des Mädchens von seinem Nacken und nahm das Kind in einen Rettungsgriff. Auf dem Rücken schwimmend versuchte er, mit kräftigen Beinstößen zum Ufer zu gelangen. Er konzentrierte sich so sehr auf sein Ziel, dass er einen Baumstamm übersah, der in rasender Geschwindigkeit auf ihn zuschoss.

11

Riga – Hauptquartier des SAB

Das Hauptquartier des SAB, der Geheimpolizei von Lettland, war in einem Gebäude aus schwarzem Stein untergebracht, das früher bereits den KGB beherbergt hatte. Es war während der stalinistischen Ära der Sowjetunion erbaut worden und seine Architektur wirkte im Schneegestöber noch brutaler und furchteinflößender.

Eine unauffällige Limousine hielt vor dem Gebäude und zwei Männer stiegen aus. Sie öffneten die hintere Tür, aus der eine junge Frau, die ihre Strickmütze tief ins Gesicht gezogen hatte, hinauskletterte.

»Warum bin ich festgenommen?«, fragte Maja und zog den Reißverschluss ihres Anoraks bis oben hin zu. »Sie wollen mich ohne Rechtsbeistand festhalten. Ich bin schwedische Staatsbürgerin. Was wirft man mir vor?«

»Sie haben sich auf einer privaten Insel unerlaubterweise Zutritt zu einem privaten Forschungslabor verschafft und man verdächtigt Sie der Industriespionage für einen fremden Staat«, antwortete der lettische Agent.

»Deshalb müssen Sie uns ein paar Fragen beantworten, ehe Sie aus Lettland ausgewiesen werden«, sekundierte ihm sein Kollege.

»Das ist lächerlich. Mein Freund wurde ermordet und Sie verdächtigen mich mit Ihren haltlosen Vorwürfen. Sie stecken doch mit den Leuten von dieser Firma unter einer Decke«, schimpfte Maja erregt.

»Das können Sie später alles zu Protokoll geben«, ließ sich der Agent nicht provozieren. »Gehen wir hinein.«

Er wollte gerade nach Majas Arm greifen, als ein Tankwagen mitten durch eine Pfütze raste und sich eine Fontäne Schmutzwasser über Maja und die Männer ergoss.

»Kannst du nicht aufpassen, du Idiot!«, brüllte der Geheimdienstmann dem Fahrer hinterher. Er ließ Majas Arm kurz los und drehte ihr den Rücken zu.

Maja erkannte ihre Chance und nutzte den Augenblick. Sie machte auf dem Absatz kehrt und rannte die Straße entlang. Sie wusste, dass sie keine Chance hatte, die Hintergründe für den Mord an Jonas aufzuklären, wenn sie in einem Gefängnis des lettischen Geheimdienstes saß. Und in ein paar Tagen wollte sie unbedingt ihren Vortrag vor den EU-Ministern in Les Deux Alpes halten. Sonst war die monatelange Arbeit umsonst gewesen und es würde etwas Schlimmes passieren.

»Stehen bleiben!«, schrie ihr der Agent hinterher.

Aber Maja lief immer weiter, überquerte die verkehrsreiche Straße und rannte über den Platz mit dem großen Freiheitsdenkmal. Sie mischte sich unter die Touristen, huschte an den Souvenirläden vorbei, die sich überall auf dem Weg in die Innenstadt breitmachten, erreichte die malerische Altstadt und verschwand in dem Gewirr der engen Gässchen.

Als sie an den restaurierten Hansehäusern und dem modernen Holocaust-Monument vorbei hinunter zum Fluss eilte, sah sie einen Agenten auf den Platz laufen. Sie versteckte sich hinter einem Wagen, aber der Mann hatte sie bereits entdeckt. Er zog eine Pistole aus seinem Mantel und kam direkt auf sie zu.

Maja sprang auf, blickte sich kurz um und betrat schnell einen Secondhandladen. In ihrer Hektik warf sie einen Ständer mit vergilbten Postkarten um und wollte gerade die Hintertür des Geschäfts aufreißen.

»Was machst du da? Das hebst du gefälligst wieder alles auf.« Der Verkäufer, ein bulliger Typ mit Tattoos, packte Maja am Arm, ehe sie nach draußen flüchten konnte.

»Bitte, lass mich los. Mein Ex-Mann verfolgt mich. Er will mich umbringen, weil ich mich von ihm getrennt habe«, flehte sie mit zittriger Stimme.

»Oh, das ist was anderes. Verschwinde hier durch den Ausgang in den Hinterhof. Dort kletterst du über die Mauer und läufst rechts zum Fluss hinunter. Soll ich die Polizei rufen?«

»Nein! Er ist von der Polizei!«

In diesem Moment wurde die Eingangstür aufgestoßen und der Agent stürmte in den Laden.

»Wo ist die junge Frau mit der Mütze?«, brüllte er den Verkäufer an.

»Hier ist niemand! Hören Sie auf zu schreien. Wollen Sie etwas kaufen? Wenn nicht, dann verschwinden Sie!«

Mehr hörte Maja nicht, denn jetzt stand sie bereits im Hinterhof und schloss leise die Tür hinter sich. Blitzschnell kletterte sie auf ein paar Mülltonnen, zog sich an der Mauer hoch, balancierte am Rand entlang bis zu der schmalen Gasse, wo sie nach unten sprang.

Auf allen vieren landete sie auf dem Pflaster und spürte einen stechenden Schmerz im Fußgelenk. Aber sie hatte keine Zeit, sich darum zu kümmern, denn auf der anderen Seite der Mauer hörte sie den Geheimdienstler, der keuchend auf die Mülltonnen stieg, um sie weiter zu verfolgen.

Die Dämmerung senkte sich bereits über die Stadt. Im Schatten der Häuser rannte sie weiter, immer tiefer bis in die verwinkelte Altstadt von Riga. Schließlich gelangte sie in ein Viertel, das abgerissen werden sollte. Sie lief kreuz und quer durch menschenleere Gassen und an verfallenen Häusern vorbei, bis sie sicher war, dass sie ihren Verfolger abgeschüttelt hatte.

Erst dann blieb Maja erschöpft stehen, lehnte sich an eine Hauswand und atmete tief durch. Wie naiv war sie bloß gewesen, als sie dachte, die Polizei würde ihr helfen. Das Gegenteil war der Fall. Dieser Kommissar Balodis hatte sich von den Agenten des SAB sofort einschüchtern lassen und schmale Schultern bekommen.

Wahrscheinlich steckt die ganze lettische Regierung mit FuturX unter einer Decke, dachte sie grimmig. *Wieso sonst sind plötzlich die Agenten aufgetaucht?* Maja ballte die Fäuste und nahm sich vor, auch dieser Sache auf den Grund zu gehen.

Aber im Moment hatte sie ganz andere Probleme. Wo sollte sie denn jetzt hin? In ihre Wohnung konnte sie auf gar keinen Fall. Dort würden die Geheimdienstleute auf sie warten. Und zu ihren Freunden von Safe World in Riga traute sie sich auch nicht.

Ein weiterer Gedanke schwirrte ihr durch den Kopf. Wie sollte sie an die Informationen gelangen, die sie als Beweis dringend benötigte? Jonas hatte in dem Forschungslabor auf der Insel heimlich Unterlagen fotografiert und die Daten verschlüsselt in eine Cloud geschickt. Das hatte er Maja in einer Mail geschrieben, und es war das letzte Lebenszeichen von ihm gewesen. Ihr Computer befand sich in ihrer Wohnung und die Internetcafés der Stadt wurden überwacht – da war sie sich ziemlich sicher. In ihrer Not erinnerte sie sich an ihre Freundin Nadja, vielleicht konnte sie ihr helfen.

»Hallo, Nadja, ich bin's, Maja«, sagte sie, als die Handyverbindung zustande kam. »Ich brauche deine Hilfe.«

»Maja, was ist passiert? Wo bist du?«, fragte Nadja aufgeregt.

»Irgendwo in der Altstadt. Die Geheimpolizei wollte mich festnehmen, aber ich konnte fliehen.«

»Stimmen die Gerüchte mit Jonas?«, erkundigte sich Nadja stockend. »Ist er wirklich tot?«

»Ja, er wurde ermordet«, antwortete Maja, und eine Welle des Hasses wogte in ihr hoch. »Kann ich zu dir kommen?«

»Aber natürlich. Morton ist auch bei mir«, antwortete Nadja.

»Morton? Wer soll das sein?« Maja überlegte, ob sie den Namen schon irgendwo gehört hatte, aber es fiel ihr nichts ein.

»Morton ist ein Bekannter deiner Freundin aus Berlin.«

»Berlin? Da musst du dich wohl täuschen.« Doch dann wechselte Maja schnell das Thema. »Hast du deinen Computer wieder zurückbekommen?«, wollte sie wissen, denn sie erinnerte sich, dass Nadjas Laptop in einem Computerladen zur Reparatur gewesen war.

»Ja, der funktioniert jetzt besser als zuvor. Ich kann den Laden nur empfehlen.«

»Super, dein Notebook brauche ich nämlich ganz dringend.«

»Was willst du damit machen?«

»Ich muss Daten von Jonas downloaden und anschließend so schnell wie möglich aus Lettland verschwinden. Sonst ist mein Leben in Gefahr.«

»Du meine Güte, das ist ja unglaublich.« Nadja war merklich entsetzt. »Was ist denn nur passiert?«

»Der lettische Geheimdienst oder vielleicht die ganze Regierung stecken mit FuturX unter einer Decke. Da geht es um eine Menge Geld, sobald ein neuartiges Elektrofahrzeug von einer lettischen Firma entwickelt wird. Aber Jonas konnte beweisen, dass die verwendeten Batterien unzureichend gesichert sind und Radioaktivität austritt. Dass die EU-Kommission Kenntnis von diesen Dingen erlangt, will man mit allen Mitteln verhindern. Deshalb ist man hinter mir her.«

»Dann komm so schnell wie möglich vorbei.«

»Ich bin gleich bei dir«, murmelte Maja noch und beendete das Gespräch.

Plötzlich kam ihr der Name Morton wieder in den Sinn. Wer war das und was machte er in der Wohnung von Nadja? Wie in einer verlangsamten Audioaufnahme glitt jedes einzelne Wort durch ihren Kopf. »Er ist ein Bekannter deiner Freundin aus Berlin.«

Doch Maja hatte keine Freunde in Berlin.

12

Leyla sah in dem reißenden Fluss einen Baumstamm direkt auf David zutreiben. Sie überlegte keine Sekunde, sondern öffnete die Tür des Wagens. Das Gewässer war bereits über die Ufer getreten und hatte den Dorfplatz überschwemmt. Vorsichtig stieg sie in die Fluten. Sofort wurde auch sie von der Strömung erfasst und mitgerissen.

Was ist mit deinem Kind, hörte sie ihre innere Stimme mahnend rufen. *Du gefährdest dein Baby.*

»Ich will nicht, dass mein Kind ohne einen Vater aufwächst«, gab sie sich selbst die Antwort.

»David, Achtung!«, schrie sie, doch in dem Regensturm ging ihre Warnung unter. Der Baumstamm war von einem Wasserwirbel gepackt worden und trudelte sich drehend an ihr vorbei. Leyla beugte sich nach vorne und versuchte, mit beiden Händen danach zu greifen, aber sie rutschte an der nassen, glitschigen Rinde ab und konnte den Stamm nicht halten. Jetzt hatte auch David die Gefahr erkannt, mit dem kleinen Mädchen im Arm kam er allerdings nicht schnell genug vorwärts.

Leyla musste handeln. Ein totes Schaf mit einem Strick um den Hals trieb auf sie zu. Kurz entschlossen packte sie das Ende des Seils, schlang es um einen abstehenden Ast des Baumstamms und verkeilte den Tierkadaver zwischen zwei am Ufer eingelassenen Steinpollern. Das lange Holz drehte sich ein wenig und lag nun quer zur Strömung mitten im Fluss. Das gespannte Seil verhinderte, dass der Stamm weiter auf David zutrieb. Das verschaffte ihm genügend Zeit, um mit dem kleinen Mädchen an den Rand des Ufers zu schwimmen.

»Leyla, halt dich fest, ich komme gleich!«

»Bring erst das Kind in Sicherheit!«, brüllte Leyla, obwohl sie spürte, dass ihre Kräfte langsam nachließen. Doch so einfach wollte sie nicht aufgeben. Sie krallte ihre Finger in das nasse Fell des toten Schafes.

»David, ich kann mich nicht mehr lange halten.«

»Ich bin gleich bei dir!«

Leyla beobachtete, wie David das Ufer erreichte und das kleine Mädchen einem alten Mann in die Arme legte. Sofort lief er an der Böschung entlang, bis er bei Leyla war und sie aus dem aufgepeitschten Wasser ziehen konnte.

»Du hast das Leben eines Kindes gerettet«, keuchte Leyla, als sie beide erschöpft und völlig durchnässt oben auf den Stufen der Kirche Schutz suchten. »Du bist ein Held.«

»Und du bist mein Schutzengel und hast mich davor bewahrt, von dem Baumstamm getroffen und vielleicht zerquetscht zu werden«, lobte David sie und strich sich mit dem Daumennagel über seine Narbe.

Leyla antwortete nicht, sondern schaute David stumm an. Seine blauen Augen blickten in die Ferne, und sie wusste, dass sie ihn liebte und nie mehr loslassen würde. Im Grunde war diese Liebe absurd. Noch vor einigen Jahren war David nichts weiter als ein Auftrag ihres Chefs Brian Farruk gewesen. Für ein großzügiges Honorar hatte sie David umbringen sollen. Und jetzt? Jetzt beschützte sie ihn und hatte Angst, ihn zu verlieren.

Mit einem Mal dachte sie an das Flüchtlingslager im Libanon, in dem sie aufgewachsen war.

Allein und schutzlos hatte sie sich mit Hunden und anderen Kindern um Essensreste geprügelt. Wie ein Tier hatte sie im Müll geschlafen, bis eines Tages die alte Frau aufgetaucht war und sie mit in ihr Zelt nahm. Auntie, wie sie die Frau nannte, kümmerte sich um Leyla, gab ihr zu essen und brachte ihr Lesen und Schreiben bei. Später schickte die alte Frau sie in die NGO-Schule im Lager. Ihr hatte sie alles zu verdanken, deshalb hatte sie Auntie auch fast manisch geliebt, bis sich ihre Wege trennten. Auntie hatte nie verstanden, warum Leila für die Hamas und später für Farruk als Auftragskillerin arbeitete. Sie hatten sich zwar niemals wiedergesehen, doch Leyla schickte ihr regelmäßig Geld, damit sie sich eine Wohnung in Beirut leisten konnte.

So hat jeder seine dunkle Geschichte, die uns durch die Nacht begleitet und den Schlaf zu einem Albtraum macht, dachte Leyla und strich David zärtlich über die nassen Haare.

Mittlerweile ließ der Starkregen ein wenig nach, denn der Sturm zog weiter auf die Küste zu. Obwohl das Unwetter lediglich von kurzer Dauer gewesen war, hatte es in dem kleinen Ort eine unglaubliche Verwüstung angerichtet. Kleine Gassen und der Dorfplatz waren mit Schlamm bedeckt; überall türmten sich entwurzelte Bäume, Trümmer, Müll.

»Wie fühlst du dich?« David strich Leyla über den Bauch. »Ist mit dem Kind alles in Ordnung?«

»Mir geht es gut. Das kleine Abenteuer macht unser Baby nur noch stärker.« Leyla lächelte zuversichtlich, obwohl sich jetzt mit aller Wucht der Albtraum der letzten Nacht erneut in ihr Gedächtnis drängte. Überdeutlich konnte sie die beiden schwarzen Vögel sehen, diese Mischung aus Krähe und Adler.

Mit angelegten Schwingen hockten sie am Ende des Bettes und starrten sie unentwegt und unergründlich mit ihren großen glänzenden Kohleaugen an.

»Dein Glück hat ein Ablaufdatum«, krähte einer von ihnen plötzlich und putzte sich mit spitzem Schnabel das Gefieder.

»Was hast du gesagt?«

»Nichts, ich habe laut gedacht«, winkte Leyla ab und vermied es, David in die Augen zu sehen.

»Hattest du gestern wieder deine Albträume?«, fragte er fürsorglich.

»Nein, wie kommst du darauf?« Leyla blickte in die Ferne und wollte David von den Vögeln erzählen, doch irgendetwas hielt sie zurück. David war so glücklich, dass sie endlich wieder schwanger war, und sie wollte dieses Glück nicht trüben. »Ich bin bloß ein wenig erschöpft«, meinte sie lächelnd und stand auf.

Der alte Mann hielt das kleine Mädchen im Arm und watete durch den Schlamm auf sie zu. Er hatte ein zerfurchtes Gesicht und trug einen vergilbten Panamahut gegen den Regen auf dem Kopf.

»Sie haben meine Enkelin gerettet«, stieß der Alte gerührt hervor und drückte David überschwänglich die Hand. »Ich weiß gar nicht, wie ich Ihnen danken soll.«

»Das war doch selbstverständlich«, winkte David bescheiden ab.

Leyla lächelte in sich hinein. David mochte es nicht, wenn man ihm Komplimente machte, auch das liebte sie an ihm – neben vielen anderen Wesenszügen.

»Wieso ist der Bach so schnell über die Ufer getreten?«, fragte David.

»Früher verlief das Bachbett drüben in den Feldern.« Der Mann stellte das kleine Mädchen wieder auf den Boden. Im nächsten Moment nahm er den Hut ab und schüttelte das Regenwasser aus der Krempe. »Aber jetzt hat man den Wasserlauf direkt neben die Straße umgeleitet. Hier ist das Gefälle viel höher und der Bach macht keine Biegungen, sondern läuft schnurgerade ins Tal. Bei einem Unwetter so wie eben kommt es deswegen zur Katastrophe.«

»Das leuchtet mir ein.« David nickte. »Weshalb hat man den Fluss umgeleitet und begradigt?«

»Auf den Feldern und Weiden dort drüben soll eine Fabrik gebaut werden.« Der alte Mann wies unbestimmt auf die ausgedehnte, von Bäumen und Sträuchern bewachsene Fläche, die sich bis zum Horizont erstreckte.

»Eine Fabrik mitten auf der Insel? Das ist doch absurd«, wunderte sich David. »Ich denke, das ist alles Naturschutzgebiet.«

»Ist es auch. Hier gibt es sogar die größte Ansammlung von Bienenstöcken in der Inselmitte. Das soll alles zerstört werden. Ich habe selbst ein Gutachten darüber verfasst und auf die Gefahren hingewiesen. Ach, ich habe mich noch gar nicht vorgestellt. Professor Alban Santiago.« Der alte Mann schüttelte David und Leyla die Hand.

»Wohnen Sie hier?«, wollte Leyla wissen.

»Ja, leider wurde mein Haus durch dieses Unwetter stark in Mitleidenschaft gezogen. Sonst hätte ich Sie jetzt zu mir gebeten.« Santiago lächelte, und sein verwittertes Gesicht durchzogen Dutzende kleiner Furchen und Fältchen.

»Wie hat man es geschafft, den Naturschutz auf der Insel zu umgehen?«, erkundigte sich David interessiert.

»Das Gelände wurde von einer Firma gekauft, die umweltfreundliche Elektroautos herstellen möchte. Angeblich hat sich diese Firma im Gegenzug dazu verpflichtet, die umliegenden Ortschaften und Dörfer kostenlos mit alternativer Energie zu versorgen, die auch für ihre Batterien verwendet wird.«

»Das ist ja befremdlich«, fand David. »Das müssen Sie mir einmal genauer erzählen.«

Langsam ging er mit Leyla zum Land Rover zurück, der über und über mit Schlammspritzern bedeckt war.

»Danke, meine wunderschöne Lebensretterin«, sagte David spontan. Er zog Leyla an sich und küsste sie zärtlich.

Leyla schloss die Augen und erwiderte den Kuss. Doch als sie die Augen wieder öffnete, sah sie die schwarzen Vögel auf der Kühlerhaube des Wagens sitzen und träge mit den Flügeln schlagen. »Verschwindet, haut endlich ab!«, rief sie außer sich und schlug mit der Hand gegen die Windschutzscheibe.

»Was ist los?«, fragte David irritiert.

»Nichts, ich habe manchmal Angst, dass unser Glück lediglich von kurzer Dauer ist.« Leyla zitterte am ganzen Körper und fixierte die Kühlerhaube, doch die Vögel waren verschwunden.

»Willst du mir nicht erzählen, was dich gerade bedrückt?« David startete den Defender.

»Nicht jetzt«, lehnte Leyla kurz angebunden ab und versank in brütendes Schweigen.

Wortlos fuhren sie in den Süden der Insel. Dort hatte sich David eine moderne Finca gebaut. Gemeinsam mit einem jungen Architekten hatten er und Leyla tagelang den Sonnenstand auf dem Grundstück beobachtet. Schließlich gelang es ihnen, ein Haus zu errichten, das von allen Seiten von der Sonne durchflutet wurde und mit dem Schatten ein verführerisches Wechselspiel einging. Zur Straße hin wirkte die Finca abweisend und kühl mit ihren schmalen, wie Schießscharten angelegten Fenstern. Doch die andere Seite war das genaue Gegenteil. Die großen Fenster, die sich zum verwilderten Garten hin öffneten, waren mit rostigem Stahl eingefasst, und man lebte direkt mit der Natur. Ein gewölbtes Eisendach schützte die Terrasse vor der grellen Sommersonne. Die Worte »Energie«, »Klarheit« und

»Liebe« waren auf Deutsch und Arabisch hineingefräst und warfen die leuchtende Schrift auf den Steinboden.

Unter dem Eisendach stand ein lang gestreckter Holztisch, an dem sie bei schönem Wetter saßen. Wenn es kühler war, hielten sie sich drinnen in dem hohen Wohnzimmer mit den dunklen Holzbalken an der Decke auf. Hier gab es einen großen Schwedenofen, der fast das ganze Haus heizte. Auf dem Dach hatte David mehrere Solarpanels installiert, um seine eigene Stromversorgung zu besitzen, und im wild wuchernden Garten gab es außerdem eine Zisterne mit frischem Grundwasser.

Leyla freute sich auf ein gemütliches Essen mit David und darauf, am Abend endlich wieder in seinen Armen zu liegen. Aber als sie die Finca erreichten, sah Leyla schon aus der Ferne einen schwarzen Hubschrauber, der auf dem Acker unterhalb des Gartens gelandet war und dessen kreisende Rotorblätter roten Staub aufwirbelten. Als sich der Staub legte, erschrak Leyla. Von Weitem wirkte der Hubschrauber wie einer dieser schwarzen Vögel, die sie in ihren Träumen heimsuchten und das Unglück brachten.

13

RIGA – STADTTEIL KALNCIEMA

Nachdenklich ließ Nadja das Handy sinken und blickte zu Morton, der am Fenster stand und mit der Fingerspitze Kreise auf die beschlagene Scheibe malte.

»Wie kannst du dir eine Wohnung in einem dieser wunderschönen Holzhäuser leisten?«, fragte er.

»Ach, meine Eltern unterstützen mich.« Nadja atmete tief durch, ehe sie weiterredete. »Maja hat vorhin erwähnt, dass sie keine Freundin in Berlin hat.«

»Ach so, sagt sie das? Vielleicht will sie sich nicht mehr an Betty erinnern. Soweit ich weiß, hatten die beiden Streit, und Betty will sich wieder versöhnen«, erzählte Morton scheinbar gleichgültig und zuckte mit den Schultern. »Kommt Maja jetzt zu dir?«

»Ja, sie braucht meinen Computer. Jonas hat etwas in einer Cloud gespeichert, das möchte sie herunterladen.« Nadja stellte sich hinter Morton und starrte ebenfalls aus dem Fenster. »Eigentlich nehme ich keine fremden Männer mit in meine Wohnung«, sagte sie versonnen und legte ihren Arm um Mortons Hüfte.

»Na, so fremd bin ich doch nicht. Schließlich sind wir heute schon gemeinsam durch Schnee und Matsch spazieren gegangen.« Mortons Hand berührte Nadjas Arm. Ganz langsam drehte er sich um und zog Nadja so nahe an sich heran, dass sich ihre Körper aneinander rieben. In ihrem Gesicht spiegelten sich Angst und Lust. Angst davor, dass er vielleicht genauso mit ihr spielte wie die anderen Liebhaber vor ihm, und Lust, weil sie ihn wollte. Das war gut so und unterstützte sein Vorhaben.

Morton schloss die Augen und spürte Nadjas weiche Lippen auf seinen. Es war ein langer und intensiver Kuss. In früheren Zeiten hätte er sie gepackt und aufs Bett geworfen, aber jetzt hielt er sich zurück.

»Wir sind wie füreinander geschaffen«, flüsterte er und küsste Nadjas Ohrläppchen. Auf dem Tisch lag sein Kopfhörer und in Gedanken hörte er glasklar die meditativen Klänge. Schlagartig überkam ihn das Bedürfnis, die Kopfhörer überzustülpen und einfach in der Musik zu versinken.

»Weißt du, was ich nicht verstehe?«, begann Nadja plötzlich und löste sich aus Mortons Armen.

»Sag schon.«

»Wieso ruft diese Betty Maja nicht einfach an und versöhnt sich wieder mit ihr? Weshalb braucht sie dich dafür?«

»Ich bin eben der perfekte Vermittler«, antwortete Morton sanft. Wieder zog er Nadja an sich. »Es wird sich alles aufklären, wenn Maja hier ist.«

Behutsam öffnete er ihre Strickjacke, küsste sie gleichzeitig auf das Tattoo in ihrem Nacken. »Meine zarte Lotosblüte.«

»Komm zu mir.« Nadja nahm Morton an der Hand und führte ihn in den Nebenraum. Dort stand nur ein Bett aus schön verziertem Holz mit einem durchsichtigen Baldachin, wie Morton es von Bali her kannte.

Nadja legte ihr Handy auf den Nachttisch und zog Morton die schwarze Jacke aus, dann das T-Shirt.

»Was bedeutet dieses Symbol eigentlich?«, fragte sie, als sie über die Tätowierung auf der Innenseite seines rechten Unterarms strich. »Das sieht aus wie ein Schmetterling.«

»Ich hatte einen Unfall«, gab Morton zur Antwort. »Als Junge wäre ich fast von einem Felsen gestürzt. Ich konnte mich in letzter Minute mit einer Hand an einer Kante festhalten und langsam hochziehen. Ein schwarzer Schmetterling hat mir den Weg nach oben gewiesen. Später habe ich mir zur Erinnerung dieses Zeichen tätowieren lassen.«

»Es ist also ein Schmetterling?«

»Aber ein besonderer. Es ist ein Todesfalter.«

Während sie nackt im Bett lagen, riskierte Morton einen schnellen Blick auf Nadjas Handy. Das Display leuchtete auf und eine WhatsApp-Nachricht trudelte mit einem leisen Bimmeln ein.

»Das wird Maja sein«, sagte Nadja und setzte sich auf.

Morton hockte sich hinter sie und strich über ihren nackten Rücken. Es stimmte, die WhatsApp war von Maja. Sie wollte wissen, was für ein Typ Morton sei und warum er erzählte, dass sie Freunde in Berlin hätte.

»Maja ist wohl ein wenig paranoid«, meinte Morton.

»Kein Wunder, bei allem, was sie durchgemacht hat. Wenn man bedenkt, dass ihr Freund ermordet wurde.« Nadja drehte sich um und hielt das Handy in die Höhe. »Ich mache jetzt ein Foto von dir und schicke es Maja. Dann sieht sie einen sympathischen Kerl und ihre Zweifel verschwinden.«

»Tu das bitte nicht.«

»Aber warum denn? Du hast doch nichts zu verbergen, oder?«

»Ich mag keine Fotos von mir«, zischte Morton und schlug Nadja das Handy aus der Hand.

Verstört blickte sie Morton an und der Schatten eines Zweifels huschte über ihr Gesicht. Sie griff nach ihrem T-Shirt und zog es sich hastig über.

»Das wird nichts mit uns. Du bist mir mit einem Mal so fremd. Es ist besser, wenn du jetzt gehst«, entschied Nadja und schwang ihre Beine aus dem Bett.

»So soll es nicht mit uns enden, wo es gerade erst begonnen hat«, flüsterte Morton und schlang seine Arme liebevoll um ihren Hals.

»Hör auf!« Nadja versuchte, sich aus der Umklammerung zu lösen, doch Morton hielt sie eisern fest.

Noch einmal strich er sanft zum Abschied über Nadjas Wange. Energisch packte er ihr Kinn und riss mit einem kräftigen Ruck ihren Kopf zur Seite. Mit einem trockenen Knacken brach ihr Genick, und das Kinn sackte auf ihre Brust. Behutsam ließ Morton Nadjas toten Körper auf das Bett sinken und zog ihr die Decke über den Kopf. Anschließend marschierte er in das andere Zimmer zurück und griff nach seinen Kopfhörern. Er drehte die Lautstärke seines Handys voll auf und tauchte in die neoklassische Musik ein. Verzückt wippte er mit den Füßen zu den Klängen und fühlte sich, als würde er auf einer Wolke schweben.

Als jemand an der Tür klopfte, drückte er die Stopptaste und nahm den Kopfhörer ab. Leise summte er die Melodie vor sich hin, als er öffnete.

»Du musst Maja sein«, sagte er freundlich, doch verstummte sogleich.

Vor ihm stand ein kleines Mädchen, das eine Büchse in der Hand hielt und damit rasselte.

»Ich heiße Latvi. Eine Spende für die armen Hunde von Riga«, zwitscherte die Kleine.

»Gibt es so viele Straßenhunde in Riga?« Morton kramte in den Taschen seiner Hose nach Geld. Schließlich fand er einen zerknüllten Fünfzigeuroschein und steckte ihn in die Büchse.

»Oh, mit so viel habe ich gar nicht gerechnet«, staunte das kleine Mädchen. »Bist du der Freund von Nadja?«

»Ja, so kann man sagen«, bestätigte Morton freundlich.

»Wo ist Nadja? Ich will ihr Hallo sagen.« Das Mädchen wollte sich an Morton vorbeidrängeln, aber er hielt es zurück.

»Nadja schläft. Sie hat eine schlimme Migräne.«

»Ach so.« Das Mädchen gab sich mit der Antwort zufrieden, linste aber trotzdem neugierig in die Wohnung. »Wohnst du jetzt auch hier?«

»Nein, ich bin nur zu Besuch. So, das reicht, verschwinde.« Morton schob das Mädchen ein Stück zurück und wartete, bis es die Treppe hinuntergelaufen war. Rasch schloss er die Tür und dachte nach. Gleich würde Maja auftauchen, um sich mit Nadjas Computer Daten aus der Cloud herunterzuladen. Morton hastete zum Schreibtisch und klappte den Laptop von Nadja auf.

»Passwortgeschützt«, knurrte er und biss sich auf die Lippen. Er probierte einige Varianten, aber keines der Passwörter war korrekt. Wütend klappte er den Laptop wieder zu und überlegte. Maja konnte die Daten auf sein Handy laden, ja, das war eine Möglichkeit.

Aus den Augenwinkeln sah er draußen eine Gestalt den Gehweg entlanghuschen. Das musste Maja sein. Gleich darauf hörte er unten die Tür klappen und Schritte auf der Treppe. Morton hielt den Türgriff in der Hand und atmete tief durch. Gleich würde Maja klingeln, dann musste alles sehr schnell gehen. Aber plötzlich hörte er die Stimme des kleinen Mädchens draußen im Treppenhaus.

»Hallo, Maja. Du warst schon lange nicht mehr hier.«

»Ich hatte zu tun. Sammelst du wieder für die Hunde, Latvi?«

»Ja, ich war auch bei Nadja. Dort ist so ein komischer Mann, der mir fünfzig Euro gab und mich nicht in die Wohnung ließ. Er sagte, Nadja würde schlafen.«

»Gut, dass du mir das erzählst!«

Morton hielt das Ohr an die Tür und lauschte, verstand aber den Rest nicht mehr, denn die Schritte entfernten sich treppab. Morton riss die Tür auf und stürzte hinaus.

»Sie ist weg.«

»Was?« Beinahe wäre Morton über das kleine Mädchen gestolpert, das wieder vor der Tür stand und ihn jetzt mit großen Augen anstarrte.

»Sie hat Angst und glaubt, du bist böse. Stimmt das?«

»Quatsch!«

Unten hörte Morton die Eingangstür ins Schloss fallen. Wütend schob er das Mädchen zur Seite und rannte die Treppe nach unten.

Schnell verließ er das Haus und setzte seine Kopfhörer auf, um sich zu beruhigen. Er spähte den Gehsteig entlang, konnte aber Maja nirgends entdecken. Unauffällig mischte er sich unter die Passanten und überlegte, wohin Maja geflohen sein würde. Seine Miene verdüsterte sich und in seinen Augen lauerten Kälte und Tod.

14

MALLORCA – DAVID STEINS FINCA

Der Hubschrauber stand geduckt wie ein riesiger schwarzer Vogel auf dem roten Acker, als David daran vorbeifuhr und den Land Rover vor der Finca stoppte.

»Ich bin gleich wieder hier«, sagte David zu Leyla, die ihn misstrauisch von der Seite betrachtete.

»Du hast versprochen, nicht mehr für diese Organisation zu arbeiten«, zischte Leyla in schneidendem Tonfall, als beide ausstiegen.

»Das stimmt, aber diesmal ist es etwas anderes«, gab David zur Antwort. »Die Schwester meiner toten Frau bittet mich, ihre Tochter zu suchen.«

»Und damit stellst du mich vor vollendete Tatsachen«, erwiderte Leyla, und die senkrechte Zornesader auf ihrer Stirn schwoll an.

Als David das wütende Blitzen in Leylas Augen bemerkte, verfluchte er sich, weil er nicht sofort mit der Wahrheit herausgerückt war.

»Dauernd hast du eine Ausrede!«, rief ihm Leyla hinterher. »Weißt du, was ich glaube? Du brauchst diesen Adrenalinkick.

Warum verlangst du dann von mir, dass ich immer auf unserer langweiligen Finca bleibe? Du bist ungerecht.«

»Das stimmt nicht«, antwortete David, doch Leyla hatte sich längst umgewandt und war verärgert zur Finca gelaufen. Er hörte, wie sie die rostige Eisentür hinter sich zuschlug. Nun herrschte Stille und nur das Rauschen des Windes war zu vernehmen.

Langsam stapfte David über den staubigen Acker. Leylas Wutausbruch enthielt einen wahren Kern: Bei dem Zwischenfall mit dem Attentäter in Afghanistan hatte er seit Langem wieder dieses unglaublich aufregende Gefühl verspürt, dieses Pochen in seinem Inneren, das ihm signalisierte, dass er nach wie vor am Leben war.

Jetzt hatte David den Hubschrauber beinahe erreicht. Noch immer konnte er einfach umdrehen und zurückgehen. Noch immer konnte er das einfache Leben eines Hundeflüsterers führen. Noch immer konnte er mit Leyla glücklich sein. David blieb stehen und zögerte. Doch da öffnete sich die Tür des Hubschraubers und eine blonde Frau sprang heraus. Jetzt gab es kein Zurück mehr. David wusste sofort, wen er vor sich hatte.

»Auffälliger hätten Sie Ihren Besuch wohl nicht ankündigen können, Robyn.«

»Mit dem Hubschrauber kommen wir am schnellsten zurück zum Flughafen. Wegen des Unwetters konnten wir Sie nicht direkt bei Ihrer Ankunft abfangen«, antwortete Robyn, ohne sich mit einer Begrüßung aufzuhalten. »Steigen Sie ein. Ich informiere Sie während des Fluges.«

»Ich brauche warme Kleidung. In Riga ist es sicher noch kühl um diese Jahreszeit«, wandte David ein.

»Sie haben dreißig Minuten, Stein«, erwiderte Robyn. »Versuchen Sie, logisch zu argumentieren, wenn Sie mit Leyla reden.«

David drehte um und lief schnell zurück zur Finca. Er öffnete die schwere Holztür und trat ins Innere. Im Foyer war es dunkel, denn Leyla hatte die Jalousien geschlossen. Er marschierte weiter ins Wohnzimmer. Auch hier war es düster. Leyla saß auf dem Sofa und blickte nicht auf, als David eintrat.

»Ich habe meiner toten Frau Jane früher einmal ein Versprechen gegeben«, begann David und setzte sich neben Leyla.

»Ich will nichts davon hören«, erwiderte Leyla trotzig und rückte ein Stück von David weg.

»Sollte Jane bei einem Einsatz etwas geschehen, dann würde ich mich um ihre Liebsten kümmern«, sprach David weiter und ignorierte Leylas Einwand. »Besonders um ihre Nichte Maja, schließlich war sie die Taufpatin des Mädchens. Nun gut, jetzt ist es so weit. Hanna, die Schwester von Jane, hat mich in höchster Not angerufen, dass sich Maja in Todesgefahr befände. Ihren Freund hat man schon ermordet und jetzt jagt man sie.«

»Und was hat Robyn damit zu tun?«, knurrte Leyla und blickte weiter starr geradeaus.

»Maja ist anscheinend einem gigantischen Umweltskandal in Lettland auf die Spur gekommen, bei dem auch der russische Geheimdienst seine Finger im Spiel hat. Eine der beteiligten Personen ist eine Deutsche, deshalb hat man den BND eingeschaltet«, erklärte David. Im selben Moment hatte er ein schlechtes Gewissen, denn diese Informationen waren streng vertraulich.

»Aber diese Maja wusste doch sicher, worauf sie sich einlässt«, wandte Leyla ein. »Und warum musst du jetzt dein Leben für sie riskieren?«, fragte sie und strich sich dabei über ihren Bauch. »Denkst du überhaupt nicht an dein ungeborenes Kind?«

»Aber natürlich. Und deswegen muss ich Maja helfen. Sie könnte meine Tochter sein. Das musst du bitte verstehen. Ich bewundere es, wenn junge Menschen solche Ideale haben und mit Überzeugung für eine bessere Welt kämpfen. Vielleicht wird unser Kind auch so etwas Besonderes.«

»Was bist du eigentlich für ein Idealist!«, seufzte Leyla und rückte wieder näher. Sie legte ihren Kopf an Davids Schulter. »Pass auf dich auf, du hast jetzt Verantwortung für uns.«

»Wie könnte ich das je vergessen.« David drückte Leyla einen Kuss auf die Stirn. Dann stieg er die Treppe in das Obergeschoss hinauf, wo Leyla und er ihre Schlafzimmer hatten. Schnell packte er die nötigsten Kleidungsstücke in eine Reisetasche und kehrte ins Wohnzimmer zurück. Leyla saß unverändert auf dem Sofa.

»Ich habe wieder von den schwarzen Vögeln geträumt«, murmelte sie. »Das ist ein schlechtes Omen, wie du weißt. Deshalb musst du besonders achtgeben.«

»Gib nicht zu viel auf irgendwelche Prophezeiungen, Leyla«, erwiderte David und verließ das Haus. Er sah Robyn neben dem Hubschrauber stehen und hatte das Gefühl, als würde er von einer Realitätsebene in die andere schreiten. Leyla, die sich mit Hexen und Prophezeiungen beschäftigte, und Robyn, für die es ausschließlich wissenschaftliche Statistiken und rationale Überlegungen gab.

David kletterte in den Hubschrauber und verstaute seine Reisetasche. Robyn setzte sich David gegenüber und betrachtete ihre unterschiedlichen Sneakers, während sie David über seinen Auftrag informierte.

»Stein, wir gehen davon aus, dass das radioaktive Material für die geplante Produktion dieser Batterien illegal aus russischen Atomkraftwerken nach Lettland geschafft wurde. Aller Wahrscheinlichkeit nach ist auch die lettische Regierung involviert. Der ehemalige russische Geheimdienstmann Alexej Alexandrowitsch ist Großinvestor bei FuturX. Wir haben den Verdacht, dass die Sensoren in den Akkus auch für

Spionagezwecke genutzt werden sollen. Natürlich verfügen wir über keine konkreten Beweise dafür, aber Maja hat die Daten anscheinend in einer Cloud gespeichert. Jetzt wird sie vom lettischen Geheimdienst und von einem anonymen Killer verfolgt.«

»Wie kommen Sie auf einen Killer?«, warf David ein.

»Heute ist die Leiche einer jungen Frau gefunden worden, die eine Freundin von Maja Svenson war. Ihr wurde professionell das Genick gebrochen. Die Zeit drängt, denn bereits in vier Tagen sollen die EU-Umweltminister im französischen Les Deux Alpes über die Zulassung der Elektrofahrzeuge von FuturX entscheiden. Maja Svenson muss dem Gremium ihre Beweise vorlegen, damit die Abstimmung gegen FuturX negativ ausfällt.«

»Mein Job ist es also, Maja in Riga aufzuspüren und sicher nach Les Deux Alpes zu bringen.«

David warf noch einen schnellen Blick nach draußen. Leyla stand auf der Terrasse und hatte die Arme vor der Brust verschränkt. Ihr schwarzes Haar wehte im Wind und ihr Profil erzeugte im Sonnenlicht einen scharfen Schatten. Als David zum Abschied die Hand hob, legte sie zwei Finger auf ihre Lippen und schickte ihm einen Kuss.

»Es geht los!« Mit einem Ruck schloss Robyn die Tür und gab dem Piloten ein Zeichen. Der Hubschrauber startete und in dem aufwirbelnden Staub verwischten die Umrisse der Finca und Leylas immer mehr, bis sie sich schließlich ganz auflösten, so, als hätte es sie nie gegeben.

»Wir landen auf dem Privatflugplatz«, erklärte Robyn, als der Hubschrauber neben dem Flughafen auf eine kleine betonierte Piste zuflog. Dort wartete bereits ein Learjet mit heruntergeklappter Treppe.

»In knapp vier Stunden sind Sie in Riga«, sagte Robyn, nachdem der Hubschrauber auf dem Boden aufgesetzt hatte.

»Man nimmt dort Kontakt mit Ihnen auf, falls es die Situation erfordert.«

»Das heißt, es könnte gefährlich werden«, mutmaßte David.

»Stein, Sie wissen, dass wir Sie nicht in den Urlaub schicken.«

David griff nach seiner Reisetasche und öffnete die Tür.

»Viel Glück, Stein«, wünschte ihm Robyn und blickte ihm zum ersten Mal direkt ins Gesicht. »Ich kümmere mich darum, dass alles gut geht.«

»Danke, Robyn«, erwiderte David, der wusste, wie schwer es Robyn fiel, ein persönliches Statement abzugeben. In den nächsten Sekunden lief er über die Betonpiste auf den Learjet zu.

»Willkommen an Bord. In ein paar Minuten fliegen wir los«, sagte der Pilot und verschwand im Cockpit.

Nachdem sich David in einen Sessel gesetzt hatte, zog er sein Smartphone hervor und wählte Leylas Nummer. Doch sie hatte ihr Handy ausgeschaltet.

15

BERLIN – HUMBOLDT-UNIVERSITÄT

Die Humboldt-Universität Unter den Linden ist eine der weltweit renommiertesten Universitäten und engagiert sich an vorderster Front für Umwelt und Klimaschutz. Unter den Absolventen finden sich nicht weniger als neunundzwanzig Nobelpreisträger. Deshalb empfand es Gloria Schmidt auch als besondere Ehre, dort im Rahmen der Fridays-for-Future-Veranstaltungen als Rednerin eingeladen worden zu sein.

Da Gloria nichts dem Zufall überließ, wies sie den Taxifahrer an, in einer Seitenstraße zu halten. In ihren ökologisch hergestellten Veja-Sneakers wanderte sie von dort zu Fuß bis zur Universität, an ihrer Seite Balthus, ihr Irischer Wolfshund.

Der Platz vor dem imposanten Gebäude im klassizistischen Stil wurde von den Statuen von Wilhelm und Alexander von Humboldt flankiert, die diese Universität gegründet hatten. Als Gloria mit weit ausholenden Schritten den Vorplatz überquerte, entdeckten sie ein paar Fotografen, die sich vor der Universität aufhielten, und schossen Bilder von ihr. Zuvorkommend blieb Gloria lächelnd kurz stehen und beglückwünschte sich zu ihrer Entscheidung, zu Fuß gekommen zu sein. Dann eilte sie weiter zu ihrem Auftritt.

»Gloria Schmidt«, stellte sie sich den Veranstaltern vor. »Mein Hund heißt Balthus.«

»Das ist Thea und ich bin Marga«, erwiderte eine der beiden Frauen.

»Was machen wir in der Zwischenzeit mit Ihrem Hund?«, fragte Thea ein wenig ratlos angesichts der Größe des Tiers.

»Balthus kommt mit auf das Podium. Er ist mein Talisman«, beruhigte Gloria die Frauen.

Der große Hörsaal der Humboldt-Universität war bis auf den letzten Platz gefüllt. Hunderte Augenpaare starrten Gloria erwartungsvoll an, während Thea sie als eine Pionierin des Umweltschutzes und der Emanzipation ankündigte.

»Gloria Schmidt ist eine junge Frau, die es geschafft hat, ihre grünen Zukunftsvisionen in Zusammenarbeit mit einem Investor umzusetzen und ein innovatives Unternehmen aufzubauen. Sie ist Absolventin des MIT in Massachusetts und war dort Beste ihres Jahrgangs. Sie hat auch an der Biotech-Privatuniversität in Hamburg studiert.«

Höflicher Applaus folgte Theas Worten. In einem weißen bodenlangen Baumwollkleid aus einer kleinen italienischen Schneiderei und mit ihren glatten, langen Haaren wirkte Gloria wie aus einer anderen Welt. Sie betrat das Podium und gab ihrem Hund ein Zeichen. Gehorsam legte sich der Irische Wolfshund neben sie auf den Boden und blickte zu ihr auf.

»Leider sind wir noch nicht so weit, dass die Männer uns Frauen so gehorchen, wie Balthus es vormacht«, eröffnete sie mit einem lockeren Scherz ihren Vortrag, um dann sofort die emotionale Seite ihrer Zuhörer anzusprechen.

»Mein Bekenntnis zu einer Gesellschaft, in der es nicht nur um Geld, sondern auch um eine lebenswerte Umwelt geht, beruht auf einem Erlebnis, das ich vor einigen Jahren in Beijing hatte«, begann Gloria ihre Ausführungen. Sie hatte diese Geschichte schon öfter erzählt und damit beim Publikum immer Erfolg gehabt. Auch diesmal würde es ihr gelingen, die kritischen Zuschauer auf ihre Seite zu ziehen, da war sich Gloria sicher.

»Damals arbeitete ich in einem Projektteam für einen japanischen Autohersteller und war als Location-Scout in China auf der Suche nach geeigneten Standorten, um eine Fabrik zu errichten. Man muss sich Peking vor fünf Jahren vorstellen. Es gibt keine Sonne, der Himmel ist grau vor Abgasen, die Luft ist verschmutzt und die Haut fühlt sich schmierig an.

Wie immer ging ich mit einer Atemschutzmaske aus dem Haus, und da erblickte ich ein kleines Mädchen in Schuluniform, das dem qualmenden Bus hinterherlief. Doch ehe das Kind den Bus erreichte, brach es plötzlich zusammen. Ich wollte dem kleinen Mädchen aufhelfen, aber das Kind sah mich nur mit großen Augen an und begann, panisch nach Luft zu schnappen. Es röchelte und keuchte, das kleine Gesicht lief blau an. In meiner Panik rief ich einen Krankenwagen, aber in den heillos verstopften Straßen von Peking kam der Wagen nicht zügig durch. Der Atem des Kindes wurde schwach und schwächer, ich riss mir die Schutzmaske vom Gesicht und versuchte es mit Mund-zu-Mund-Beatmung. Doch es war zwecklos. Als der Rettungswagen eintraf, war das kleine Mädchen bereits tot, es ist in meinen Armen gestorben.«

Gloria machte eine Pause und fuhr sich über die feuchten Augen. Im Auditorium war es so still, dass man eine Stecknadel hätte fallen hören können. Gloria räusperte sich, ehe sie weitersprach.

»Ich habe mich im Krankenhaus nach der Todesursache erkundigt. Man sagte mir, das kleine Mädchen hätte zwar ein chronisches Lungenleiden gehabt, sei aber eindeutig an einem Lungenkollaps infolge der vergifteten schwefelhaltigen Luft verstorben. Ich habe bei meiner damaligen Firma

Urlaub genommen, bin aber nie wieder in den Autokonzern zurückgekehrt.«

Gloria gab einem Mitarbeiter ein Zeichen, und der Mann projizierte das Foto eines lächelnden Mädchens mit schwarzen Zöpfen auf eine Leinwand.

»Das ist Mei-Yun, das kleine Mädchen, das in meinen Armen verstorben ist. In ihrem Namen habe ich einen Umweltpreis gestiftet, und das tragische Schicksal dieses Mädchens war der Auslöser für die Gründung von FuturX.«

Das Foto des Mädchens verblasste und wurde von dem FuturX-Logo überblendet.

»FuturX ist dabei, die E-Mobilität zu revolutionieren.« Gloria trat an den Rand des Podiums und begann, von den zukunftsweisenden Nuklearbatterien zu sprechen, langweilte aber ihre Zuhörer nicht mit technischen Details, sondern streute nur gezielt Marketingdaten ein.

»Mit diesen umweltfreundlichen Akkus erzielen wir eine gigantische Reduktion der Schadstoffe gegenüber herkömmlichen Batterien für Elektrofahrzeuge, und es gibt kein Problem mit der Entsorgung. Denn diese Akkus halten ewig. Deshalb auch der Name ›Vivax‹.« Je länger sie redete, desto visionärer wurde ihr Vortrag, der schlussendlich in der Forderung gipfelte, dass man dem Planeten wieder Leben einhauchen müsse.

»Ich will nichts weniger als ein Netzwerk der grünen Ideen. Überall in ganz Europa werden grüne Produktionsstätten entstehen.« Hinter Gloria erschien eine Karte von Europa, und die grünen Punkte, die in den einzelnen Ländern aufleuchteten, wurden nach und nach immer mehr, bis ganz Europa nur noch ein einheitliches Grün zeigte.

»So, wie ich versucht habe, Mei-Yun das Leben einzuhauchen, sollten wir es auch mit unserer Erde tun. Damals bin ich gescheitert, aber diesmal werden wir gewinnen, denn wir sind das grüne Gewissen der Welt.«

Langsam färbten sich auch die anderen Kontinente, bis schließlich alles in einem satten Grün erstrahlte.

»So soll unsere Zukunft aussehen.« Gloria deutete auf die grünen Kontinente. »Wir machen das für unsere Kinder und Enkelkinder, damit niemand mehr so elend sterben muss wie Mei-Yun. Das ist die grüne Vision von FuturX. Ich danke für eure Aufmerksamkeit.«

Gloria verneigte sich mit gefalteten Händen unter tosendem Applaus und Standing Ovations.

»Ein großartiger Vortrag«, lobten Thea und Marga, als Gloria hinter der Bühne ein Glas Bio-Apfelsaft trank. »Ich finde es bewundernswert, dass sich Ihr junges Unternehmen so kompromisslos für den Umweltschutz und die erneuerbaren Energien einsetzt.«

»Das ist mir ein Herzensanliegen. Deshalb mache ich das auch. Ich will niemals wieder ein Kind aufgrund von Schadstoffbelastungen sterben sehen.«

Als Gloria mit Balthus das Gebäude der Humboldt-Universität verließ, wurde sie von einer Menge Journalisten und Kameraleuten erwartet. Sie parierte dabei auch kritische Fragen mit ausgesuchter Höflichkeit.

»Wann werden Sie die Zulassung für Ihre innovativen Nuklearbatterien erhalten?«, fragte ein Reporter zum Schluss.

»Ich hoffe, dass ich Ihnen bald Positives berichten kann.«

Gloria schlenderte langsam den Bürgersteig entlang, um sich ein Taxi zu nehmen, als ein Mann in einem schwarzen Anzug neben sie trat. »Haben Sie einen Moment Zeit für uns?«, bat er und hielt Gloria eine Visitenkarte entgegen, die ihn als Personenschützer auswies.

»Worum geht es?«

»Nicht hier. Bitte folgen Sie mir.« Zügig schritt der Mann vor Gloria her und bog dann in Richtung einer Tiefgarage ab.

»Ich bleibe lieber hier«, meinte Gloria misstrauisch und hielt inne.

»Keine Sorge. Der persönliche Berater der Kanzlerin erwartet Sie an diesem unkonventionellen Ort, da sein Zeitplan sehr gedrängt ist.«

»Ich verstehe, auch ich führe ein getaktetes Leben«, erwiderte Gloria ironisch. Sie folgte dem Personenschützer zu einer dunklen Luxuslimousine. Als sie vor dem Wagen stand, wurde die rückwärtige Tür geöffnet und ein gepflegt wirkender Mann begrüßte sie.

»Guten Tag, Gloria. Bitte nehmen Sie kurz an meiner Seite Platz. Aber ohne Ihren Begleiter. Ich habe leider eine Hundeallergie.«

Gloria überlegte kurz, dann drückte sie dem indigniert dreinschauenden Personenschützer die Leine in die Hand.

»Balthus muss sowieso sein Geschäft verrichten.«

Sie setzte sich in den Wagen und lächelte dem Mann zu. Der Personenschützer hatte die Wahrheit gesagt. Es war der persönliche Berater der Kanzlerin, den sie schon einmal auf einem Empfang kennengelernt hatte.

»Ich habe Ihren Vortrag auf einem Bildschirm hier im Wagen mit großem Interesse verfolgt. Sie wissen, wie man die Massen emotionalisiert. Einfach genial, diese traurige Geschichte mit dem Chinesenmädchen. Und dieser Mantel, den Sie tragen, ist auch eine kluge Wahl.« Der Berater befühlte den Stoff. »Ein Produkt aus recycelten Altmaterialien, das noch dazu in Österreich hergestellt wird, Sie denken wirklich an alles.«

»Danke, aber ich verstehe trotzdem nicht recht, was Sie von mir wollen?«, fragte Gloria, die sich über den Sinn dieser Unterredung absolut nicht im Klaren war.

»Ich bin sozusagen die Speerspitze einer Gruppe von Personen, denen das Wohl unseres Landes sehr am Herzen liegt. Auch wir können uns dem Trend der Zeit nicht verschließen. In Österreich und Frankreich stehen junge, dynamische Persönlichkeiten an der Spitze. Junge, attraktive und kluge Frauen führen Finnland und Neuseeland. Deshalb haben wir schon länger genau Sie ins Auge gefasst. Sie sind jung UND eine Frau. Dazu auch noch sehr erfolgreich. Ich stelle Ihnen nur eine Frage, mehr nicht. Aber ich muss Sie ersuchen, diese Unterredung absolut vertraulich zu behandeln.«

»Natürlich, ich gebe Ihnen mein Wort.«

»Könnten Sie sich vorstellen, eventuell die Nachfolge meiner Chefin anzustreben?«, fragte er und blickte Gloria erwartungsvoll an.

Gloria schnappte kurz nach Luft und spürte, wie ihr das Blut ins Gesicht schoss. Aber sie riss sich zusammen und antwortete kühl: »Das kommt ein wenig überraschend. Noch haben wir schließlich eine Kanzlerin.«

16

Maja konnte sich nicht mehr erinnern, wie lange sie durch die Stadt gelaufen war. Ein Fremder hatte sie bei Nadja erwartet. Aber zum Glück hatte Latvi, das kleine Mädchen, sie unwissentlich gewarnt. Es war sicher jener Mann gewesen, der auch behauptete, dass Maja eine Freundin in Berlin hätte. Als sie wieder klar denken konnte, brach bereits die Dämmerung über die Stadt herein. Im Schatten der Häuser lief sie zu den Befestigungsanlagen am Meer, und erst als sie von den dicken Mauern hinunter auf das Meer blicken konnte, blieb sie stehen und dachte fieberhaft nach.

»Jonas ist tot und vielleicht auch Nadja. Als Nächste bin ich an der Reihe«, flüsterte sie. Sie zog ihr Handy aus der Tasche, aber der Akku war leer. Da erinnerte sie sich an den Bunker, in dem sie zusammen mit Jonas Pläne für eine bessere Welt ausgeheckt hatte. Dort musste sich noch ein Ladekabel befinden. Der Gedanke an damals trieb ihr die Tränen in die Augen, doch sie durfte sich jetzt keine Schwäche erlauben.

»In jeder Situation einen kühlen Kopf bewahren«, hatte ihr Vater gesagt, als sie mit ihm im Wald gelebt hatte. »Du musst wissen, wie du dich am besten verstecken kannst. Nur so überlebst du in der Natur. Genauso ist es auch mit den Menschen. Sie sind wie Raubtiere und töten die Schwachen«, hörte sie noch immer die brummige Stimme ihres Vaters in ihrem Kopf.

Maja stieg eine bröckelnde Treppe hinauf, bis sie den Rand der Befestigungsanlage erreicht hatte. Früher hatte die Regierung vorgehabt, hier eine moderne Freizeitanlage für die Bevölkerung zu errichten, aber die Wirtschaftskrise hatte diese Idee zunichtegemacht, und jetzt verrotteten die riesigen Betonbauten ungenutzt.

Maja lief über eine schräge Betonfläche, die zum Wasser hin abfiel. Hier hatten zu Sowjetzeiten U-Boote angedockt, um überholt zu werden. Inzwischen war diese Anlage in Vergessenheit geraten und natürlich auch die Bunker, die für die U-Boot-Besatzungen zur Verfügung gestanden hatten. In einem dieser Schutzbauten war früher das provisorische Hauptquartier einer Umweltbewegung gewesen, zu der Maja als Mitarbeiterin von Safe World Kontakt gehabt hatte. Als die Gruppe in die Stadt umgezogen war, hatten Jonas und Maja den Bunker als ihren persönlichen Fluchtpunkt genutzt. Plötzlich erinnerte sich Maja an das neuartige Handy-Ladegerät mit Solarzellen, das sie aus Stockholm mitgebracht hatte und das noch immer dort liegen musste.

Während sie die abschüssige Rampe entlangging, sah sie in der Dämmerung ein kleines Fischerboot langsam Kurs auf den Betonplatz nehmen. Ein schwarzhaariger Mann mit einer Zigarette im Mundwinkel stand am Steuer und winkte Maja freundlich zu. Sie erwiderte den Gruß und hastete weiter. Ihr Ziel waren die Bunker an der Längsseite des Platzes, die mit ihren kuppelförmigen Dächern wie Beton-Iglus aussahen. Aus der Entfernung wirkten die schmalen Schießscharten wie dunkle Augenpaare, die Maja zu beobachten schienen.

»Ahoi!«, rief der Mann, der gerade mit seinem Kahn an den Rand der Anlegestelle trieb. »Kannst du das Tau am Poller festmachen?« Ohne auf Majas Antwort zu warten, warf er das dicke Seil in ihre Richtung.

»Aber sicher.« Maja fing das Seil geschickt auf und wickelte es um einen verrosteten Metallblock.

»Mein Netz hat sich unter Wasser verheddert, deshalb werde ich es hier auslegen, um diese verdammten Stricke zu entwirren«, gab sich der Mann ungemein redselig.

»Sie sehen gar nicht aus wie ein Fischer.«

»Das nehme ich als Kompliment.« Der Mann lachte. »Kannst du mir vielleicht ein wenig behilflich sein?«

»Tut mir leid. Ich habe es ziemlich eilig«, erwiderte Maja abweisend und wollte weitergehen.

»Es dauert auch nicht lange.« Der Mann kratzte sich nachdenklich am Kopf. »Alleine schaffe ich das nicht.«

»Na gut«, gab sich Maja geschlagen und blickte schnell umher. Außer dem Fischer war keine Menschenseele zu sehen, also konnte sie ruhig ein paar Minuten ihrer Zeit opfern. Langsam ging sie zum Rand des Anlegers und griff nach dem Netz, das der Fischer bereits über Bord geworfen hatte. Sie zog das engmaschige Geflecht aus Hanfstricken an Land, um es auf der Betonfläche auszubreiten. Dabei warf sie einen Blick auf das Boot und sah auf den Planken etwas aufblitzen. Maja stockte der Atem, als sie erkannte, was dort lag: Es war eine Maschinenpistole.

Sofort ließ sie das Netz zu Boden fallen, drehte auf dem Absatz um und wollte weglaufen, doch in dem Moment hörte sie die Stimme des vermeintlichen Fischers in ihrem Rücken: »Bleib stehen, sonst muss ich auf dich schießen!«

Maja erstarrte, verharrte wie angewurzelt und hob die Hände. Verzweifelt suchte sie nach einer Fluchtmöglichkeit, doch vor ihr war nur der Betonplatz mit den verwitterten Mauern der Festungsanlagen, die steil in den Himmel ragten.

»Was wollen Sie von mir?«

»Na, was wohl? Das kannst du dir doch denken.« Die Stimme des falschen Fischers war mit einem Mal schneidend und hart. Behände sprang er über die Bordkante seines Bootes und steuerte mit der Maschinenpistole im Anschlag auf Maja zu. »Wir spazieren jetzt zu deinem Bunker. Dort wirst du die Daten für mich herunterladen«, befahl der Mann und stieß Maja den Lauf der Maschinenpistole ins Kreuz.

»Wer sind Sie? Und welche Daten meinen Sie?«, stellte sich Maja unwissend. Die Antwort des Fischers war ein heftiger Stoß mit dem Waffenlauf in ihren Rücken. Vor Schmerzen krümmte sich Maja zusammen.

»Noch einmal so eine dumme Frage und du wirst mich richtig kennenlernen«, drohte der Mann. »Und jetzt los!«

Die Bunkeranlage bestand aus mehreren kuppelförmigen Bauten, die wie Bienenwaben aneinanderhingen und durch schmale Gänge untereinander verbunden waren. In einem dieser engen Schutzräume hatten sich Jonas und Maja ein provisorisches Büro eingerichtet.

Während der letzten Wochenenden hatten sie viel Zeit hier verbracht. Jonas erzählte Maja von seinen Entdeckungen. Maja bestärkte ihn, alles zu dokumentieren und ihr das Material zu übergeben. Dann würden sie mit einem Schlag FuturX auffliegen lassen. Manchmal redeten sie die ganze Nacht und schliefen erst im Morgengrauen müde, aber glücklich vereint in ihrem Schlafsack ein.

»Wenn wir die Produktion dieser gefährlichen Batterien verhindert haben, suchen wir uns auf einer der unzähligen Inseln vor Stockholm ein Holzhaus und beginnen unser gemeinsames Leben«, meinte Jonas euphorisch.

»Ach, Jonas. Wenn wir FuturX gestoppt haben, kommt das nächste Umweltprojekt. Es hört nie auf, denn im Moment läuft in unserer Welt einiges schief.«

»Aber irgendwann müssen wir auch an unser Leben denken. Ich möchte gern viele Kinder mit dir.«

»Los, hinein mit dir!«

Plötzlich war Maja wieder in der Gegenwart und wurde von dem Mann in den niedrigen Raum geschubst, der kaum größer als fünf Quadratmeter war. Vor den Schießscharten stand ein roh gezimmerter Schreibtisch und an der Betonwand war eine Karte der Bucht von Riga befestigt. Die Forschungsinsel von FuturX war mit rotem Marker eingekreist. Auf dem Büroschrank darunter lag ein Ladegerät.

»Ich muss mein Gerät erst zumindest minimal aufladen«, sagte Maja und stöpselte ihr Handy an den solarbetriebenen Akkulader.

»Mach schon, ich habe nicht den ganzen Tag Zeit«, brummte der Mann ungeduldig und hob drohend seine Maschinenpistole.

»Wer sind Sie eigentlich und warum haben Sie sich als Fischer getarnt?«, fragte sie den Mann, um ein wenig Zeit zu gewinnen.

»Mein Vater war Fischer, und das ist sein Boot. Ich arbeite für den SAB. Wir kennen natürlich das Quartier der Umweltschutzbewegung. Ich fuhr die alten Festungsanlagen entlang auf der Suche nach dir. Denn mein Auftrag ist es zu verhindern, dass diese Daten in die falschen Hände geraten. Es ist sehr wichtig, dass die Fabrik hier gebaut wird, wir benötigen dringend Arbeitsplätze für unsere Einwohner. Seit der Wirtschaftskrise haben zigtausend Menschen ihre Stellen verloren. Unsere Familien leiden Hunger.«

»Und jetzt wollen Sie radioaktive Fahrzeuge produzieren. Das ist doch noch schädlicher und gefährlich für die Gesundheit der Menschen«, widersprach Maja.

»Das ist überhaupt nicht erwiesen. Unsere Regierung hat alles genau geprüft«, widersprach der Geheimdienstler.

»Ihre Regierung verschließt einfach die Augen vor dieser Gefahr.«

»Du hast leicht reden«, eiferte sich der Mann. »Euch in Schweden geht es ja auch gut. Aber hier ist es wichtiger, dass die Menschen wieder etwas Geld verdienen und ihre Familien ernähren können.«

»Haben Sie meinen Freund getötet?«, attackierte ihn Maja.

»Damit haben wir nichts zu tun.«

Ein leises Piepsen zeigte an, dass Majas Handy wieder betriebsbereit war. Der Fischer griff sofort danach.

»So, und jetzt logge dich in die Cloud ein«, befahl er Maja und reichte ihr das Gerät.

Maja drückte auf die Tasten, doch sie bekam kein Signal. »Hier in dem Bunker habe ich im Moment keinen Empfang«, bemerkte sie. »Die meterdicken Betonmauern schirmen die Funkwellen ab.«

»Dann gehen wir nach draußen.« Der Mann wies mit dem Lauf seiner Maschinenpistole zum Eingang. »Mach keinen Unsinn, sonst fängst du dir eine Kugel ein.«

Mit dem Handy in der ausgestreckten Hand trat Maja hinaus auf den betonierten Platz. Noch immer überlegte sie fieberhaft, wie sie verhindern konnte, dass der Mann die Daten von Jonas in die Hände bekam, aber es fiel ihr keine plausible Ausrede ein.

Sie hockte sich an den abschüssigen Rand des Platzes und suchte die Cloud. Mit ihrem Passwort scrollte sie durch die diversen Dateien, bis sie den Upload von Jonas gefunden hatte.

»Die Daten sind verschlüsselt. Das dauert eine Weile, bis ich sie öffnen kann.«

»Beeil dich!«, zischte der Beamte ungehalten und legte die Maschinenpistole auf den Boden. Er kniete sich neben Maja, um auch einen Blick auf das Display werfen zu können.

»Ich habe ein altes Handy, da geht es einfach nicht schneller.« Von ferne war das Geräusch eines Motorrades zu hören, das zügig näher kam. Maja erinnerte sich an unbeschwerte Tage mit Jonas, als sie beide mit einer geliehenen Maschine über die verwaisten Militäranlagen gedonnert waren. Doch diese hellen Stunden waren längst vorbei, jetzt regierte nur noch die bleierne Zeit.

Unvermittelt war das Geräusch der Maschine direkt hinter ihnen. Maja schreckte hoch und sah den Scheinwerfer einer Enduro, die sich über eine niedrige Befestigungsmauer katapultierte, auf der Betonfläche landete und sofort wieder schneller wurde. Der Geheimdienstmann sprang auf und griff nach seiner Waffe, doch da war das Motorrad schon bei ihm. Der Fahrer der Enduro vollführte eine Drehung, sodass er mit dem Hinterrad den Körper des Mannes touchierte. Mit einem Schmerzensschrei ließ der die Maschinenpistole fallen und stürzte zu Boden. Der Fahrer griff nach Majas Arm.

»Steig schnell auf!«, hörte sie eine Stimme dumpf durch das geschlossene Visier des Helms.

Kurz entschlossen packte Maja die Maschinenpistole und hechtete auf den Sozius.

»Lass die Waffe zurück«, sagte der Fahrer.

»Nein. Mein Vater hat immer gepredigt, dass man etwas braucht, um sich zu verteidigen.«

Maja hängte sich die Maschinenpistole um und krallte ihre Finger in die Lederjacke des Fahrers, um nicht abgeworfen zu werden, als der Mann die Maschine beschleunigte. Mit aufheulendem Motor raste der Fremde die ansteigende Betonfläche hinauf, riss das Vorderrad in die Höhe und hielt direkt auf eine Mauer aus Stahlbeton zu.

17

Riga – Sowjetische Bunkeranlage am Meer

In der hereinbrechenden Dunkelheit legten sich die Schatten der Häuser über die Straße. Sollte er tatsächlich unter Beobachtung stehen, konnte David jetzt unbemerkt sein Hotel verlassen. Er war vom Privatflugplatz von Riga direkt in die Innenstadt gefahren. Sein Handy vibrierte und er sah, dass Robyn über eine verschlüsselte Leitung anrief.

»Stein, wir haben das Handy von Maja geortet. Sie befindet sich im alten Sowjethafen. Dort gibt es eine Bunkeranlage. Ich schicke Ihnen den Standort.«

»Wie komme ich am schnellsten dorthin?«

»Gehen Sie zu dem Souvenirladen nahe den Hansehäusern. Dort bekommen Sie einen fahrbaren Untersatz. Verlangen Sie nach einer schwarzen Muttergottes.«

»Originelles Kennwort. Haben Sie auch eine Satellitenaufnahme in Echtzeit von der Bunkeranlage?«, erkundigte sich David.

»Ich kümmere mich darum.« Robyn trennte die Verbindung und David eilte in die Altstadt zu dem von Robyn beschriebenen Souvenirladen.

»Ich brauche eine schwarze Muttergottes«, sagte David zu dem Mann hinter dem Tresen.

»Sie haben Glück, ich habe eine im Lager«, bestätigte der Mann und hängte ein »Geschlossen«-Schild an die Tür. Danach schlurfte er nach hinten zu einer Garage, wo ein unter einer Plane verborgenes, aufgebocktes Motorrad stand.

»Hier ist die schwarze Muttergottes!« Der Mann entfernte schwungvoll die Abdeckung.

»Tolle Maschine«, meinte David bewundernd, als er die Enduro betrachtete. Er wollte noch etwas ergänzen, doch in diesem Moment meldete sich wieder Robyn.

»Stein, ich habe einen Slot erhalten und schicke Ihnen gleich die Satellitenaufnahme, damit Sie live dabei sind. Ich denke, Sie sollten sich beeilen.«

Auf dem Display sah David eine junge Frau und einen Mann gemeinsam auf einer abschüssigen Betonfläche hocken. Die Frau musste der Beschreibung nach Maja sein. Sie hielt ein Handy in die Höhe, und der Mann hatte eine Maschinenpistole im Anschlag, deren Lauf auf Maja zeigte.

David aktivierte die Navi-App auf seinem Handy und startete die Maschine. Innerhalb kurzer Zeit hatte er die Festungsanlage erreicht und orientierte sich an dem Satellitenbild. Er wusste, dass nur eine Überraschungsaktion Maja retten konnte, und erhöhte das Tempo. Er sprang mit der Enduro über eine Mauer und setzte den Mann mit der Maschinenpistole außer Gefecht. Maja hechtete auf den Sozius. Sofort gab er wieder Gas.

Erneut kam die Betonmauer näher, doch trotz rasender Geschwindigkeit wich David keinen Millimeter von seiner Fahrtrichtung ab. Er hörte Maja laut aufschreien, als sich das Betonhindernis vor ihnen erhob.

»Festhalten!«, rief David, als er von Robyn das Signal über das Headset in seinem Helm empfing, und riss den Lenker in die Höhe. Wie ein wildes Pferd bäumte sich die Enduro auf und preschte lediglich auf dem Hinterrad auf die Begrenzung zu. Die Mauer war einen Meter hoch, aber David konnte die ansteigende Rampe wie ein Sprungbrett nutzen. Das Motorrad hob ab und flog über das Hindernis, setzte auf der anderen Seite mit einem kräftigen Stoß auf dem Boden auf, schleuderte und das Hinterrad brach aus. Maja kreischte vor Angst und krallte sich an David fest, dem es im letzten Moment gelang, die störrische Maschine wieder unter Kontrolle zu bringen.

Er bremste ab und warf einen schnellen Blick nach hinten.

»Wer bist du?«, fragte Maja, die nach wie vor geschockt wirkte und am ganzen Körper zitterte.

»Ich bin David Stein. Hanna, deine Mutter, schickt mich. Ich soll dich an einen sicheren Ort bringen.«

»Wieso hilfst du mir? Und was hat meine Mutter mit dir zu tun?«

»Ich war mit der Schwester deiner Mutter verheiratet«, erklärte David. »Deshalb kümmere ich mich um dich.«

»Du bist der Mann von Jane?«, wunderte sich Maja. »Meine Tante hat so von dir geschwärmt. Ich erinnere mich noch daran, als ich klein war.«

»Das ist lange her, und wir haben jetzt auch keine Zeit für langes Gerede.« David gab Gas und die Enduro schoss wie ein Pfeil über ein brachliegendes Feld auf eine schmale Straße zu. Unentwegt mussten sie tiefen Schlaglöchern ausweichen, ehe sie auf die breite Autobahn *Elizabetes iela* kamen, die in die Stadt führte. Erst jetzt entspannte sich David, drosselte die Geschwindigkeit und fädelte sich in den abendlichen Verkehr ein. Sie hatten gerade die ersten hässlichen Plattenbauten aus der Sowjetzeit erreicht, als aus einer Seitenstraße zwei Geländemaschinen auftauchten und sich an David und Maja hefteten. Im Rückspiegel sah David, wie einer der Fahrer eine Pistole aus seiner Lederjacke zog und seine Enduro beschleunigte, um auf gleiche Höhe mit seinem Motorrad zu gelangen.

Der Fahrer der schweren russischen Taurus-Geländemaschine trug einen schwarzen Helm mit verspiegeltem Visier. Geschickt manövrierte er sein Motorrad zwischen den Autos hindurch, um zu David aufzuschließen und freies Schussfeld zu haben.

Blitzschnell ging David seine Optionen durch. Der dichte Verkehr ließ keine riskanten Aktionen zu, und die russische Maschine war bedeutend schneller als seine Enduro. Es war nur eine Frage von Sekunden, bis sie David erreicht hatte. Da sah er rechts eine schmale unbefestigte Straße, die in einen heruntergekommenen Teil der Stadt führte.

»Achtung, halt dich fest!«, rief er Maja zu und zog direkt vor einem Wagen nach rechts und kreuzte eine zweite Spur. Bremsenquietschen und wütendes Hupen waren die Folge. Ohne vom Gas zu gehen, lenkte David die Enduro in die schmale Gasse, wo gerade ein abendlicher Biomarkt der Bauern aus der Umgebung stattfand. Die Straße war links und rechts mit bunten Verkaufsständen zugestellt; dazwischen tummelten sich die Passanten. David versuchte, zwischen den Ständen durchzukommen, touchierte aber doch eine Theke. Kisten mit Obst und Gemüse flogen durch die Luft.

»Bleib stehen!« Der Standbesitzer lief ihm laut pöbelnd hinterher, doch David fuhr ungerührt weiter.

»Der Verfolger ist wieder hinter uns!«, schrie Maja plötzlich.

»Verflucht, ich dachte, ich hätte ihn abgehängt«, ärgerte sich David und wich einem Karren aus, den ein Mann pfeifend über die Straße zog. Die Enduro brach nach links aus und schoss auf eine Hausmauer zu. David riss den Lenker herum, aber die Geschwindigkeit war zu hoch, und mit der Breitseite krachte die Maschine durch einen Lattenzaun, pflügte sich durch einen Garten und riss mehrere Wäschestangen um, ehe sie liegen blieb.

»Ist alles in Ordnung?« David blickte zu Maja, die schwankend aufstand und sich zu dem zerborstenen Zaun umdrehte. Dort tauchte überraschend die russische Taurus auf, doch im selben Moment riss Maja die Maschinenpistole hoch und feuerte in die Luft.

»Aufhören, ich mag keine sinnlose Schießerei. Du könntest doch unschuldige Menschen treffen«, brüllte David und riss Maja die Maschinenpistole aus der Hand. »Wo hast du das Schießen gelernt?«

»Von meinem Vater. Der hat mir gezeigt, wie man sich als Frau behauptet«, antwortete Maja.

»Aber er hat dir sicher auch erklärt, dass eine Waffe tödlich sein kann.«

»Ich wollte uns doch nur verteidigen«, sagte Maja betreten. »Jetzt ist er verschwunden.«

»Der Mann hätte im Affekt zurückschießen können. Du hast nicht überlegt, sondern einfach emotional gehandelt.«

»Okay, es war ein Fehler«, meinte Maja zerknirscht.

»Schwamm darüber, es ist niemand verletzt worden. Wir müssen jetzt los.«

Schnell richtete David die Enduro wieder auf, die den Sturz relativ gut überstanden hatte, und startete den Motor. In der Ferne waren bereits Polizeisirenen zu hören, deshalb durften sie keine Zeit verlieren. David fuhr durch schmale Gassen, bis sie die Brücke erreichten. Von dort bog er in Richtung Flussufer ab und verlangsamte die Fahrt. Bald tauchte der große Platz mit der Holocaust-Gedenkstätte und dem Souvenirladen vor ihnen auf.

»Wie hast du mich überhaupt gefunden?«, wollte Maja wissen.

»Das Handy. Du hast dein Handy aktiviert und dieses Signal wurde von uns aufgefangen. Der Rest war dann nicht mehr besonders schwierig«, erklärte David und bremste die Enduro ab.

»Du wartest hier!« Er stieg von der Maschine. Schnell betrat David den Laden und sagte: »Die schwarze Muttergottes ist wieder zurück. Und wir müssen so schnell wie möglich nach Les Deux Alpes in den französischen Alpen.«

Der Verbindungsmann des BND nickte wissend und blickte aus dem Fenster.

»Alles klar, ich kümmere mich darum.« Der Mann schob die Enduro zurück in den Lagerraum hinter dem Laden und schloss die Tür ab.

David stellte in der Zwischenzeit eine Verbindung zu Robyn her und fragte sie nach den beiden Motorradfahrern.

»Diese Verfolgungsfahrt war eine beachtliche Leistung, Stein. Wir konnten die beiden Fahrer identifizieren. Sie sind Mitarbeiter des SAB, des lettischen Geheimdienstes.«

»Das ist ein Beweis, dass zumindest der SAB etwas damit zu tun hat«, schlussfolgerte David.

»Das ist kein Beweis, Stein. Sie wurden bloß verfolgt, weil man Sie für einen Verkehrssünder hielt«, entgegnete Robyn.

»Das ist doch nicht Ihr Ernst.«

»So steht es jedenfalls in der Aussendung, die gerade von der staatlichen lettischen Nachrichtenagentur verschickt wurde. Dort wird auch mit keinem Wort der lettische Geheimdienst erwähnt, sondern nur, dass die Polizei die Verfolgung aufgenommen hat.«

Robyn beendete die Verbindung und David winkte Maja in den Laden.

»Entspannt euch ein wenig. Geht in das Shishalokal gegenüber. Ich kümmere mich um eure Weiterfahrt«, riet ihnen der Verbindungsmann.

»Gut, wir warten auf deine Instruktionen«, sagte David und ahnte bereits, dass es diesmal eine Reise bis ans Ende der Nacht werden würde.

18

MALLORCA – PALMA PASEO MARITIMO

Ein riesiges Kreuzfahrtschiff hatte im Hafen von Palma angelegt und wirkte wie ein plötzlich aus dem Wasser emporragendes Hochhaus. Hunderte Passagiere spazierten über die Promenade und machten sich auf den Weg in die Altstadt von Palma.

Leyla parkte den Land Rover gegenüber der Anlegestelle und beobachtete die Menschenmassen.

Sie war nach Palma gekommen, um sich zu vergewissern, dass mit dem neuen Leben, das in ihr wuchs, auch alles in Ordnung war. Sanft strich sie über ihren Bauch und machte sich auf den Weg zu ihrem Frauenarzt.

»Mit Ihrer Schwangerschaft läuft alles wie geplant«, diagnostizierte der Arzt, nachdem er Leyla mit dem Ultraschallgerät untersucht hatte.

»Wollen Sie noch immer nicht das Geschlecht wissen?« Der Arzt deutete auf das verschwommene, zweidimensionale Bild auf dem Monitor. »Es sind ja nur noch zwei Monate bis zur Geburt.«

»Nein, ich will, dass es eine Überraschung ist«, antwortete Leyla und richtete sich auf der Liege auf. Langsam knöpfte sie ihre weiße Bluse zu. »Oder doch, ich möchte es wissen.«

»Es wird ein Junge!« Der Arzt deutete auf das Ultraschallbild.

»Sind Sie ganz sicher?«, fragte Leyla nach.

»Absolut. Sehen Sie selbst.« Wieder zeigte der Arzt auf das Sonogramm und fuhr mit einem Stift die Konturen des Babys entlang.

»Oh, jetzt kann ich es auch sehen«, erwiderte Leyla verzückt.

Der Arzt druckte das Ultraschallbild aus und gab es Leyla, die das Foto sorgsam in ihren Rucksack steckte. Als sie an der Rezeption bezahlte, stellte sie sich einen kleinen Jungen mit blonden Haaren vor, der David wie aus dem Gesicht geschnitten war. Genauso einen Jungen wünschte sie sich.

Mit dem Bild des blonden Kindes im Kopf fuhr sie zurück. Als sie die Finca vor sich auftauchen sah, überfiel sie auf einmal ein unglaubliches Glücksgefühl. Hier war ihr Zuhause, hier würde sie endlich zur Ruhe kommen. Wenn das Kind erst geboren war, würden die schwarzen Vögel verschwinden und das ruhige Leben als Familie konnte beginnen. Es stimmte, dass sich Leyla nach einer Familie sehnte, denn sie selbst hatte nie eine gehabt. Aber bisher hatte sie diesen Wunsch niemals vor David zugegeben und war vor ihren Gefühlen davongelaufen.

Vor dem holzgeschnitzten Tor stoppte Leyla den Wagen. Sie öffnete die beiden Flügel und fuhr den staubigen Weg weiter bis zur Finca. Die Hunde in dem riesigen Freilaufgehege kamen an den Zaun und bellten freudig, als Leyla aus dem Defender stieg. Mittlerweile waren es ständig mehr Tiere geworden, die das Areal rund um die Finca bevölkerten. Zurzeit gab es hier fünf Hunde, drei Katzen und einen Esel, den David bei einem Bauern vor dem Schlachthof gerettet hatte. Obwohl Leyla früher einen gewissen Respekt vor Hunden gehabt hatte, waren ihr die Mischlinge im Laufe der Zeit sehr ans Herz gewachsen. Besonders der kleine dreibeinige Tiger war ihr absoluter Liebling geworden und bekam stets als Erster sein Fressen.

Nach der Fütterung der Tiere setzte sich Leyla an den robusten Holztisch auf der Terrasse und überlegte, ob sie David anrufen sollte. Gedankenverloren spielte sie mit ihrem Handy, als das Gerät summte.

»Hier ist Gia«, hörte sie eine Stimme, die von dem Rauschen aufgrund der schlechten Verbindung beinahe verschluckt wurde. »Spreche ich mit Leyla?«

»Ja, aber ich kenne keine Gia«, antwortete Leyla gedehnt und spürte mit einem Mal ein Ziehen in ihrem Bauch, als das Baby zu strampeln begann.

»Wir haben uns nie kennengelernt. Ich rufe aus Beirut an«, erwiderte Gia.

»Aus Beirut?« Das dumpfe Gefühl in Leylas Innerem verstärkte sich. »Woher hast du meine Nummer?«

»Das wollte ich dir gerade erklären«, sprach Gia weiter. »Ich bin eine Nachbarin von Zohra. Sie wohnt auf derselben Etage wie ich.«

»Zohra? Was ist mit Auntie?«, fragte Leyla erschrocken. Ein hell durchscheinendes Bild tauchte vor ihrem inneren Auge auf.

Eine alte Frau mit verwittertem Gesicht hockte vor einem Zelt in einem Flüchtlingslager im Libanon. Zu ihren Füßen spielte ein kleines Mädchen mit schwarzen Locken im Sand. Das Kind trug einen schmutzigen Kaftan und war barfuß.

»Auntie, ich hab dich lieb«, sagte das kleine Mädchen und umarmte die staubbedeckten Beine der alten Frau.

»Bist du noch dran?«, hörte Leyla die Stimme von Gia.

»Ja, warum rufst du an? Ist etwas mit Auntie, ich meine, mit Zohra passiert?«

»Es tut mir leid, aber Zohra ist tot«, antwortete Gia. »In der Hand hielt sie ein Foto, auf dem ihr beide abgebildet wart. Auf der Rückseite stand ›Auntie und Leyla‹. Dazu eine Telefonnummer.«

Wieder hatte Leyla ein überbelichtetes Flashback.

Das kleine Mädchen war vor Hunger schon ganz schwach. Verängstigt irrte es im Lager umher, bettelte um ein Stück Brot, aber die Flüchtlinge, die in dem Lager am Rand von Beirut hausten, hatten selbst nichts und schickten das kleine Mädchen weiter. So schleppte es sich durch das staubige Zeltlager, bis es einen riesigen Müllhaufen erreichte, auf dem sich streunende Hunde tummelten. Mit den Händen wühlte sich das Kind durch stinkenden Müll, erwischte ein angeschimmeltes Stück Brot, das es sofort in der Tasche seines Kaftans versteckte. Doch die Hunde hatten die Beute bereits gerochen und krochen geduckt auf das Mädchen zu. Sie zogen die Lefzen zurück und knurrten. Setzten zum Sprung an. Im Lager herrschte das Recht des Stärkeren. Das galt für Mensch und Tier. Und das kleine Mädchen war entkräftet. Das spürten die Hunde. Die Kleine war eine leichte Beute. Ein Hund setzte zum Sprung an, doch in diesem Moment kam eine alte Frau herangehumpelt. Sie stieß mehrere schrille Schreie aus und schlug einem der Vierbeiner mit dem Stock auf den Rücken. Jaulend rannte das Tier weg, und auch die anderen Hunde zogen sich zurück.

»Es ist gefährlich, alleine im Lager umherzustreifen«, sagte die alte Frau. »Wo sind deine Eltern?«

»Sie sind tot«, antwortete das Mädchen.

»Dann bist du ganz alleine hier?«, wunderte sich die Alte.

»Aber ich habe doch dich.« Das kleine Mädchen griff nach der schwieligen Hand der alten Frau und drückte sie fest. Dieses kleine Mädchen war Leyla gewesen und so hatte sie Auntie kennengelernt. Auntie wurde ihre Familie.

»Wie ist Zohra denn gestorben?«, erkundigte sich Leyla atemlos, und das überbelichtete Foto in ihrer Erinnerung verblasste.

»Sie ist verhungert.«

»Wie?« Leyla traute ihren Ohren nicht. »Sie ist was?«, rief sie ungläubig.

»Du hast richtig gehört. Zohra ist in ihrer Wohnung verhungert«, bestätigte Gia. »Sie war krank und konnte nicht mehr aus dem Bett.«

»Warum hast du der alten Frau nicht geholfen? Ich habe ihr doch immer Geld geschickt. Was seid ihr bloß für herzlose Nachbarn«, empörte sich Leyla.

»Wo denkst du hin!«, verteidigte sich Gia. »Natürlich wollten wir Zohra helfen. Aber er hat es verboten.«

»Was erzählst du da?«, fauchte Leyla. »Wer hat es verboten? Lüg mich ja nicht an.«

»Ich sage die Wahrheit«, hielt Gia dagegen. »Er hat damit gedroht, jeden zu erschießen, der Zohra etwas zu essen bringt.«

»Wer ist dieser *Er*?«, wollte Leyla mit kaum unterdrückter Wut in der Stimme wissen.

»Er nennt sich Brian Farruk. Er hat gesagt, ich soll mich bei dir melden. Du wüsstest dann schon, was zu tun ist.«

Bei der Nennung dieses Namens zuckte Leyla zusammen und eine erneute Welle der Erinnerung brach über sie herein.

Eine junge Frau mit schwarzen Haaren stand in Beirut in einem Büro mit Blick auf den Hafen. Hinter dem Schreibtisch saß der dickliche Mann in dunklem Nadelstreifenanzug, für den sie arbeitete. Die junge Frau beherrschte fünf Sprachen fließend und war die beste Problemlöserin für das Farruk Consulting-Unternehmen.

»Das ist die Zielperson!« Farruk legte ein Foto vor Leyla auf den Tisch. Es war ein gut aussehender Mann mit blauen Augen, blonden Haaren und einer Narbe in der Augenbraue. »Du bist ab jetzt Ruth Mayer und Studentin der Archäologie.« Farruk zeigte auf einen gefälschten Pass neben dem Foto. »Das Honorar beträgt

eine Million Dollar, davon gehen zehn Prozent an mich, wenn du den Mann liquidierst.«

So wurde David Stein ihre Zielperson. Doch Leyla trug sich damals schon länger mit dem Gedanken, aus dem Geschäft als Auftragskiller auszusteigen. Mit der Million konnte sie sich den Traum vom weißen Haus am Meer erfüllen und sich zur Ruhe setzen. Es gelang ihr nicht, David Stein zu töten, aber sie verschaffte sich dennoch die Million von dem Auftraggeber und bunkerte sie in Beirut. Diesen Verrat hatte ihr Farruk nie verziehen.

»Was ist mit Zohras Leichnam passiert? Habt ihr sie begraben?«, fragte Leyla mit erstickter Stimme.

»Nein, das war nicht möglich. Farruk hat die Leiche abholen lassen. Wir wissen nicht, wohin sie gebracht wurde.«

»Danke, dass du mir das alles erzählt hast«, sagte Leyla und trennte die Verbindung. Wie betäubt saß sie an dem Holztisch und starrte ins Leere. Nach einer Weile stand sie ruckartig auf und ging in die Scheune neben der Finca. Trotz ihrer fortgeschrittenen Schwangerschaft stieg sie die einfache Leiter nach oben und kletterte bis unter das Dach. Dort stand eine kleine verstaubte Holzschachtel, die sie öffnete. Ein Lichtstrahl fiel durch die Dachluke und streifte die beiden silbernen Berettas, die wie Schmuckstücke glänzten. Leyla griff nach den Pistolen und drehte sie in den Händen. Dabei blickte sie aus der Dachluke nach draußen.

In weiter Ferne hockten die schwarzen Vögel auf einer Steinmauer und schlugen aufgeregt mit ihren Flügeln. Es schien, als würden sie sich darüber freuen, dass jetzt ihre Prophezeiung in Erfüllung gehen würde.

19

Riga – Shishalokal in der Altstadt

Auch weit nach Mitternacht herrschte in dem Shishalokal in der Nähe der Hansehäuser noch reger Betrieb. In entspannter Atmosphäre wurde geraucht. Abdullah, der Betreiber der Bar, servierte ständig Nüsse und kleine Kuchenstücke an den niedrigen Tischen.

Im hinteren Teil des Lokals, der durch einen Paravent abgetrennt war, saßen ein Mann und eine junge Frau. Die Frau hatte zu zwei lockeren Zöpfen geflochtene blonde Haare und wirkte fahrig und nervös. Der Mann trug eine abgewetzte Lederjacke und machte einen gelassenen Eindruck.

»Ich muss das alles erst einmal verarbeiten.« Maja presste die Finger gegen ihre Schläfen. »Wir haben uns ja ewig nicht gesehen. Es tut mir leid, was mit Jane geschehen ist. Sie war meine Lieblingstante. Das Schicksal kann so grausam sein.«

»Ja, das stimmt. Sie war die große Liebe meines Lebens. Als sie starb, brach eine Welt für mich zusammen.« Für einen schmerzlichen Augenblick drängte sich das Gesicht von Jane mit ihrem unverwundbaren Lächeln in Davids Gedanken.

»Warum machst du das alles für mich? Du kennst mich doch gar nicht wirklich«, ließ Maja nicht locker.

»Ich habe es deiner Mutter Hanna versprochen. Außerdem bewundere ich dein Engagement. Es gibt nur wenige Menschen in dieser anstrengenden Zeit, die für ihre Ideale kämpfen.« David kramte ein Foto aus seiner Jacke. Es zeigte Jane und ein kleines Mädchen. Es war ein Bild, das er immer bei sich trug, denn es erinnerte ihn daran, dass Jane sich so sehr eine Familie gewünscht hätte. »Dieses kleine Mädchen neben Jane, das bist du.«

»Ich kann mich sogar daran erinnern«, meinte Maja aufgeregt. »Es war in Brighton auf dem Pier. Gott, was war das für ein schönes Wochenende!«

»Du kannst mir ruhig vertrauen«, sagte David und behielt dabei einen jungen Mann im Auge, der gerade die Shishabar betrat. Er setzte sich an einen Tisch, wo ihn die Gäste lautstark begrüßten, und David entspannte sich wieder.

»Ich war früher Mitarbeiter des BND, habe aber nach Janes Tod damit aufgehört und wurde Hundeflüsterer auf Mallorca. Diesen Einsatz mache ich nur, um dich zu schützen.« David steckte das Foto wieder ein.

»Gut, was willst du wissen?«

»Erzähl mir, auf was Jonas auf der Insel gestoßen ist. Es muss ziemlich wichtig sein, wenn dafür sogar Menschen getötet werden.«

»Jonas hat in dem Forschungswerk von FuturX auf dieser Insel gearbeitet. Er hat Atomtechnik studiert, kannte sich also aus. Die Akkus für die Elektrofahrzeuge, die dort entwickelt werden, sind radioaktiv verseucht. Es gab unter den Mitarbeitern bereits zwei Todesfälle, die von den Behörden als normale Arbeitsunfälle klassifiziert wurden. Außerdem wird radioaktives Wasser in die Bucht von Riga abgelassen. Einige Fischer sind ebenfalls schon erkrankt. Aber auch hier spricht man von ganz normalen Krankheitsverläufen. Schließlich geht es für die Entwicklung der Elektrofahrzeuge um Subventionen der EU im Millionenbereich. Hier drücken die verantwortlichen Stellen aus Lettland einfach beide Augen zu. Aber Jonas hat all diese Gefahren und Vorkommnisse dokumentiert und die Unterlagen in einer Cloud gespeichert.« Maja lehnte sich zurück und verschränkte die Arme vor der Brust.

»Und du hast Jonas dabei unterstützt?«, fragte David.

»Ich wollte eigentlich etwas anderes machen, aber das Leben geht seinen eigenen Weg«, seufzte sie. »Mein Wunsch war es, auf einer Forschungsstation in der Arktis zu arbeiten, um die Eisbären zu retten, die vom Klimawandel am stärksten bedroht sind. Bald werden diese einzigartigen Raubtiere ausgestorben sein. Das wollte ich alles erfassen und analysieren. Doch dann habe ich dieses tolle Angebot von der EU-Umweltorganisation Safe World bekommen, und ich liebe meinen Job. Jetzt will ich diese Missstände an die Öffentlichkeit bringen. Ich beobachte im Auftrag von Safe World schon seit über sechs Monaten dieses Unternehmen und habe einige brisante Entdeckungen gemacht. Jonas hat mich dabei unterstützt. Ich muss die Ergebnisse bei dem Treffen der EU-Umweltminister in Les Deux Alpes präsentieren. Ich habe nur die Befürchtung, dass man das verhindern will.«

»Deshalb bin ich hier, um dich sicher dorthin zu begleiten«, erklärte David. Er griff nach seinem Handy, das einen Anruf anzeigte. Es war Robyn.

»Einen Moment, ich bin gleich wieder bei dir«, sagte er zu Maja und stand auf. David eilte nach hinten zu den Waschräumen, wo er ungestört reden konnte.

»Stein, wir haben jetzt alles für Ihre Weiterreise organisiert. Unser Mitarbeiter vor Ort wird sich gleich mit Ihnen in Verbindung setzen.«

»Robyn, schön, Sie zu hören. Arbeiten Sie tatsächlich rund um die Uhr?«

»Es ist erst ein Uhr morgens, Stein. Statistisch betrachtet braucht der Menschen zwischen drei und sechs Stunden Schlaf. Nehmen wir den Mittelwert an, dann reicht es, wenn ich um zwei Uhr dreißig zu Bett gehe und um sieben Uhr aufstehe«, erwiderte Robyn.

»Sie haben mich wieder einmal restlos überzeugt«, spottete David. »Was genau haben Sie für uns geplant?«

»Das ist mein Job, Stein. Sie nehmen morgen früh mit Maja einen Learjet nach Genf, um von dort weiter nach Les Deux Alpes zu gelangen«, erklärte Robyn.

»Ich dachte, wir nehmen einen Linienflug nach Berlin und von dort aus weiter?«, fragte David. »Wozu diese Hektik? Wir haben dann schließlich immer noch zwei Tage.«

»Ein Linienflug wäre zu riskant, denn der internationale Flughafen wird sicher vom lettischen Geheimdienst überwacht«, entgegnete Robyn. »Sie gehen jetzt einfach in Ihr Hotel und schlafen ein paar Stunden. In der Früh werden Sie abgeholt und zum Flugplatz gebracht. Wir haben alles vorbereitet und hören uns dann in Genf.«

Ehe David noch etwas entgegnen konnte, beendete Robyn das Gespräch. David ging zurück zu Maja.

Wieder betrat ein Mann das Shishalokal. Es war der Verbindungsmann, der als Verkäufer in dem Souvenirgeschäft arbeitete. Er setzte sich zu Maja und David an den Tisch.

»Alles ist vorbereitet für euren morgigen Flug nach Genf und die Weiterreise in die französischen Alpen.«

»Also hoffen wir, dass Maja mit der Wahrheit die Entscheidung der EU-Umweltminister beeinflussen wird.«

20

Riga – Airport Riga

Das dreistöckige Haus war ein Kunstwerk der Zimmermannsarbeit, denn es war völlig aus Holz erbaut. Da man es seit Jahrzehnten vernachlässigt hatte, waren die Bodenbretter morsch und das Gebäude akut einsturzgefährdet. Trotzdem hockte ein vierschrötiger Mann auf einem Klappstuhl und spähte mit einem Fernrohr durch eine schmale Luke zum gegenüberliegenden Hotel hinüber. Er war so in seine Beobachtung vertieft, dass er erst aufsah, als ihm ein junger Mann auf die Schulter klopfte.

»Was gibt es Neues zu berichten?«, sprach Morton den Mann an, den er für diesen Job rekrutiert hatte. Es handelte sich um einen ehemaligen russischen Soldaten.

»Die beiden Zielpersonen sind in der Lobby und scheinen aufzubrechen.«

Als Morton das Hotel erreichte, stiegen David Stein und Maja gerade in ein Taxi.

»Zum Flughafen«, hörte er Stein sagen, als er wie ein normaler Passant neben dem Taxi die Straße entlangschlenderte.

Morton bog in eine Seitenstraße ein und wählte eine Nummer. Kurz darauf hielt ein schwarzer Wagen neben dem Gehsteig.

»Wir fahren zum internationalen Flughafen«, befahl Morton und setzte sich in den Fond. »Haben Sie alles dabei, worum ich Sie gebeten habe?«, fragte er mit leiser Stimme.

»Liegt unter dem Sitz«, bestätigte der Fahrer.

Morton holte eine kleine Ledertasche hervor. Darin befanden sich eine Walther 9 Millimeter und ein Schalldämpfer, den er sofort auf den Lauf der Pistole schraubte.

Als der SUV den Flughafen erreicht hatte, dirigierte Morton den Fahrer auf den entfernten öffentlichen Parkplatz.

»Sie warten direkt vor der Abflughalle. Haben Sie das verstanden?«

Mit einem hellen Regenmantel bekleidet fuhr er auf den Laufbändern durch die endlosen Gänge zu den Terminals. Unauffällig merkte er sich, wo Überwachungskameras installiert waren. In einem von der Kamera nicht einsehbaren Bereich befand sich eine Toilette. Schnell verschwand Morton hinter der Tür und kam wenige Augenblicke später wieder heraus. Doch jetzt hatte er eine Mütze auf, eine schwarze Jacke an und trug einen Rucksack über der Schulter. Es war eine seiner Stärken, sich blitzschnell in eine andere Person verwandeln zu können, so auch jetzt. Niemand hätte den Mann im beigen Regenmantel für den jungen Studenten in der schwarzen Nylonjacke gehalten.

Im Terminal für Flüge in Schengen-Länder hatte sich eine Schlange gebildet. Morton erkannte in der Menge der wartenden Passagiere schon von Weitem die Mütze von Maja. Sie stand dicht neben David Stein, der ein Baseball-Cap trug.

Morton lehnte sich an den Tisch einer Cafeteria und wartete. Die beiden liefen an ihm vorbei, ohne ihn näher zu beachten. Morton folgte ihnen und schob sich die Kopfhörer über die Ohren. Musik war seine Droge. Wenn die Klänge durch sein Gehirn perlten, dann wurde bei ihm eine unglaubliche Energie freigesetzt, eine Euphorie und Kraft, die ihn unbesiegbar machten. Mit dem Sound, der ihn durchflutete, konnte nichts schiefgehen.

Die Gates für den Check-in waren noch ein Stück entfernt. Maja und Stein verhielten sich wie normale Touristen, bewegten sich nicht zu schnell, sahen sich nie um. Insgeheim bewunderte Morton David Stein. Er hatte sich über ihn informiert. Stein war Agent gewesen und hatte ein durch Adrenalin hochgeputschtes Leben geführt. Jetzt war er Hundeflüsterer und hatte sich radikal verlangsamt. Dazu gehörte ein starker Wille. Außerdem war Stein ein Profi, der wusste, wie man einen Auftrag erledigte.

Morton schloss verdeckt durch eine Menschengruppe zu den beiden auf und schob sich den Kopfhörer ein wenig zurück, um etwas von der Konversation zwischen den beiden aufzuschnappen.

»Wenn das überstanden ist, nehme ich mir eine Auszeit«, seufzte Maja.

»Da hast du recht.«

»Hoffentlich geht alles gut.«

»Mit dem Flugzeug sind wir in wenigen Stunden in Berlin«, antwortete David Stein. »Dort erwartet uns ein Wagen und bringt uns ans Ziel.«

»Und dann kann ich endlich die Informationen von Jonas präsentieren«, erwiderte Maja.

Morton musste innerlich lächeln, als er das Gespräch belauschte. Stein würde Berlin niemals erreichen und Maja würde die Entdeckungen ausschließlich ihm und seinen Auftraggebern präsentieren.

Unauffällig öffnete er seinen Rucksack und ließ ihn über seiner linken Schulter baumeln. Mit der Hand griff er hinein, tastete nach der Waffe. Die Pistole fühlte sich leicht und handlich an. Er warf einen schnellen Blick durch die Glastüren nach draußen zu den wartenden Autos. Der schwarze SUV stand direkt vor dem Eingang. Morton drehte die Lautstärke seines Handys höher, um die klassische Musik zu genießen. Er rückte Maja und Stein näher. Mit gesenktem Kopf schritt er neben Stein her, wartete auf den Bereich, den die Überwachungskameras nicht erfassten. Jetzt kam die Wintersequenz von Vivaldi, die Morton besonders mochte. Während das furiose Geigenspiel durch sein Gehirn schwebte, drückte Morton den Abzug. Es machte leise »Plopp«, und Stein stürzte zu Boden. Morton packte Maja am Arm und schob sie zum Eingang. Alles lief nach Plan. Er hatte seinen Auftrag ausgeführt.

21

RIGA – FORSCHUNGSLABOR VON FUTURX AUF DER INSEL VOR RIGA

Wo früher ein kleiner, undurchdringlicher Wald gewesen war, stand jetzt eine metallisch glänzende Halle, die von einem elektrischen Zaun umgeben war. Nur wenn man mit einem Hubschrauber tief über der Insel schwebte, konnte man das futuristische Gebäude ausmachen.

Mit einem stolzen Lächeln blickte Gloria aus der Glaskanzel des Helikopters nach unten und kraulte dabei das struppige Fell von Balthus.

Bald war es so weit, dann würden die EU-Umweltminister ihre Zustimmung geben und FuturX konnte das günstigste Elektroauto aller Zeiten bauen. Langsam senkte sich der Helikopter neben dem aluverkleideten Administrationsgebäude mit dem dezenten Logo von FuturX. Als sie landeten, öffnete Gloria die Tür der Kabine. Ihr Hund sprang leichtfüßig auf den Boden. Gehorsam wartete das Tier, bis Gloria ebenfalls ausgestiegen war. Rasch marschierten sie zum Verwaltungsgebäude, vor dem ein Mann mit kurz geschorenen eisgrauen Haaren und in einem legeren Outfit bereits auf sie wartete.

»Alexej, wie schön, dich zu sehen«, begrüßte Gloria den russischen Investor Alexej Alexandrowitsch.

Er lächelte breit und schnalzte mit den Fingern. »Platz!«, befahl er Balthus, doch der Irische Wolfshund sah ihn nur abwartend an. »Dein Hund ist aber nicht gut abgerichtet, Gloria«, kritisierte Alexej. »Soll ich ihm Manieren beibringen?«

»Balthus gehorcht nur mir«, erklärte Gloria. »Du brauchst gar nicht zu versuchen, ihn zu erziehen.«

»Wie dem auch sei, deswegen bin ich nicht hier«, meinte Alexej kurz angebunden. »Präsentiere mir jetzt diese Prototypen.«

»Aber gern. Balthus, Platz.«

Nachdem sich der Hund vor der Halle auf den Boden gelegt hatte, ging Gloria zu einer Tür und hielt den Daumen ihrer rechten Hand an ein Aluminiumpaneel. »Wir haben die Sensoren auch überall in dem Auto verbaut, man muss bloß drauftippen, um die Türen zu öffnen«, erläuterte sie, während sich die Aluminiumtür lautlos öffnete. Im Inneren der riesigen Forschungshalle befanden sich vier Förderbänder, auf denen die Teile der Prototypen lautlos an Technikern in weißen Schutzanzügen vorüberglitten. Dünne computergesteuerte Teleskoparme griffen wie gierige Schlangen nach den einzelnen Teilen und verbauten sie in Windeseile.

»Was tun die ganzen Leute eigentlich?«, erkundigte sich Alexej, der sich über die regungslos an den Förderbändern stehenden Mitarbeiter wunderte.

»Das sind erstklassig ausgebildete Ingenieure und Techniker. Sie überwachen ausschließlich die Computer, damit die Produktion reibungslos abläuft.«

Alexej wollte die Glastür öffnen, um zu einem der Förderbänder zu gehen, aber Gloria hielt ihn zurück.

»Zuerst musst du einen Schutzanzug anziehen. Es gibt eine minimale Strahlung.«

»Was sagen die lettischen Behörden dazu?«

»Nichts, denn die Messwerte liegen weit unter der Norm«, erwiderte Gloria lächelnd.

»Und die Todesfälle hier in der Produktionsstätte. Hat man da nachgeforscht?«, wollte Alexej wissen.

»Das waren ganz normale Arbeitsunfälle.« Gloria machte eine zerknirschte Miene. »Diese Mitarbeiter waren unachtsam und haben die Sicherheitsvorschriften missachtet. Das ist natürlich sehr bedauerlich. Von den lettischen Behörden wurde alles gründlich untersucht.«

»Ich hoffe, du hast alles weiterhin unter Kontrolle. Wenn du die EU-Umweltminister überzeugt hast, gehen wir sofort an die Börse. Du wirst sehen, der Aktienkurs unseres Unternehmens wird in ungeahnte Höhen schnellen.« Alexejs Augen glänzten.

»Dich interessiert ausschließlich Profit«, seufzte Gloria. »Das ist irgendwie traurig.«

»So ist die Welt eben. Ich stehe auf Reichtum und du auf Macht. Wir sind nicht so verschieden, wie du denkst. Deine Grünfärbung ist doch bloß eine nette Marketingerfindung«, antwortete Alexej mit einem zynischen Lächeln.

»Das hast du schön gesagt.« Gloria zog sich einen weißen Schutzoverall über ihr bodenlanges Baumwollkleid. »Macht ist etwas, das Größe verleiht, motiviert und zu noch höheren Zielen anspornt, der Profit ist für mich zweitrangig.«

»Das nehme ich dir einfach nicht ab.« Alexej verzerrte sein Gesicht zu einem abfälligen Grinsen. »Es geht immer um Geld. Damit kann man sich Freiheit und Macht erkaufen oder Bildung. Ohne Geld ist man ein Nichts, denn unsere Gesellschaft definiert sich über Cash.«

»Das ist deine Auffassung.« Gloria wartete, bis auch Alexej einen Schutzanzug übergestreift hatte, anschließend folgte er ihr zu einer der Produktionsstraßen. »Hier siehst du die Komponenten. Die gesamte Karosserie des Fahrzeugs ist aus recyceltem Kunststoff. Die Einzelteile werden hier genau kontrolliert und erst danach montiert.« Gloria deutete zu dem Förderband, wo ein Roboter einzelne Teile des Fahrzeugaufbaus scannte, ehe sie die nächste Montagestation ansteuerten.

»Ja, das sieht alles sehr professionell aus«, urteilte Alexej, nachdem er die Produktionsstraße der Prototypen begutachtet hatte. »Gab es Probleme mit der Anlieferung der abgebrannten Stäbe?«

»Nein, nur die Arbeitsunfälle, aber mehr nicht.« Gloria stellte sich neben die Fertigungsstraße und betrachtete die Karosserieteile.

»Sehr gut. Die Letten wissen es eben zu schätzen, dass wir in ihrem Land dieses Auto bauen«, meinte Alexej zufrieden.

»Wir haben ein Komplettpaket, das uns zum Marktführer macht. FuturXOne wird ein Familienauto, das sich ganz dem Umweltschutz verschrieben hat. Jeder kann sich diesen Wagen leisten, denn das Auto kostet nicht mehr als zehntausend Euro.«

»Das schaffen wir aber lediglich, wenn wir dafür keine künstlichen Diamanten verwenden.«

»Dafür habe ich bereits gesorgt. Wir verwenden ein anderes Material, das genauso widerstandsfähig ist.«

»Gibt es dafür schon genügend Tests?«

Gloria wollte etwas darauf erwidern, aber in diesem Moment summte ihr Smartphone. Sie las die Nachricht und wirkte sehr zufrieden.

»Das lass mal meine Sorge sein«, beschwichtigte sie ihr Gegenüber. Gloria entspannte sich ein wenig und verzog ihren Mund zu einem angedeuteten Lächeln.

22

Der Raum hatte die Dimension eines Saals, denn es waren
mehrere Zimmer miteinander verbunden worden. Die Wände
waren schwarz gestrichen, um das Licht, das von den riesigen
Bildschirmen abstrahlte, nicht zu reflektieren. Die wenigen
Lichtquellen, die man installiert hatte, waren in den Boden
eingelassen und beleuchteten die Personen, die schweigend vor
ihren Laptops saßen, von unten, was ihnen ein geisterhaftes
Aussehen verlieh.

Müller, der Leiter der Abteilung, hatte den Black Room,
wie der Kommunikationsraum genannt wurde, zu einem
Hightech-Center ausgebaut. Der Black Room war seit zwei
Monaten das neue Herzstück der Abteilung. Hier liefen die
verschiedenen Informationen über die Aktivitäten der Agenten
des BND zusammen, wurden gebündelt, analysiert, vernetzt
und koordiniert. Im Moment hatte sich Robyn in den Server
der Flughafen-Security von Riga eingeloggt und studierte
angespannt die Aufnahmen der diversen Überwachungskameras.
An einem Besprechungstisch saßen der deutsche Innenminister
und Müller. Sie verfolgten auf mehreren Bildschirmen die

Filmsequenzen, die von Technikern für Robyn aufbereitet wurden.

Wie stets hockte sie mit angezogenen Beinen in ihrem Stuhl und beobachtete ein Paar, das am Flughafen von Riga aus einem Taxi stieg und in die Abflughalle ging. Sie hatte das Taxi von einem unauffälligen Hotel bis zum Airport über einen Satellitenslot verfolgt und war jetzt auf die Überwachungskameras des Flughafens umgestiegen. Der Mann trug eine Lederjacke und hatte das Baseball-Cap tief ins Gesicht gezogen, die junge Frau hatte blonde Zöpfe und eine Strickmütze auf dem Kopf.

»Komisch, das hier sind Stein und Maja«, sagte Robyn zu Müller, der jetzt vor dem großen Screen stand, auf dem die Personen in der Abflughalle grobkörnig wie monströse Riesen wirkten. »Ich verstehe nicht, wieso sie zum öffentlichen Flughafen gefahren sind.«

»Wo sollten sie denn sonst sein?«, fragte Müller gereizt. »Die beiden müssen auf dem schnellsten Weg nach Genf.«

»Ich habe unseren Mitarbeiter in Riga beauftragt, einen Learjet nach Genf zu organisieren, der von einem Privatflugplatz startet. Der Flughafen ist wegen der vielen Menschen zu gefährlich.« Nervös massierte Robyn mit den Fingerspitzen ihre ausrasierten Schläfen. »Das ist eine glatte Missachtung meiner Anweisung.«

»Hauptsache, die beiden sind auf dem Weg zum Check-in nach Genf«, warf der Innenminister ein und stand auf.

»Das ist eben nicht egal. Wenn wir eine Strategie entwerfen, dann ist diese auch genauso umzusetzen«, widersprach Robyn. »In der Abflughalle sind einfach zu viele Leute. Die Situation ist unüberschaubar.«

»Wir bleiben so lange online, bis Stein und Maja zur Sicherheitskontrolle kommen«, erteilte Müller Robyn die Anweisung.

»Hoffen wir, dass alles gut geht«, murmelte der Innenminister, der jetzt neben Müller stand und nervös auf den Bildschirm starrte. »Wir haben nur noch drei Tage bis zu dem Treffen der EU-Umweltminister.«

»Ich habe den führenden Vertretern der deutschen Automobilindustrie mein Wort gegeben, dass alles zur vollen Zufriedenheit abläuft.« Hansen, der Vizechef des BND, wischte sich den Schweiß von der Stirn. »Da darf nichts schiefgehen.«

Also deswegen dieses Großaufgebot von Innenminister und anderen Mitgliedern der Regierung. Es dreht sich nicht nur um die Genehmigung dieser atombetriebenen Akkus, sondern um wirtschaftliche Einbußen für diesen mächtigen Industriezweig, überlegte Robyn kurz. Energisch betonte sie: »Wir haben die Situation unter Kontrolle.«

»David Stein ist einer unserer fähigsten Agenten, er versteht seinen Job. Ich sehe absolut keinen Grund zur Besorgnis«, ergänzte Müller. »Möchte jemand einen Kaffee?«, fragte er in die Runde.

»Ja, warum nicht.«

Müller wollte gerade zu dem metallenen Kaffeeautomaten gehen, der sich vor der schwarzen Wand wie ein Kunstwerk ausnahm, als Robyn sich plötzlich aufrichtete und einem Techniker das Zeichen gab, auf eine andere Überwachungskamera umzuschalten. Ein Mann mit Kopfhörern schritt langsam hinter Stein und Maja durch die Abfertigungshalle. Zwischen ihm und Stein befanden sich drei andere Reisende, gerade so viele, dass man als Verfolger nicht auffiel, gleichzeitig aber die Zielperson nicht aus den Augen verlor.

»Müller, sehen Sie den Mann mit den Kopfhörern, der einen Rucksack trägt?«

»Ja, natürlich, schaut aus wie ein Student. Zoomen Sie näher heran«, befahl Müller.

»Was ist?«, fragte der Innenminister. »Gibt es ein Problem?«

»Nein, wir überprüfen nur sicherheitshalber eine Person«, antwortete Müller und nahm seine Brille ab. »Reine Routine.«

»Ich bekomme das Gesicht des Mannes nicht auf den Bildschirm.« Robyn wählte die Perspektive einer anderen Kamera, um den Mann frontal zu erwischen, doch dieser drehte sein Gesicht seitwärts, so, als würde er es bewusst vermeiden, von den Videokameras erfasst zu werden.

»Das gefällt mir nicht. Verdammt, das ist ein Profi«, flüsterte Robyn und spürte, wie ihre Wangen heiß wurden. Eine emotionale Regung war das Letzte, was sie jetzt gebrauchen konnte, aber sie konnte nichts dagegen machen. Die Aktion lief aus dem Ruder, das spürte sie ganz deutlich. Warum war Stein nicht am Privatflugplatz? Und wer war dieser Mann mit dem Rucksack hinter ihm? Hastig wechselte sie zu einem anderen Bildschirm, auf dem die Bilder aller Überwachungskameras zu sehen waren. Plötzlich erblickte sie auf einem anderen Monitor einen schwarzen Geländewagen, der langsam zur Abflughalle rollte.

»Verdächtiges Fahrzeug auf der Zwölf«, sagte sie und wies auf die Kamera mit der entsprechenden Nummer.

»Können Sie das Nummernschild erkennen?«

»Nein, die sind unkenntlich gemacht worden.« Robyn griff nach einem Smartphone, um Stein eine verschlüsselte Nachricht zu schicken. Sie war lange genug in der Abteilung, um zu wissen, dass sie auf eine Krisensituation zusteuerten.

»Robyn, was ist los?« Müller trat so nahe an den großen Bildschirm heran, dass er beinahe mit den Passanten verschmolz.

»Der Mann nähert sich unserer Zielperson.« Robyn warf einen Blick auf den Bildschirm, doch Stein machte keinerlei Anstalten, nach seinem Handy zu greifen. »Wieso reagiert er nicht auf meine Warnung?«

»Sie sind für diese Operation verantwortlich, Müller. Wenn etwas schiefgeht …« Der Innenminister ließ den Rest des Satzes in der Luft hängen und starrte angespannt auf den Screen.

»Der BND hat damit nichts zu tun, möchte ich betonen. Es ist ausschließlich diese Abteilung«, schob auch Hansen jede Verantwortung reflexartig von sich.

Mittlerweile hatte der Mann zu Maja und Stein aufgeschlossen und kam den beiden langsam allmählich näher. Jetzt griff er in die Tasche seines schwarzen Blousons und zog ein Smartphone hervor.

»Ein Attentäter, er zündet jetzt eine Bombe!«, rief der Innenminister und zuckte entsetzt zurück.

Sofort vergrößerte Robyn den Ausschnitt. Man sah, wie der Mann den Lautstärkeregler nach oben schob.

»Er scheint nur seine Musik lauter zu stellen«, verkündete Robyn. »Er bereitet sich auf etwas vor.«

»Sagt Ihnen das Ihr Bauchgefühl?«, fragte Hansen.

»Nein, das ist Analyse«, wies ihn Robyn kühl in seine Schranken. »Es ist wissenschaftlich erwiesen, dass Musik Endorphine freisetzt, damit man eine Aufgabe noch besser und effizienter erledigt. Die Klänge und Melodien werden im Unterbewusstsein gespeichert und mit positiven Erlebnissen aus der frühen Kindheit verknüpft.«

»Lassen Sie diese Besserwisserei, Robyn. Wieso warnen Sie Stein nicht?«, zischte Müller, der sich nur noch schwer beherrschen konnte.

»Ich habe es schon mehrmals probiert, aber Stein reagiert nicht auf meine Notrufsignale. Ich habe keine Verbindung mehr.« Robyn nahm ihr Tablet vom Schreibtisch und tippte etwas auf dem Touchscreen. Hektisch winkte sie einen IT-Experten zu sich und zeigte ihm ihr Display.

»Mit diesem Befehl wird der Alarm ausgelöst«, sagte sie zu dem Mann.

»Was haben Sie vor?«, fauchte Müller. »Weihen Sie uns bitte ein.«

»Wir versuchen, den allgemeinen Flughafenalarm auszulösen. Dann weiß Stein, dass etwas nicht stimmt.« Robyn spürte, wie ihr der Schweiß den Rücken hinunterlief, und sie hasste sich dafür. Schwitzende Menschen hatten keine Kontrolle über die Situation und handelten dadurch irrational. Doch ehe sie ihr Verhalten analysieren konnte, wurde ihre ganze Aufmerksamkeit von den Geschehnissen auf dem Bildschirm beansprucht.

Der Mann mit dem Rucksack war jetzt direkt neben Stein. Robyn beobachtete auf dem großen Bildschirm, wie er den Rucksack lässig von der Schulter nahm und die Klappe öffnete. Mit der Hand langte er hinein. Nach wie vor konnte sie sein Gesicht nicht erkennen, denn der Mann blickte konsequent zu Boden. Plötzlich stieg ein wenig Rauch aus dem Rucksack auf. Im gleichen Moment zuckte Stein zusammen und sackte im nächsten Augenblick zu Boden. Ganz ruhig packte der Mann Maja am Arm und zog sie zu den automatischen Schiebetüren, die nach draußen führten. Robyn schaltete auf die andere Überwachungskamera. Jetzt kam der schwarze SUV ins Sichtfeld, der langsam am Gehweg entlangrollte. Der Mann stieß Maja in den Wagen und stieg selbst ein. Der Fahrer gab Gas.

»Tun Sie doch etwas!«, brüllte Hansen außer sich und schlug mit der Faust so fest auf einen schwarzen Schreibtisch, dass ein Bildschirm krachend umfiel. »Wie konnte das passieren? Warum haben Sie Stein und Maja nicht ausreichend schützen lassen?«

»Eine Katastrophe ist das!« Der Innenminister raufte sich die Haare und atmete tief durch. »Sie haben die Operation komplett verbockt, Müller. Das hat Konsequenzen.« Der Minister drehte sich auf dem Absatz um und verließ mit seinem

Sicherheitspersonal den Black Room. Die Tür fiel krachend hinter ihm ins Schloss.

»Mit dieser stümperhaften Vorgehensweise haben Sie den ganzen BND diskreditiert«, schimpfte Hansen und stürmte ebenfalls nach draußen.

»So eine Scheiße!«

Robyn hörte die Flüche von Müller und zwang sich, rational zu denken. Sie hatte nicht versagt, denn der Verbindungsmann in Riga hatte klare Anweisungen erhalten. Etwas stimmte hier ganz und gar nicht. War der Mitarbeiter in Riga vielleicht ein Doppelagent? Aber damit wollte sie Müller jetzt nicht weiter belasten, denn ihr Chef war ein sehr gefühlsbestimmter Mensch. Sie würde der Sache selbst auf den Grund gehen.

Robyn warf einen schnellen Blick auf Müller, der hektisch telefonierte und danach sein Handy einsteckte.

»Sie kümmern sich um alles Weitere. Ich erwarte Ihren Bericht noch heute. Und seien Sie sicher, das wird Folgen haben, auch für Sie«, grollte Müller drohend und verließ den Black Room.

In dem riesigen Raum herrschte eine nervöse Stille. Auf dem Bildschirm liefen lautlos die Bilder der Überwachungskameras, ein riesiges Kaleidoskop aus panischen Passagieren, konfusen Polizisten und hektischen Rettungskräften, die sich verzweifelt um den leblosen David Stein bemühten, der auf dem Boden lag.

Robyn riss sich zusammen und warf einen Blick auf den Screen. Stein wurde gerade auf eine Trage gelegt, als Robyn stutzte. Sie stoppte das Livebild und aktivierte die Wiederholung der Sequenz. Sie ließ die Aufnahmen noch einmal in Zeitlupe ablaufen, bis das Gesicht von David Stein riesig und grobkörnig den gesamten Bildschirm ausfüllte. Robyn sprang auf und trat direkt vor das Bild. Strich mit der Hand über die Augenbraue von Stein. Etwas fehlte, und sie wusste auch, was es war.

Noch ehe sie den Gedanken weiterführen konnte, summte ihr Smartphone.

»Hier ist Stein.«

»Sie sind am Leben? Ich dachte, Sie seien tot …« Robyn bemühte sich, so emotionslos wie gewöhnlich zu klingen, obwohl ihr Herz bis zum Hals klopfte.

»Ich wusste schon immer, dass Sie gerne zu meinem Begräbnis kommen würden. Aber so weit ist es noch nicht.«

23

Baltikum – alte Militäranlage zwischen Riga und Vilnius

Der Hangar lag versteckt zwischen Bäumen und war von der Luft aus nicht einsehbar. Es handelte sich um einen Militärstützpunkt aus der Sowjetzeit, den sich die Natur wieder zurückerobert hatte. Ein schwarzer SUV fuhr schnell durch das geöffnete Tor und verschwand im Inneren.

»Warum halten wir hier?«, blaffte Morton Wladimir, den Fahrer des Wagens, an.

»Wir tauschen die Fahrzeuge. Der SUV ist zu auffällig. Was ist mit der Frau?«

»Sie ist noch ohnmächtig.« Morton warf einen Blick auf die junge Frau.

Maja, du bist hübsch und intelligent. Irgendwie ist es schade, dass du nicht mehr lange leben wirst. Aber noch hast du eine Galgenfrist, zumindest so lange, bis ich die Daten von dir habe, dachte er.

»Da steht der andere Wagen.« Wladimir deutete auf einen unauffälligen grauen Kombi, der in dem Hangar parkte.

»Hast du alles besorgt, worum ich dich gebeten habe?«, fragte Morton. »Ich brauche eine stabile Netzverbindung, damit Maja die Daten für mich herunterladen kann.«

»Ich habe in Riga ein Hochleistungsnotebook mit eigenem anonymisiertem WLAN-Repeater besorgt, damit kannst du problemlos die Daten downloaden.«

Morton antwortete nicht, sondern klickte sich mit seinem Handy in ein Online-Nachrichtenportal, wo gerade eine Livereportage aus dem Flughafen lief. »Anschlag auf dem Flughafen von Riga. Ein Schwerverletzter bei der Entführung der Safe-World-Mitarbeiterin Maja Svenson. Der Täter konnte mit seinem Opfer unerkannt entkommen. Großfahndung der Polizei eingeleitet.«

Morton stoppte den Livestream und wählte eine Nummer.

»Alles läuft nach Plan.«

»Sehr gut, ich wusste, dass ich mich auf dich verlassen kann.«

»Aber das kannst du doch immer«, tönte Morton und trennte die Verbindung. Er drehte sich zu Wladimir.

»Trag das Mädchen in den anderen Wagen.«

»Komisch, sie ist noch immer ohnmächtig.«

»Dann sieh zu, dass du sie wach bekommst. Ich brauche sie bei vollem Bewusstsein, damit sie die Daten aus der Cloud herunterladen kann.«

»Geht klar.« Wladimir tippte mit dem Finger an seine Mütze und kletterte auf den Rücksitz des SUV. Mit der Hand klopfte er Maja auf die Wangen, doch das Mädchen rührte sich nicht.

»Scheiße, sie wird doch nicht tot sein?«, rief er nach hinten zu Morton, der neben dem Wagen stand und gerade seine Kopfhörer aufsetzte.

»Von dieser geringen Betäubungsdosis stirbt man nicht. Los, versuch es noch mal. Schüttle sie einfach fester und nimm ihr endlich die verdammte Mütze ab.«

Wladimir verschwand erneut im Inneren des SUV und stieß plötzlich einen überraschten Schrei aus. »Das ist ja ein Ding.«

»Was ist los?« Morton stoppte die Musik auf seinem Handy. Verständnislos starrte er Wladimir an, der aus dem Wagen stieg.

»Sie trägt eine Perücke.«

»Was redest du da?« Morton spürte, wie ihm der Boden unter den Füßen weggezogen wurde. Konnte es sein, dass er seinen Gegner unterschätzt hatte? Mit einer wütenden Handbewegung riss er Wladimir die Perücke aus der Hand. Kein Zweifel, es waren täuschend echt aussehende blonde Haare, die zu Zöpfen gebunden waren. Wieso war ihm das nicht aufgefallen? Weil er Maja nicht als Menschen, sondern bloß als Objekt wahrgenommen hatte.

»Dann sehen wir einmal, wer dieses Mädchen wirklich ist«, zischte er und öffnete die Wagentür. Die junge Frau war inzwischen aus ihrer Bewusstlosigkeit erwacht und starrte Morton mit schreckgeweiteten Augen an. Sie hatte kurze schwarze Haare und jetzt nicht mehr die geringste Ähnlichkeit mit Maja.

»Wer bist du?«, erkundigte sich Morton ruhig.

»Man hat mich engagiert, eine Rolle zu spielen. Bitte glaube mir, ich habe keine Ahnung, worum es geht«, antwortete die Frau mit zitternder Stimme.

»Wer hat dich engagiert?«

»Es war jemand aus Riga. Er gab mir Geld und sagte, ich solle mich verkleiden. Es ging um ein Ablenkungsmanöver«, erklärte sie. »Bitte, tu mir nichts. Wo ist eigentlich Tomas?«

»Wer ist Tomas?«

»Das ist mein Freund.«

»Ach so, das war der Plan.« Morton nickte. In seinem Kopf überschlugen sich die Gedanken. Er hatte den falschen Mann niedergeschossen. David Stein lebte und ließ ihn jetzt wie einen Idioten aussehen. Ihn, den Strategen, den trotzdem alle für einen Freak hielten, weil er so anders als die anderen Menschen auf diesem Planeten war.

»Komm mit, dir passiert nichts«, sagte Morton zu dem Mädchen und zerrte sie aus dem Wagen.

Ängstlich verschränkte die junge Frau ihre Arme vor der Brust und starrte Morton ängstlich an.

»Bitte, tu mir nichts.«

Morton antwortete nicht, sondern führte das Mädchen tiefer in den Hangar hinein. Sie gingen zwischen verrosteten Militärfahrzeugen und zerfetzten Planen hindurch, bis sie außerhalb der Sichtweite von Wladimir waren. Dort stieß Morton die junge Frau gegen eine Wand.

»Ich heiße Aurora und mache alles, was du willst«, flüsterte sie und berührte Morton an der Schulter. »Wirklich alles«, versprach sie und fuhr mit den Händen an Mortons Jacke entlang nach unten. »Lass mich am Leben!«

»Hör auf damit! Ich will nichts von dir«, murmelte Morton und stieß Aurora zurück. Dann zog er die Pistole aus seinem Rucksack. In aller Ruhe schraubte er den Schalldämpfer vom Lauf.

»Bitte nicht. Ich verrate niemandem, wer du bist. Das verspreche ich dir.«

»Ja, ich glaube dir.« Morton hob die Waffe. Er dachte an Wladimir, vor dem er sich auf keinen Fall zum Gespött machen durfte. Er war klüger als diese ehemaligen Soldaten, mit denen sich Alexej Alexandrowitsch umgab. Er wollte sich auf gar keinen Fall mit diesen Leuten vergleichen. Doch dafür durfte er sich auch keine Blöße geben. Er musste Härte zeigen. Nur so hatten Existenzen wie Wladimir Respekt vor ihm.

»Bitte, erschieß mich nicht«, schluchzte Aurora und ging vor Morton in die Knie. Ihr Gesicht war bleich und ihre verweinten Augen suchten verzweifelt den Blickkontakt zu ihm. Aber Morton wusste, dass er nicht weich werden durfte. Deshalb drückte er ohne Gefühlsregung ab.

Ruhig steckte er die Waffe wieder ein und ging nach vorne zu Wladimir.

»Hast du sie erledigt?«, fragte der.

»Natürlich, sie wäre eine Zeugin gewesen«, antwortete Morton kühl. »Wir fahren jetzt nach Vilnius«, bestimmte er und zog seinen schwarzen Blouson aus. Rasch schlüpfte er in den hellen Mantel, holte die Hornbrille aus seinem Rucksack und setzte sie auf.

»Bist du wieder in die Rolle des ewigen Beamten zurückgekehrt?«, ätzte Wladimir.

»Richtig, in dieser Verkleidung fühle ich mich am wohlsten.« Morton griff zu seinem Handy.

»Es ist ein Fehler passiert«, sagte er und wartete die Antwort nicht ab. »Ich aktiviere Plan B und komme dann zu dem vereinbarten Treffpunkt nach Berlin.« Morton schloss die Augen und fühlte sich mit einem Mal unbeschwert und leicht wie ein Falter, der nur mehr kurz zu leben hat.

24

Ein verbeulter Lieferwagen fuhr durch die Stadt Tukums und weiter zum abgelegenen Flughafen Jurmala. Das geschwungene Gebäude des Abflugterminals mit den schlanken weißen Säulen, die aus der Entfernung wie Schnüre aussahen, tauchte im Scheinwerferlicht auf. Der Transporter fuhr direkt auf die Rollbahn und blieb vor einer Cessna Citation stehen, die dort wartete. Zwei Personen verließen eilig den Wagen und hasteten die Gangway des zweistrahligen Jets hinauf. Als sie im Inneren des Flugzeugs verschwunden waren, wurde die Gangway eingeklappt und die Maschine rollte auf ihre Startposition.

»Im Augenblick sind wir in Sicherheit«, sagte David, als die Maschine ihre Flughöhe erreicht hatte, und löste seinen Sicherheitsgurt. »Möchtest du auch etwas zu trinken?«, fragte er Maja, die verkrampft in ihrem Sitz saß. In den letzten Tagen war so viel passiert, dass sie überhaupt keine Zeit zum Nachdenken gehabt hatte. Auch jetzt wollte sich die Spannung nicht lösen, sodass sie bei Davids Frage erschreckt zusammenfuhr.

»Was hast du gesagt?«

»Ich fragte, ob du etwas trinken möchtest?«

»Ja, gern, grünen Tee, bitte«, antwortete Maja. Unversehens musste sie wieder an Jonas denken, der grünen Tee auch geliebt hatte. Sein Tod kam ihr so irreal wie ein Horrorfilm vor, fast, als hätte sie es im Kino gesehen. Aber das war keine Fiktion gewesen, sondern die Wirklichkeit.

»Ich habe Jonas damals in Stockholm kennengelernt«, sagte sie zu David, weil sie unvermittelt das Bedürfnis zu reden überkam, der Wunsch, David von ihrem Leben zu erzählen. »Er hatte gerade sein Studium abgeschlossen und ein Jobangebot von FuturX erhalten. An diesem Abend kam ich in die Bar in Södermalm und sah Jonas am Tresen stehen. Er feierte seinen neuen Job und prostete glücklich allen zu. Unsere Blicke begegneten sich … Jonas kam mit einer Bierflasche auf mich zu und wirkte mit seinen breiten Schultern und dem blonden Bart wie ein Wikinger. ›Magst du mit mir anstoßen?‹, fragte er und hielt mir die Bierflasche entgegen. ›Ich reise morgen nach Riga‹, meinte er und prostete mir zu. Wir unterhielten uns über die Umwelt, seinen neuen Job, tranken dazu noch einige Flaschen Bier – und dann ging ich mit ihm nach Hause.« Maja griff nach der Teetasse und trank in kleinen Schlucken. »Es war so schön. Jonas hat mich zärtlich geküsst«, flüsterte sie und umklammerte die Tasse mit beiden Händen. »Wir lagen im Bett und haben die Welt verändert. Wir hatten keinen Sex, sondern haben nur geredet. Warum erzähle ich dir das eigentlich?«

»Das ist deine Art, Abschied zu nehmen«, wusste David, der ihr bis dahin schweigend zugehört hatte.

»Ja, wahrscheinlich«, nickte Maja. »Jedenfalls habe ich Jonas dann in Riga besucht. Er war so stolz darauf, als Entwickler bei FuturX zu sein. Aber je öfter ich ihn besucht habe, desto häufiger hat er von beunruhigenden Vorkommnissen berichtet, die auf der Forschungsinsel passierten. Als zwei Forscher starben, entschloss er sich, alles in seinem Cloud-Tagebuch zu dokumentieren. Das war sein Todesurteil.« Maja stockte und wischte sich eine Träne aus den Augenwinkeln. »Ich muss sein Werk zu Ende bringen.«

»Das verstehe ich. Aber zahlt es sich wirklich aus, für seine Ideale sein Leben zu riskieren?«, gab David zu bedenken.

»Ja, natürlich!«, antwortete Maja. »Ich weiß doch, worauf ich mich eingelassen habe. Du hast mir geholfen, sonst wäre ich wahrscheinlich schon tot. Aber das schreckt mich nicht ab, ganz im Gegenteil. Es spornt mich nur an weiterzukämpfen. Mir ist es egal, ob ich dabei draufgehe«, murmelte Maja.

»Diese Einstellung ist ziemlich hart.«

»Das habe ich von meinem Vater gelernt. Er hatte seine eigenen Ideale. Wir lebten in einem Baumhaus mitten im Wald. Für ein Kind war es wie das Paradies. Mein Vater hat mir alles beigebracht, was ich über die Natur wissen muss. Und er hat mich das Schießen gelehrt. Nachts kamen die Wölfe und heulten unter unserem Haus. Das war gruselig, aber doch irgendwie schön. Mir haben sie nichts getan, ich bin nach unten geklettert und mit den jungen Wölfen bei Mondschein über die Lichtung gelaufen. Ich fühlte mich lange Zeit wie ein Wolfsmädchen. Scheu und gleichzeitig stark.«

»Wo war Hanna, deine Mutter?«, fragte David. »Hat sie auch mit in dem Baumhaus gewohnt?«

»Ha, niemals. Karriere, Karriere, Karriere. In dieser Reihenfolge waren ihre Prioritäten. Ich war fast immer allein oder bei einer Tagesmutter. Also hat Papa mich nach der Scheidung eines Tages mitgenommen und ist mit mir in den Wald geflohen. Hanna hat alles getan, um mich zurückzuholen. Sie wollte sogar ihren Job für mich aufgeben. Doch irgendwie hatte ich mich so an das freie Leben gewöhnt, dass ich nicht mehr aus Nordschweden wegwollte. Aber irgendwann war es vorbei mit meiner Märchenwelt.

Ein großer Bauträger wollte mitten in dem riesigen Waldstück ein Wellnesshotel errichten. Mein Vater hat sich geweigert auszuziehen, und eines Tages rückten die Bagger an. Sie wollten unser Baumhaus abreißen. Doch Papa hat sich gewehrt, er hat die Arbeiter vertrieben. Daraufhin ist die Polizei erschienen und es kam zu einem Schusswechsel. Papa starb auf dem Weg ins Krankenhaus.«

»Demnach hast du in deinem Leben bereits zwei geliebte Menschen verloren«, sagte David mitfühlend.

»Du verstehst mich, deshalb erzähle ich dir das alles. Ich habe noch keinem Menschen von Papa erzählt. Nicht einmal Jonas. Aber du weißt, wie das ist, wenn man jemanden verliert und das Herz vor Schmerzen brennt.«

»O ja, ich kenne dieses Gefühl gut.« David presste die Lippen zusammen und blickte aus dem Fenster. Der Jet flog gerade über Polen hinweg und in der sternenklaren Nacht konnte man weit unten die Lichter von Warschau erkennen. »Ich habe das mit Jane, deiner Tante, erlebt. Es war, als hätte man mir einen Teil meines Körpers amputiert.« David wollte noch etwas sagen, doch in diesem Moment summte sein Handy, das vor ihm auf dem Tisch lag.

»Wer ist denn diese schöne Frau?«, fragte Maja, die einen schnellen Blick auf das Display geworfen hatte.

»Das ist Leyla. Wir leben seit einiger Zeit zusammen«, erwiderte David knapp und nahm das Gespräch an.

Maja wandte sich ab, konnte aber das Gespräch mitverfolgen.

»Leyla, wie schön du aussiehst!«, sagte David und hielt das Smartphone in die Höhe.

»Wo bist du gerade?«, erkundigte sich Leyla.

»Über den Wolken«, erwiderte David. »Auf dem Weg nach Genf. Bald ist alles vorüber, und ich bin wieder bei dir.«

»Ich bemühe mich, dann auch zu Hause zu sein und endlich ein bisschen Ruhe mit dir genießen zu können.«

»Wie meinst du das? Bist du nicht auf der Finca?« Maja beobachtete, wie David sich nervös mit dem Daumen über die Narbe strich, die seine rechte Augenbraue teilte.

»Nein, ich bin in Beirut und sitze gerade in einem Taxi.«

»Was machst du da? Du sollst doch in deinem Zustand nicht mehr fliegen, bitte denk an unser Kind.« David wippte angespannt mit dem Fuß auf und ab.

»Auntie ist tot«, erklärte Leyla knapp. »Ich muss mich um Verschiedenes kümmern.«

»Das tut mir leid. Aber bitte, flieg bald wieder heim. Beirut ist viel zu gefährlich für dich. Denk an deine Vergangenheit.«

»David, ich kann nicht. Die schwarzen Vögel sind erneut aufgetaucht.«

»Leyla, ich bitte dich. Kehr um und nimm das nächste Flugzeug zurück nach Madrid.«

»Das ist unmöglich. Ich habe den Weg eingeschlagen, den mir mein Herz gewiesen hat, und ich muss tun, was zu tun ist, erst dann finde ich wieder Ruhe«, lehnte Leyla ab.

Plötzlich wurde das Display schwarz, die Verbindung war unterbrochen.

David saß schweigend da und starrte auf das stumme Handy.

»Was ist passiert?« Maja sah David fragend an.

»Ich bin verzweifelt und kann im Moment nichts dagegen tun. Mein Leben scheint langsam auseinanderzubrechen.«

»Ist es Liebe?«

»Ja, aber ich glaube, dass ich von den Dämonen dazu verurteilt bin, immer alleine zu leben.«

25

BEIRUT – STADTTEIL GEMMAYZEH

Leyla steckte ihr Handy in die Tasche zurück und blickte sich nachdenklich in der Gegend um, die vor langer Zeit ihre Heimat gewesen war. In den letzten Jahren hatte sich in Beirut viel verändert. Dort, wo früher die Kühe am Ufer grasten, befanden sich jetzt Strandklubs, und auch den alten Pier hatte man wieder restauriert. Hier tummelten sich Jogger, Rollerblader und Spaziergänger. Doch je weiter das Taxi in den Osten der Stadt fuhr, desto baufälliger und verfallener wirkten die Häuser. Ganze Straßenzüge bestanden nur noch aus Schutt, und überall ragten riesige Baukräne in den Himmel.

»Halten Sie hier!«, wies Leyla den Taxifahrer an, als sie an einem winzigen Obstladen vorbeikamen. »Warten Sie auf mich. Ich bin bald wieder da.«

Zur Sicherheit schlang sich Leyla ein schwarzes Tuch um den Kopf, ehe sie ausstieg. Sie war schon einige Jahre aus Beirut verschwunden, aber ihr charakteristisches Gesicht würde man nicht so schnell vergessen haben.

»Ist Abdullah hier?«, fragte sie einen kleinen Jungen, der auf einer Holzkiste hockte und mit einem alten Prepaid-Handy spielte.

»Der ist hinten.« Der Junge machte eine angedeutete Kopfbewegung.

Leyla ging an ihm vorbei und schob einen zerschlissenen Vorhang zur Seite, der den rückwärtigen Raum abtrennte. Dort saß ein grauhaariger Mann in einem gefälschten Designer-Polohemd vor einem modernen Laptop.

»Sie haben hier nichts verloren«, knurrte er, ohne aufzublicken.

»Das stimmt, denn ich möchte auch kein Obst kaufen«, erwiderte Leyla und lüftete dabei ihren Schleier.

»Leyla Khan?« Abdullah blickte überrascht hoch. »Mann, das ist doch schon eine Ewigkeit her, seit wir uns das letzte Mal gesehen haben. Aber du bist noch immer die schönste Blume des Orients«, machte er ihr ein Kompliment.

»Wie ich sehe, gehen deine Geschäfte gut, Abdullah.« Leyla deutete auf den neuen Laptop.

»Ja, und ich fahre jetzt auch BMW«, meinte er stolz. »Was führt dich hierher, meine Rose?«

»Ich bin eine Rose ohne Schutz. Zwei Dornen reichen mir, um mich zu verteidigen«, antwortete Leyla in blumigem Arabisch.

»Bist du wieder im Einsatz für Farruk?«

»Nein, ich muss nur mit der Vergangenheit abschließen, dann reise ich auch schon wieder ab.«

»Wohin treibt es dich, meine Schwalbe?«

»Nach Paris, in die Stadt der Liebe«, log Leyla, denn niemand sollte wissen, dass sie auf Mallorca lebte. »Also, was ist, kannst du mir helfen?«

»Ich denke schon. Komm übermorgen wieder hierher.«

»Nein, ich brauche alles sofort.«

»Das kostet extra, das ist dir hoffentlich klar.«

»Natürlich. Also, was kannst du mir anbieten?«

»Ich habe zufällig gerade eine Lieferung auf Lager.«
Abdullah stand auf und ging zu einem Metallschrank. Er öffnete
die Türen und schob die Rückwand des Schranks zur Seite.
Dahinter konnte Leyla einen fensterlosen Raum erkennen, in
dem einige Kisten auf dem Boden standen.

»Du bleibst hier!«, befahl Abdullah und kletterte durch
die Geheimtür nach hinten. Kurze Zeit später war er wieder
zurück, schloss den Metallschrank und legte ein Stoffbündel vor
Leyla auf den Schreibtisch. Mit den Fingerspitzen schlug sie das
Tuch auf. Im trüben Licht der Schreibtischlampen sah sie zwei
Pistolen, deren Kolben matt glänzten.

»Das ist eine Walther PP Halbautomatik, Kaliber 32«,
erklärte Abdullah.

Leyla griff nach der Pistole. Sie lag verdammt gut in der
Hand, und in diesem Moment wusste Leyla, dass sie das
Richtige tat. Sie lud die Waffe durch und visierte probehalber
eine der Schreibtischlampen an.

»Hey, lass das!«, rief Abdullah mit einem Augenzwinkern.
»Die Leuchten brauche ich noch.«

»Ich nehme beide Waffen«, entschied Leyla. »Und ich
brauche auch die richtige Munition dazu.«

»Dachte ich mir schon.« Abdullah griff in die Lade seines
Schreibtischs und packte eine Schachtel Patronen neben die
Pistolen. »Wo findet denn das Feuerwerk statt?«, wollte er
neugierig wissen, während er ihr einen schmierigen Zettel mit
einem Betrag und einer Kontonummer hinschob.

»Du fragst zu viel.« Leyla zückte ihr Handy und öffnete
die App einer diskreten Bank auf den Kanalinseln. Sie hielt das
Display des Handys vor ihr Gesicht, um einen Face Scan zu
machen. Ein kurzes Klingeln signalisierte, dass sie Zugriff auf
ihr Konto hatte, und sie transferierte zehntausend Euro auf das
Konto von Abdullah.

»Ich hoffe sehr, dass die Party ein Erfolg wird«, meinte Leyla. Sie packte ihre Pistolen in einen billigen Rucksack und ging wieder hinaus, wo das Taxi noch immer mit laufendem Motor wartete.

»Bringen Sie mich in die Rue Voltaire.«

Als der Wagen anfuhr, lehnte sie sich zurück und sah die bröckelnden Fassaden der Häuser an sich vorbeirasen.

Zahlt es sich wirklich aus, den Kampf mit der Vergangenheit zu suchen? Vielleicht hat David doch recht gehabt und ich sollte so schnell wie möglich umkehren, dachte sie.

»Hier sind wir«, sagte der Taxifahrer und bremste vor einem Wohnblock, dessen Balkone mit Eisentraversen vor dem Einsturz gesichert waren.

Leyla stieg aus und schlang sich wieder das Tuch um den Kopf. Weiterhin schwirrten die Worte von David durch ihre Gedanken: *Wenn du diesen Schritt machst, dann gefährdest du unser Kind. Lass dich nicht immer von deinen Gefühlen leiten. Wenn du schon nicht an mich denkst, dann denk wenigstens an unser Kind.*

»Natürlich denke ich an unseren Sohn«, murmelte sie vor sich hin, als sie unschlüssig vor der offenen Haustür stand. »Aber ich muss den Tod von Auntie rächen und endlich mit der Vergangenheit abschließen, das bin ich ihr schuldig.«

Leyla atmete heftig durch. Entschlossen betrat sie das dunkle Treppenhaus. Die Luft war drückend und es roch nach Zwiebeln und ranziger Milch. Langsam stieg sie die Treppe hinauf. Die Stufen waren brüchig und die Wände mit Hamas-Parolen beschmiert. Im vierten Stockwerk befand sich Aunties Wohnung. Die Tür stand offen; es roch intensiv nach Tod und Verwesung. Leyla kam in einen abgewohnten Raum, der gleichzeitig Küche und Wohnzimmer war. Der Gestank von Armut und Hilflosigkeit lag in der Luft. Leyla brach der Schweiß aus.

In dem abgeschlagenen Waschbecken standen noch immer schmutzige Töpfe. Fliegen surrten geschäftig umher. Über dem wackeligen Esstisch war ein Foto an die Wand gepinnt, das ein kleines schwarz gelocktes Mädchen an der Hand einer streng blickenden Frau zeigte. Leyla musste unwillkürlich schlucken, als sie das Bild sah.

»Auntie, du hast mich stets beschützt. Du warst meine Familie«, flüsterte sie und strich sanft über das zerfurchte Gesicht der alten Frau auf dem Foto. Im Nebenzimmer roch es noch intensiver nach Tod und Leyla musste den Atem anhalten. Hier befanden sich nur ein Bett und ein schmaler Schrank. Auf der Bettdecke war eine bräunliche Flüssigkeit eingetrocknet. Dort war Auntie qualvoll gestorben und ihr Körper verfault. Leyla spürte, wie ihr die Tränen in die Augen stiegen, aber sie bemühte sich, solche emotionalen Regungen zu unterdrücken. Stattdessen saugte sie jede Einzelheit des armseligen Zimmers in sich auf, um es in ihrem Gedächtnis zu speichern.

Mit einer jäh aufflammenden Wut im Bauch hastete sie zurück in die Küche. Sie holte die beiden Walther-Pistolen aus dem Rucksack und lud die Magazine. Beim nächsten Atemzug suchte sie auf ihrem Handy nach einer Adresse. Während sie durch den Stadtplan von Beirut scrollte, hörte sie unten ein leises Rumoren. Eine Tür wurde zugeschlagen, jemand fluchte und Kinder lachten. Schlagartig war wieder alles ruhig.

In diese Stille schob sich plötzlich ein leises Rascheln. Leyla hob den Kopf und griff nach den Pistolen. Leise entsicherte sie die Waffen und blickte zur Tür. Wieder konnte sie ein Geräusch hören, diesmal waren es ganz eindeutig Schritte. Leyla spannte ihren Körper an, wurde eins mit ihren Waffen. Die Schritte kamen schleppend näher, wurden zögerlich, bis sie direkt neben der Wohnungstür innehielten. Eine Hand umklammerte den Türstock und ein Kopf tauchte auf.

»Ich bin Gia, die Nachbarin«, sagte eine Frau mit leiser Stimme. Sie trug ein schwarzes Kopftuch und blickte starr zu Boden. »Du musst Leyla sein.«

»Ja, das bin ich«, erwiderte Leyla und schob sich schnell die beiden Pistolen hinten in den Bund ihrer Hose.

»Oh, du bekommst ein Kind?«, stellte Gia fest.

»Ja«, erwiderte Leyla knapp, um dann sogleich auf den Punkt zu kommen. »Du hast meine Auntie Zohra gefunden. Erzähle mir alles darüber.«

Gia schlurfte gebeugt in die Wohnung und setzte sich an den Tisch. Mit ausdrucksloser Stimme berichtete sie Leyla von Aunties letzten Tagen und von deren Tod.

»Zohra hatte einen schlimmen Bandscheibenvorfall. Sie konnte sich nicht mehr bewegen und lag im Bett. Ich habe den Arzt mit dem Geld bezahlt, das du geschickt hast. Er gab ihr Spritzen, aber die Schmerzen hörten nicht auf. In der Küche habe ich für sie gekocht und ihr das Essen ans Bett gestellt. Eines Tages, als ich mit einem Sack Gemüse in die Wohnung gekommen bin, saß dort ein Mann. Später habe ich erfahren, dass es Farruk war. Er hat mir verboten, Zohra etwas zu kochen. Ich saß in meiner Wohnung und habe das Schreien und Klopfen von Zohra gehört, bis es irgendwann nur noch ein Kratzen an der Wand war. Schließlich hat es ganz aufgehört und sie ist gestorben.«

»Woher wusstest du, dass ich hier bin?«, fragte Leyla, als Gia geendet hatte.

»Farruk hat es mir erzählt«, erklärte Gia. »Er hat dich aus dem Taxi steigen sehen.«

»Farruk ist in diesem Haus?«, rief Leyla und sprang auf. Sofort riss sie die beiden Pistolen aus ihrem Hosenbund und heftete argwöhnisch den Blick auf den Eingang. »Wo ist er?«

»In meiner Wohnung«, flüsterte Gia und zitterte am ganzen Körper. »Ich soll dich zu ihm bringen. Aber du musst unbewaffnet kommen.«

»Bist du verrückt?« Leyla schüttelte ungläubig den Kopf.

»Bitte, du musst tun, was er sagt.«

»Niemals.«

»Sonst tötet er meine Kinder.«

26

BERLIN – PLATTENBAU IN MARZAHN

Es war bereits spät in der Nacht, als Robyn die menschenleere Straße zu ihrer Wohnanlage entlangging. Sie hatte die Planungsfakten für die Operation »Umweltkind« für Stein noch einmal in Ruhe überprüft und dabei die Zeit übersehen. Sie nahm ihr Handy aus der Tasche und aktivierte die Taschenlampen-Funktion. Anschließend suchte sie ihren Wohnungsschlüssel und öffnete die gläserne Eingangstür des Blocks. Jemand hatte mit dem Fuß gegen die Scheibe getreten, das Sicherheitsglas war geborsten und die Sprünge breiteten sich wie ein Spinnennetz über die ganze Fläche aus. Robyn drückte den Lichtschalter, doch außer einem trockenen Knacken passierte nichts. Wieder einmal war die Beleuchtung im Treppenhaus ausgefallen. Natürlich war auch der Lift außer Betrieb, sodass sie die Treppe nehmen musste.

Als sie die Etage erreicht hatte, auf der ihre Wohnung lag, hörte sie plötzlich ein Geräusch vom Treppenabsatz über ihr. Es klang, als würde jemand leise die Stufen nach unten steigen. Robyn erstarrte. Die Schritte kamen langsam näher, und Robyn durchforstete ihr Gedächtnis nach Selbstverteidigungstechniken, die sie bei den obligatorischen BND-Kursen gelernt hatte, aber nie in der Praxis hatte anwenden müssen. Die Schritte waren jetzt am Ende des Korridors angelangt, und die Umrisse einer Gestalt zeichneten sich in der Dunkelheit ab. In ihrer Hektik brauchte sie mehrere Anläufe, bis sie das Schlüsselloch erwischte. Gerade als sie die Tür öffnen wollte, war die Gestalt direkt hinter ihr.

»Endlich lernen wir uns einmal persönlich kennen«, flüsterte eine männliche Stimme.

»Wer sind Sie?«, fragte Robyn beklommen und nahm ihren Schlüssel so in die Hand, dass die Spitze als provisorische Waffe verwendet werden konnte.

»Du musst raten.«

»Was soll dieser Blödsinn? Ich bin müde und habe dazu überhaupt keine Lust.« Robyn betrat schnell ihre Wohnung und tastete nach dem Lichtschalter.

»Bitte mach kein Licht an, Blue Planet«, murmelte der geheimnisvolle Mann.

»Woher kennen Sie diesen Namen?« Robyn ließ die Hand sinken, ohne den Schalter zu betätigen.

»Wir haben uns über einen Cyborg unterhalten, der Gefühle transportieren kann, erinnerst du dich?«

»Bist du Todesfalter?«, fragte Robyn überrascht, als ihr klar wurde, wer der Mann war. »Du weißt doch, dass wir uns laut unseren Klubbestimmungen in der realen Welt nicht treffen dürfen.«

»Aber ich möchte dich einmal aus der Nähe spüren.«

»Warum denn das?«

»Um deine besondere Aura aufzunehmen, das Gefühl zu erleben, wenn man mit Fingern über die Haut eines anderen streicht.«

Robyn zögerte und dachte kurz nach. In dem IQ150-Klub war es ausdrücklich verboten, persönlichen Kontakt zu den Mitgliedern aufzubauen. Andererseits hatte sie mit Todesfalter aufregende Online-Gespräche geführt. Es war zwar gegen jede Vernunft, aber irgendwie war sie an Todesfalter interessiert.

»Okay. Du kannst kurz reinkommen«, entschied sie.

»Lass uns im Dunkeln bleiben.«

»Das ist mir nur recht.«

Die Wohnung von Robyn bestand aus einem Wohn-Schlafzimmer und einem fensterlosen Raum, in dem ein kleiner Tisch mit ihrem Computer stand. Der Wohnbereich war sparsam möbliert. Es gab ein Bettsofa, das man hochklappen konnte. Vor dem Fenster, von dem aus man auf den gegenüberliegenden trostlosen Plattenbau sah, stand ein weiterer Tisch mit zwei Stühlen.

»Du lebst alleine, so wie ich.« Todesfalter setzte sich auf einen Stuhl.

»Woher willst du das wissen?«

»Weil unsere Intelligenz Gabe und Fluch zugleich ist. Sind wir mit jemandem zusammen, dann langweilen wir uns schnell. Sind wir alleine, dann sehnen wir uns nach Nähe. Deshalb bin ich hier«, philosophierte Todesfalter.

Das fahle Licht des zunehmenden Mondes fiel durch das Fenster in Robyns Wohnung und für einen Moment erblickte sie sein Gesicht von der Seite. Die Konturen ließen einen gut aussehenden Mann erahnen, und unwillkürlich fragte sich Robyn, was er an ihr attraktiv fand.

»Ich brauche keine Nähe«, wies ihn Robyn zurück. »Mir genügen die Kontakte an meinem Arbeitsplatz.«

»Aber dein Job lässt doch keine Nähe zu. Alles dort ist ein großes Geheimnis«, widersprach Todesfalter.

»Was weißt du schon von meiner Arbeit!«

»Hast du etwas zu trinken?« Todesfalter ging mit keinem Wort auf Robyns Einwand ein.

»Ich habe nur Bier«, sagte sie, die niemals Besuch hatte. Deswegen war auch ihr Kühlschrank immer gähnend leer.

»Das klingt gut.«

Mit zwei Flaschen in den Händen kehrte sie zurück in den Wohnraum.

»Ich habe noch etwas gefunden.«

Doch Todesfalter war verschwunden und die Tür zu ihrer fensterlosen Kammer stand offen. Robyn stellte die Flaschen auf den Tisch und lief hinüber in das Arbeitszimmer. Im Mondlicht sah sie die Silhouette von Todesfalter, der an ihrem Schreibtisch stand.

»Was machst du da?«, fuhr sie ihn argwöhnisch an.

»Ich bin neugierig und wollte ergründen, wo du zu Hause arbeitest. Du bist doch sehr ehrgeizig«, antwortete Todesfalter geradeheraus.

»Da hast du recht, aber das ist mein Privatbereich«, knurrte Robyn und wartete, bis der andere den Raum verlassen hatte. Für einen kurzen Moment hatte sie den Eindruck, als wäre ihr Laptop aus dem Stand-by-Modus erwacht. Doch als sie noch einmal hinsah, war der Bildschirm dunkel.

»Warum nimmst du deine Arbeit mit nach Hause?«, hörte sie ihn fragen.

»Mein Job ist zeitlich ohne Limit. Ich muss auch daheim verfügbar sein.«

»Ich wusste gar nicht, dass der BND so strikt ist«, entgegnete Todesfalter.

»Woher weißt du, wer mein Arbeitgeber ist?«, fragte Robyn erstaunt und nahm einen Schluck Bier. Logisch betrachtet konnte Todesfalter nichts über ihren Job wissen. In dem IQ150-Klub hatte sie nie etwas vom BND erwähnt, ja, nicht einmal eine Andeutung gemacht. Aber andererseits war Todesfalter ein Mann von hoher Intelligenz, der sich Informationen beschaffen konnte.

»Deswegen bin ich doch Mitglied im Klub der Genies«, sagte Todesfalter sanft. »Ich finde immer eine Möglichkeit, mich über Menschen zu erkundigen, die mich interessieren.«

»Du bist schlagfertig. Dann erzähl mir doch, was du den ganzen Tag so treibst, bevor du dich in der Nacht in den Todesfalter verwandelst.«

»Das kann doch so ein Genie wie du mit Leichtigkeit selbst herausfinden«, schmunzelte Todesfalter und hob die Bierflasche. Der Ärmel seines Hoodies rutschte hoch, und für einen kurzen Augenblick sah Robyn ein Tattoo auf der Innenseite seines rechten Unterarms. Todesfalter bemerkte ihren Blick und zog schnell den Stoff des Hoodies darüber.

»Ich muss dich jetzt wieder verlassen. Du willst mehr von mir, das kann ich spüren«, sagte er und stellte die Flasche auf den Tisch.

»Wie meinst du das?« Robyn war irritiert von seinen Worten. Irgendetwas an ihm zog sie magisch an, aber gleichzeitig fand sie ihn abstoßend und kalt. So etwas hatte sie noch nie erlebt.

»Bis bald, Robyn. Ich bin jetzt für zwei Tage in den Bergen. Aber dann kehre ich zurück, und du wirst unser Wiedersehen kaum erwarten können«, flüsterte er ihr ins Ohr und verschwand hinaus auf den Flur.

27

BERLIN – HOTEL ADLON

Der Platz vor dem Brandenburger Tor in Berlin wirkte in dem leichten Schneeregen weiß und unberührt. Eine schwarze Luxuslimousine näherte sich langsam und stoppte direkt vor dem roten Vordach des berühmten Hotels Adlon. Dienstbeflissen eilte der Chef-Concierge nach draußen und öffnete die hintere Tür des Wagens. Sofort sprang ein riesiger Wolfshund hinaus und streckte sich auf dem roten Teppich. Das Tier wartete gehorsam, bis eine hochgewachsene Frau mit langen, brünetten Haaren ebenfalls ausstieg.

»Schön, Sie endlich wieder bei uns zu sehen, Frau Schmidt«, grüßte der Portier mit einer leichten Verbeugung.

»Auch mich freut es, wieder Gast in Ihrem Haus zu sein«, erwiderte Gloria und schritt hocherhobenen Hauptes über den roten Teppich nach drinnen. Mit Balthus an ihrer Seite ging sie durch das Foyer direkt zu den Aufzügen.

»Die Suite ist wie immer für Sie vorbereitet«, erklärte der Empfangschef und überreichte Gloria die Hotel-Chipkarte. Lautlos öffneten sich die Türen des Aufzugs und Gloria betrat die Kabine.

»Wie schön, ich freue mich«, dankte sie mit einem charmanten Lächeln, ehe sich die Türen hinter ihr schlossen. Im obersten Stockwerk angekommen spazierte sie über den mit dicken Teppichen ausgelegten Korridor zu ihrer Suite. Ein Stück weiter vorne sah sie einen Kellner mit einem Servierwagen, auf dem eine Champagnerflasche in einem Eiskübel und zwei Gläser standen, auf ihre Zimmertür zusteuern. Sie öffnete mit der Chipkarte und ließ die Servicekraft den Wagen in das Zimmer schieben.

»Danke, den Rest erledige ich selbst«, meinte sie mit einem freundlichen Lächeln. Sie trat an das große französische Fenster und war wie jedes Mal von dem Ausblick direkt auf das Brandenburger Tor begeistert. Als sie das Licht einschaltete, spiegelte sich in der Scheibe ihre Gestalt beinahe transparent und ein wenig verzerrt, als wäre sie eine Erscheinung aus einer anderen Welt.

»Balthus, mach Platz.« Gloria deutete auf das riesige Hundebett im Salon, das an ein rundes Designer-Sitzkissen erinnerte. Gehorsam legte sich Balthus mit einem lauten Seufzer hinein. Anschließend öffnete Gloria mit einem Ruck die Schiebetüren und trat in das überdimensionale Schlafzimmer, das ebenso wie der Salon im klassizistischen Stil eingerichtet war. Dafür liebte sie das Adlon. Es herrschte eine gediegene Atmosphäre, die sie beruhigte und ihr Sicherheit vermittelte. Die schön gearbeitete Holztür zum Badezimmer stand einen Spaltbreit offen und sie konnte das Rieseln der Dusche hören.

Gloria öffnete ihren Mantel und warf ihn auf einen Stuhl. Sie trug einen langen Wollrock und eine Strickjacke, die sie in einem kleinen Geschäft in Bergamo in Italien gekauft hatte. Im Hinterzimmer des Ladens fertigte die Schwester der Besitzerin mit zwei jungen Frauen Jacken aus Bio-Merinowolle. Gloria war von dieser Einfachheit und der harmonischen Atmosphäre so beeindruckt, dass sie sofort mehrere Strickjacken bestellt hatte. Daran musste sie denken, als sie die Jacke auszog und auf den Boden gleiten ließ. Dann öffnete sie den dazu passenden Wollrock und knöpfte ihre weiße Bluse auf. Nur mit Slip und BH bekleidet ging sie zurück in den Salon und holte den Champagner. Mit geübtem Griff öffnete sie lautlos die Flasche und kehrte ins Schlafzimmer zurück. Nachdem sie auch BH und Slip ausgezogen hatte, tippte sie mit dem Finger die Tür zum Badezimmer auf. Das Licht war gedimmt, und Glorias nackte weiße Haut hob sich deutlich von den dunkelgrünen Fliesen ab. In der Dusche prasselte das Wasser auf den Boden und klang wie ein erfrischender Regen im Urwald. Gloria schob die Tür aus Kristallglas auf und betrachtete den Rücken des Mannes, der sich gerade die Haare wusch.

Sie schüttelte die Champagnerflasche und ließ die schäumende Flüssigkeit über seinen Rücken rinnen. Anschließend betrat sie die Dusche und leckte mit ihrer Zunge über die champagnerfeuchte Haut des Mannes.

»Gloria, endlich! Ich habe dich schon erwartet«, sagte der und drehte sich um. »Ich muss dir einiges erklären.«

»Pst, reden können wir später«, flüsterte Gloria und legte den Finger auf den Mund des Mannes. »Jetzt will ich dich spüren, Morton.«

Gloria stellte die Champagnerflasche auf den Boden und trat dicht neben ihn. Der Wasserstrahl prasselte in ihr Gesicht, als sie Morton einen langen Kuss gab. Keuchend umfasste sie seine Hüften und drückte sie an sich. Während Morton sie langsam zum Höhepunkt brachte, kam ihr plötzlich ein Foto ihrer Eltern in den Sinn. Beide trugen Uniform und wirkten sehr steif. Sie standen vor einem großen Bild des Parteivorsitzenden Honecker, und ihre Mutter hielt sie als Baby auf dem Arm. Das Bild war so real, dass Glorias Lust erstarb und sie sich aus Mortons Armen wand.

Wortlos stieg sie aus der Duschkabine und trocknete sich mit einem Handtuch ab. Danach schlüpfte sie in einen flauschigen Bademantel und nahm einen Schluck direkt aus der Champagnerflasche.

»Ich schaffe es nach ganz oben«, sagte sie leise, und das Bild ihrer Eltern verblasste. Es war die einzige Erinnerung, die sie hatte. Nein, das stimmte nicht, denn sie hatte auch die Erinnerung an das Ehebett ihrer Eltern im ehemaligen Ostberlin, ein paar Jahre nach der Wende. Hand in Hand lagen sie im Bett auf der geblümten Tagesdecke, die Augen geschlossen, die Gesichter wächsern bleich. Vater und Mutter hatten sich getötet, weil ihre Akten von einem ihrer Stasi-Opfer gefunden und sie als Führungsoffiziere der Staatssicherheit entlarvt worden waren. »Arsen, das übliche Stasigift. Damit haben sie sich umgebracht«, stellte der Notarzt fest, den ihre Tante gerufen hatte. Immer wenn sie gerade in der Umarmung mit einem Mann kurz vor der Ekstase stand, kamen ihr diese Erinnerungen in den Sinn. Und es wurde ihr dann jedes Mal sehr kalt ums Herz.

»In drei Tagen haben wir die Zulassung«, riss Morton sie aus ihren düsteren Gedanken. Mit seiner sanften Stimme berichtete Morton ihr auch von dem Missgeschick auf dem Flughafen von Riga.

»Ja, bald haben wir es geschafft.« Gloria ließ sich in seine Arme fallen.

Bereitwillig ließ sie sich von ihm auf das Bett werfen und den Bademantel ausziehen. Sie spürte Mortons Erregung, aber jetzt gab es für sie Wichtigeres als Sex.

»Du hast einen Fehler gemacht. Im Grunde müsste ich dich dafür bestrafen«, sagte sie, während seine Hände über ihre Brüste strichen.

Morton zuckte zusammen und rückte sofort von ihr ab. Er hockte sich mit angezogenen Beinen an den Rand des Bettes und blickte sie verletzt an.

»Jetzt steht es eins zu eins«, flüsterte er. »Auch du hast damals einen Fehler gemacht.«

»Ach ja? Und was soll das gewesen sein?«

»Du erinnerst dich noch an Jonas und wie begabt du ihn gefunden hast? Aber du hast nicht bemerkt, dass er uns hintergangen hat. Beinahe hätte er unser Lebenswerk zerstört.«

»Kohlenstoff-14 ist hochgefährlich. Davon wird man radioaktiv verseucht. Seid ihr euch der Konsequenzen bewusst?«, hatte Jonas Morton zur Rede gestellt. »Die Studie, die ihr in Auftrag gegeben habt, ist eine Fälschung.«

»Es ist ungefährlich, wenn wir es in Diamanten einbinden. Das stellt auch die Studie fest.«

»Du willst zigtausende künstliche Diamanten herstellen, um die Radioaktivität zu verhindern? Das funktioniert nicht. Ich werde das alles den Behörden melden. Jetzt verstehe ich auch, wie die beiden Techniker gestorben sind. Sie sind mit dem radioaktiven Material in Berührung gekommen.«

»Du täuschst dich, Jonas.«

»Nein, das tue ich nicht. Du und deine eingebildete Genialität. Da ist nichts dahinter.«

»Das hat er zu mir gesagt. Findest du auch, dass ich wie die anderen bin?«, fragte Morton Gloria.

»Nein, wir stehen beide über allen anderen. Und mit unserem Elektrofahrzeug mit der unendlichen Reichweite werden wir das auch allen beweisen«, motivierte Gloria ihn. »Du hast deinen Fehler wettgemacht? Wie?«

»Ich habe einen Weg gefunden, mich in das BND-System zu hacken, und somit weiß ich genau, wann und was weiter mit Maja geschehen wird. Die Strategie des BND liegt wie ein offenes Buch vor mir. Und natürlich bin ich auch über die weitere Vorgehensweise von David Stein informiert.«

»Das ist der Agent, der dir deine Grenzen aufgezeigt hat?«, stichelte Gloria.

»Das war für ihn reines Glück«, verteidigte sich Morton. »Aber ein zweites Mal gelingt ihm das nicht. Keine Sorge, ich habe alles unter Kontrolle.«

»Das hoffe ich.« Gloria packte Morton im Nacken und zog ihn zu sich herunter. Mit ihren Nägeln fuhr sie scharf über die Haut seines Rückens, dann tippte sie auf das Tattoo auf seinem Unterarm. »Seit wann hast du eigentlich diesen Todesfalter schon?«, flüsterte sie und leckte zart mit der Zunge über die Tätowierung.

»Seit ich das erste Mal den Tod besiegt habe und als schwarzer Falter entkommen bin«, raunte Morton.

»Aber es gibt keine Todesfalter.«

»Doch, für mich schon. Hast du etwas gegen schwarze Falter?«

»Nein, ich liebe sie. Besonders, wenn sie töten.«

28

Der elegante Jet landete auf dem Privatflughafen von Genf und stoppte vor den grauen Hangars, die sich unauffällig entlang der Startbahn aufreihten. Ein stählernes Tor öffnete sich lautlos und die Citation rollte hinein. In dem privaten Bereich des Flughafens herrschte absolute Diskretion und die Privatjets von Prominenten wurden direkt in die Hangars gefahren, damit diese ohne Angst vor lästigen Paparazzi ihre Maschinen verlassen konnten.

David aktivierte sein Handy. Er loggte sich in einen freien Satellitenslot ein, den ihm Robyn gemailt hatte.

»Stein, wie ich sehe, sind Sie pünktlich in Genf gelandet«, hörte er kurz darauf die förmlich klingende Stimme von Robyn.

»Wie ist der weitere Plan?«, fragte David.

»Sie verlassen den Flughafen in einem Jeep, der in Kürze zu Ihrem Jet gebracht wird. Damit fahren Sie Richtung Grenoble, das ist in der Nacht der schnellste Weg. In La Motte-Servolex ist die Autobahn gesperrt. Dort nehmen Sie dann die Bundesstraße D 1006. In ungefähr zwei Stunden müssten Sie Grenoble erreicht haben. Von da aus fahren Sie weiter bis Les

Deux Alpes. Wenn Sie in dem Bergdorf sind, melde ich mich wieder bei Ihnen«, sagte Robyn und trennte die Verbindung.

»Was passiert jetzt?«, wollte Maja wissen, die noch immer angeschnallt in ihrem Sitz gegenüber von David saß.

»Wir warten auf den Wagen, mit dem wir zunächst nach Grenoble fahren«, informierte David sie.

»Okay.« Maja nickte und schob sich die Strickmütze aus dem Gesicht. »Bald hat der ganze Spuk ein Ende«, seufzte sie. »Ich präsentiere meine und Jonas' Ergebnisse dem Gremium und dann verschwinde ich nach Neuseeland.«

»Warum gerade Neuseeland?«, interessierte sich David.

»Weil es am anderen Ende der Welt liegt und ich dort vielleicht wieder zu mir selbst finde. Im Moment bin ich nur eine Getriebene. Aber bald gibt es sicher wieder ein neues Umweltprojekt.«

»Das kann ich gut verstehen«, meinte David, der daran denken musste, wie er nach Janes Tod einfach in Madrid aus dem Flugzeug gestiegen war und den erstbesten Weiterflug nach Mallorca genommen hatte. David war zuvor noch niemals auf der Urlaubsinsel gewesen. Aber er wollte damals so schnell wie möglich zur Ruhe kommen.

Ein rotes Licht leuchtete über dem Hangartor, das sich langsam öffnete. Ein dunkelgrauer Jeep fuhr herein und blieb neben dem Jet stehen.

»Das ist unser Wagen«, stellte David fest. »Komm, wir müssen aussteigen.«

Schnell kletterten sie aus dem Flugzeug. Der Fahrer des Jeeps gab David die Schlüssel und verschwand gemeinsam mit den Piloten aus dem Hangar. Maja warf ihren Rucksack auf die Rücksitze des Geländewagens.

»Wann können wir die Informationen von Jonas endlich downloaden?«, fragte sie David.

»Dafür haben wir in der Talstation der Seilbahn in Les Deux Alpes genügend Zeit. Jetzt müssen wir los.«

David startete den Jeep und fuhr aus dem Hangar. Schnell gelangten sie auf die A 41, überquerten die Grenze nach Frankreich und fuhren durch den Naturpark Massif des Bauges. Unmerklich führte die Autobahn stetig weiter hinauf in die Berge, und der Regen verwandelte sich in Schnee.

»Die Sicht ist verdammt schlecht«, murmelte Maja und wischte mit dem Handrücken über die beschlagene Windschutzscheibe, auf deren Außenseite sich die Schneeflocken wie Wattefetzen dicht an dicht drängten.

»Am besten, du versuchst, ein wenig zu schlafen«, riet ihr David. Als er die Abfahrt La Motte-Servolex erreichte, bekam er das Signal von Robyn, dass er auf die Bundesstraße abzweigen musste, da die Autobahn gesperrt war.

»Wir müssen auf eine andere Straße ausweichen«, sagte er zu Maja, die kurz hochschreckte und panisch die Augen aufriss. Unruhig blickte sie um sich, als erwartete sie einen plötzlichen Überfall.

»Entspanne dich, das ist eine normale Straßensperre wegen eines Lawinenabgangs, ich wurde bereits darüber informiert«, beruhigte David sie. Er betätigte den Blinker und fuhr von der Autobahn herunter. An der Mautstelle bezahlte er mit Kleingeld, das man im Jeep für ihn hinterlegt hatte, und nahm die gewundene Straße hinauf in die Berge.

In der Zwischenzeit war das Schneetreiben stetig stärker geworden und die vereiste Fahrbahn bald gänzlich mit Schnee bedeckt.

»Diese Wetterkapriolen sind schon sehr bedenklich. Vor einem Tag war hier noch Sonnenschein und über zehn Grad«, überlegte Maja angesichts des heftigen Schneefalls. »Das hat mit der schleichenden Veränderung unseres Klimas zu tun. Daran ist zum Teil auch die Luftverschmutzung schuld, die wir mit unserer Industrie und natürlich auch den Autoabgasen verursachen. Deshalb war Jonas ja so begeistert von der Entwicklung eines Elektroautos mit unbegrenzter Reichweite.«

David wollte etwas erwidern, doch da hörte er ein dumpfes Grollen, das die Geräusche des Motors übertönte. Es klang wie das tiefe Brummen eines riesigen Bären.

»Hörst du auch dieses Wummern?«, wandte er sich an Maja.

»Ja, was ist damit?« Maja richtete sich auf und blickte angestrengt in die Dunkelheit.

»Das hört sich an, als hätte sich oben am Hang ein Schneebrett gelöst. Wir müssen uns beeilen.« David gab Gas. Der Jeep brauste auf der schneeglatten Fahrbahn dahin, schleuderte in den Kurven, doch David lenkte geschickt dagegen und brachte den Wagen wieder unter Kontrolle. Plötzlich wurde das Grollen erneut lauter und ein starker Wind kam auf.

»Achtung!«, rief David und drückte das Gaspedal bis zum Anschlag durch. Der Jeep schlitterte die Straße entlang. Schlagartig waren sie von brausenden, stiebenden Schneemassen umgeben. Verzweifelt versuchte David, mit Höchstgeschwindigkeit hindurchzufahren, aber der Wagen wurde seitlich mit voller Wucht von dem Schneebrett getroffen und von der Fahrbahn gedrängt. Mit größter Anstrengung riss David das Lenkrad herum, doch es war zwecklos. Wie ein Spielzeugauto wurde der Jeep auf der Straße herumgewirbelt, landete auf dem Dach und schoss auf den Rand der Fahrbahnbegrenzung zu. Mit einem dumpfen Knall prallte er gegen eine Schneewehe, rutschte auf dem Dach weiter bis über den Straßenrand hinaus. Ehe der Jeep in den Abgrund stürzte, blieb er in dem dichten Schneehaufen stecken. Das Heck des Wagens ragte allerdings bereits in die Luft, wippte kurz vor und zurück und der Motor erstarb. Ein Vorderrad drehte sich noch surrend in der Luft, ansonsten lag eine geisterhafte Stille über der Landschaft.

David hing kopfüber in seinem Sicherheitsgurt und schüttelte benommen den Kopf. Er wollte sich orientieren und blickte umher. Der Jeep stand zur Hälfte über den Abgrund hinaus und schaukelte gefährlich. Er sah zu Maja, die leblos in ihrem Gurt hing.

»Maja, was ist mit dir?« David klopfte der jungen Frau auf die Wange, doch sie rührte sich nicht. Als er seinen Sicherheitsgurt öffnete, begann der Jeep stärker zu schwanken.

»Maja, kannst du mich verstehen?« Wieder klopfte David ihr auf die Wangen, und endlich schlug sie die Augen auf.

»Wo bin ich?« Sie drehte verwirrt den Kopf. Sie hatte ihre Mütze verloren und David bemerkte eine Platzwunde an ihrer Schläfe. Verständnislos blickte Maja umher. Dann erfasste sie die Lage, in der sie sich befanden. »Wir hatten einen Unfall«, flüsterte sie und blickte aus dem Seitenfenster: Sie sah nur glitzerndes Weiß.

»Ich will sofort raus!« Ungeduldig zerrte Maja an ihrem Sicherheitsgurt, konnte den Verschluss aber nicht öffnen. Ihre hektischen Bewegungen brachten den Jeep aus dem Gleichgewicht. Langsam neigte sich das Heck weiter in Richtung Abgrund.

»O mein Gott, was ist nur los?«, rief Maja von Panik ergriffen, als der Geländewagen immer heftiger zu wippen begann.

»Ruhe bewahren! Du darfst dich nicht so viel bewegen«, schärfte ihr David ein. »Ich löse jetzt deinen Sicherheitsgurt, danach ziehe ich dich vorsichtig zu mir herüber und wir kriechen ins Freie.«

»Alles klar.« Maja nickte und starrte David mit angstgeweiteten Augen an. David griff nach einem Abschleppseil, das aus einem Seitenfach gefallen war, und schlang es Maja um die Taille. Im nächsten Augenblick öffnete er die Fahrertür und schob sich halb nach draußen. Vorsichtig löste er ihren

Sicherheitsgurt und achtete darauf, die filigrane Balance des Jeeps aufrechtzuerhalten. Als der Verschluss aufschnappte, griff er nach Majas Arm, rutschte selbst ganz aus dem Fahrzeug und zog Maja an dem Seil durch die geöffnete Tür hinter sich her. Es war keine Minute zu früh, denn in diesem Moment gab der Schnee unter dem Jeep nach und er kippte mit einem lauten Knirschen über die Böschung.

»Hilfe!«, schrie Maja außer sich vor Angst, doch David hielt eisern das Seil umklammert, an dem sie hing. Der Jeep stürzte im freien Fall in den Abgrund und riss Bäume und Gebüsch mit sich, ehe er auf dem Boden zerschellte.

»Du hast mir schon wieder das Leben gerettet.« Maja lag keuchend auf dem Rücken und stierte in den düsteren Himmel. »O mein Gott! Was machen wir jetzt?«

»Wir müssen eben improvisieren«, sagte David ruhig. Er zog sein Handy aus der Daunenjacke und wählte sich auf der sicheren Leitung von Robyn ein.

»Wo befinden Sie sich genau, Stein? Sie sind noch nicht am Zielort. Es ist eine Stunde zu früh«, meldete sie sich kühl.

»Wir hatten einen Unfall«, erklärte David. »Ein Schneebrett hat den Jeep erwischt. Wir konnten uns in letzter Minute retten. Jemand soll uns hier abholen, und Sie müssen die Daten aus der Cloud für mich herunterladen. Ich schicke Ihnen die Zugangsberechtigung.«

»Kein Problem, Stein. Ich habe im Moment keinen Slot, um Sie zu orten. Schaffen Sie es in den nächsten Ort?«

»Ich habe keine Ahnung, wo wir genau sind.«

»Okay, probieren Sie es trotzdem. Ich kümmere mich um alles andere.«

David trennte die Verbindung und blickte zu Maja, die fröstelnd am Straßenrand hockte und Kreise in den Schnee malte.

»Holt uns jemand ab?«, fragte sie mit einem resignierten Unterton in der Stimme.

»Ja, Hilfe ist unterwegs«, versicherte ihr David. Er griff nach dem Ende des Seils, das noch immer um Majas Taille gebunden war, und schlang es sich selbst um die Hüften. Danach zog er wieder sein Handy aus der Jacke, um ihre Position zu bestimmen.

»Weiter oben ist eine Schutzhütte. Da müssen wir hin.«

»Mir ist kalt.« Maja blies warme Luft in ihre Hände.

»Warte, hier hast du meine Jacke.« David zog seine Daunenjacke aus und reichte sie Maja. Sie schlüpfte hinein und wirkte in der übergroßen Jacke plötzlich zart und verloren.

»Wir bleiben dicht beisammen. Auf der Straße kommen wir nicht weiter, die ist wegen der Schneemengen unpassierbar geworden. Dort vorne geht ein kleiner Weg von der Straße ab, den versuchen wir zu nehmen. So gelangen wir auch zu der Schutzhütte.«

»Und wenn wir uns verirren?«, sorgte sich Maja.

»Robyn wird uns orten und in die richtige Richtung lotsen«, beruhigte David sie.

Nach wie vor schneite es heftig und die Sicht war gleich null. Schweigend stapften sie durch die Dunkelheit. Plötzlich gab der Boden unter Davids Füßen nach.

»Achtung!«, rief er und bemühte sich verzweifelt, die Balance zu halten. Doch dafür war es zu spät. David stürzte in ein tiefes Schneeloch und riss Maja mit sich.

29

CHAMBÉRY – FRANZÖSISCHE ALPEN

Morton kurvte mit dem gemieteten Geländewagen langsam durch die pittoreske Altstadt von Chambéry. Er kannte die Region Auvergne-Rhône-Alpes von früheren Besuchen, denn die nur dünn besiedelte Gegend kam seinen Wünschen nach Stille und Einsamkeit entgegen. Vor einigen Jahren hatte er sich eine Hütte gemietet, die er häufig als Rückzugsort nutzte. Da die Straße nach Les Deux Alpes zufällig daran vorbeiführte, hatte er einen Abstecher nach Chambéry gemacht und fuhr jetzt weiter zu seinem Häuschen.

Zum Glück hatte er einen Allrad-SUV, denn der Weg war nur provisorisch geräumt und es schneite nach wie vor heftig. Bald tauchte die Hütte im Scheinwerferlicht auf. Sie war auf der Wetterseite bis zum Dach eingeschneit, doch vor der Eingangstür gab es keine Schneeverwehungen. Mit einiger Anstrengung öffnete er die vereiste Tür und trat ein. Es war lediglich ein karg möblierter Raum, der kalt und spartanisch wie eine Mönchszelle wirkte. Morton ging zu dem gusseisernen Ofen und schob das daneben aufgeschichtete Holz zur Seite. Darunter befand sich eine schmale Klappe im Boden. Er zog eine stabile Plastikbox hervor, in der sich eine 9-mm-Parabellum-Pistole, ein Schalldämpfer und Munition befanden.

Morton nahm die Waffe, lud sie und marschierte damit wieder nach draußen. Einige Meter von seiner Hütte entfernt war ein verschneiter Holzzaun zu erkennen. Morton parkte seinen Wagen so, dass die Scheinwerfer den Zaun anstrahlten. Anschließend holte er einige vereiste Bierdosen aus der Vorratskammer und stellte sie auf den Zaun. Breitbeinig postierte er sich neben den SUV und setzte die Kopfhörer auf. Die klassische Musik erfüllte ihn mit ihrer ganzen Herrlichkeit, und mit einem Lächeln auf den Lippen schoss er. Eine Dose nach der anderen wurde getroffen, in die Luft geschleudert und zerplatzte schließlich mit einem leisen Zischen.

Zufrieden schaltete Morton die Scheinwerfer wieder aus und ging zurück in die Hütte. Die Musik aus den Kopfhörern beflügelte ihn. Er dachte über seine weitere Vorgehensweise nach. Er war so in Gedanken, dass er die Türschwelle übersah und darüber stolperte. Da er den Sturz nicht mehr rechtzeitig abfangen konnte, landete er unsanft auf dem Holzboden. In diesem Moment übermannte ihn die Erinnerung und er sah sich selbst als zehnjährigen Jungen in einer ähnlichen Hütte auf dem Boden liegen.

»Versuch doch aufzustehen«, hörte er die Stimme von Robert, einem Mitschüler, der ein Angeber war und sich als Anführer aufspielte. Jetzt hatte Robert seinen Fuß auf den Nacken von Morton gestellt und presste ihn zu Boden. »Wirst du jetzt wieder alles den Lehrern petzen?«

»Lass mich los«, stöhnte Morton und versuchte, sich zu befreien. Mit der Hand griff er nach seiner Brille, die er bei dem Sturz verloren hatte.

»Ich habe euch doch nichts getan.«

»Du bist ein elender Streber.« Patrick, der Freund von Robert, bückte sich und gab Morton einen Klaps auf die Stirn. »Typen wie dich wollen wir nicht in unserer Klasse.«

»Was ist da los?« Die Stimme des Klassenlehrers donnerte durch die Hütte. »Morton, steh auf. Haben dir die beiden etwas getan?«

»Nein, das war nur Spaß«, antwortete Morton mit leiser Stimme. Mittlerweile hatte sich um Morton, Robert und Patrick ein Kreis aus Schülern gebildet, die alle interessiert zusahen. Viele bewunderten Robert für sein gutes Aussehen, seine Großmäuligkeit und seine Gewaltbereitschaft. Für Morton hatten die meisten seiner Mitschüler nur Verachtung übrig. Morton war ein Streber. Aber er war immer intelligenter als die anderen und in Mathematik und Chemie allen weit voraus. Doch er war auch ein Eigenbrötler, gehemmt im Umgang mit seinen Mitschülern, mit denen er nie viel redete. Lieber vergrub er sich in seine Bücher.

Deshalb war ihm der Klassenausflug ein Gräuel. Aber in dem Heim, in dem er aufwuchs, hatte man kein Ohr für seine Ängste, und so konnte er dem Ausflug auch nicht fernbleiben.

Doch nach dem Vorfall mit Robert und Patrick hielt sich Morton noch mehr abseits als zuvor, stülpte seine Kopfhörer über und schaltete den billigen CD-Player ein. Die einzige CD, die er besaß, war ein Best-of-Classic-Album. Mit klassischer Musik im Kopf ging er in den Wald, um interessantes Laub zu suchen, das er im Heim in seine Herbarium-Mappe legen wollte.

Während er die Blätter sorgsam in einem Heft sammelte und zur Musik summte, standen plötzlich Robert und Patrick vor ihm. Sie mussten ihm heimlich gefolgt sein.

»Wir sind noch nicht fertig, Streber!«, sagte Robert und riss ihm den Kopfhörer herunter. »Was hörst du da?« Robert hielt sich die kleinen Lautsprecher ans Ohr. »Pfui, Schwulenmusik. Bist du eine Schwuchtel?«

»Lasst mich bitte in Ruhe«, erwiderte Morton zaghaft, doch die beiden Jungen lachten bloß.

»*Du wirst in Zukunft unsere Arbeiten in Mathematik schreiben, geht das klar? Sonst prügeln wir dich jeden Tag.*« Blitzschnell griff Robert in die Tasche von Morton und fischte den CD-Player heraus. Er klappte den Deckel auf und nahm die silberne Scheibe heraus. »*Du sollst keine Schwulenmusik hören*«, bestimmte Robert und zerbrach die CD.

»*Das wirst du büßen!*« Mit einem wütenden Schrei stürzte sich Morton auf Robert und schlug ihm mit der Faust ins Gesicht.

»*Hey, unser Streber kann ja boxen!*«, rief Robert überrascht und versetzte Morton einen kräftigen Stoß.

Morton stolperte und rollte einen Hang hinunter, der nach wenigen Metern steil in einen Bach abfiel.

»*Hilfe!*«, schrie er panisch, doch die Jungs oben lachten.

In letzter Sekunde erwischte Morton einen Felsvorsprung, an dem er sich festhalten konnte.

»*Hilfe! Bitte, zieht mich rauf! Ich kann mich nicht mehr halten.*«

»*Du bist doch sonst immer so klug, also wirst du dir jetzt schon selbst helfen können!*«

»*Das kannst du nicht machen*«, sagte Patrick, dem jetzt ein wenig mulmig wurde, und wollte zu Morton hinuntersteigen, doch Robert hielt ihn zurück.

»*Los, wir verschwinden. Unser Wunderkind schafft das sicher alleine.*«

Morton spürte, wie ihn langsam seine Kräfte verließen. Unter sich nahm er den Bach wahr, hörte die Vögel in den Bäumen zwitschern. Plötzlich setzte sich ein schwarzer Falter direkt vor Morton auf den Stein und flatterte dann in Kreisen immer ein Stück weiter nach oben. Morton konzentrierte sich nur auf den Falter und zog sich nach und nach hinauf. Viele Minuten vergingen, aber irgendwann hatte Morton es endlich geschafft. Er sah noch kurz den schwarzen Falter in den Wald entschweben, bevor er erschöpft zusammenbrach.

Einige Tage später verschwand Robert spurlos und wurde nie mehr gesehen.

Zärtlich strich Morton über die Tätowierung an der Innenseite seines rechten Unterarms.

»Mein Todesfalter«, flüsterte er. »Du hast mir damals das Leben gerettet.«

Er packte seine Waffe ein und stieg wieder in sein Auto. Im dichten Schneetreiben brauste er zurück auf die Autobahn in Richtung Les Deux Alpes. Bis Maja und Stein dort eintrafen, hatte er noch viel zu tun.

30

BEIRUT – HAUS IN DER RUE VOLTAIRE

Der Geruch des Todes lag über der Wohnung wie ein schwarzes Tuch, das jedes Leben erstickte. Leyla hielt ihre beiden Pistolen fest in den Händen. In ihrem Kopf überschlugen sich die Gedanken. Im ersten Impuls dachte sie daran, einfach in die Nebenwohnung zu stürmen und Farruk zu erschießen. Doch im nächsten Moment fielen ihr die kleinen Kinder von Gia ein, die dann in Gefahr sein würden.

»Farruk wartet auf dich«, flüsterte Gia, die sich bleich vor Angst auf dem Stuhl zusammenkauerte. »Du kannst mich jetzt nicht im Stich lassen. Meine beiden Mädchen dürfen nicht sterben.«

»Deine Kinder bleiben am Leben, das verspreche ich dir.«

Widerstrebend legte Leyla die Pistolen auf den Tisch. Sie fühlte sich schutzlos und nackt. Sie warf noch einmal einen schnellen Blick auf das vergilbte Foto an der Wand, auf dem sie als kleines Mädchen mit Auntie zu sehen war. Für diese alte Frau, die sich um das hungernde Waisenkind Leyla gekümmert hatte, würde sie alles tun.

Leyla nahm Gia an der Hand und gemeinsam traten sie hinaus auf den düsteren Flur. Die Wohnung von Gia lag an dessen anderem Ende. Die Eingangstür stand weit offen und ein Streifen Sonnenlicht zuckte über die grün gestrichenen Wände. Leyla atmete einmal tief durch, ehe sie die Wohnung betrat. Blitzschnell checkte sie die Situation. In dem engen Raum befanden sich die beiden kleinen Mädchen, deren Hände man mit Klebeband gefesselt hatte. Brian Farruk stand hinter ihnen und hatte seine Waffe auf den Kopf eines der Kinder gerichtet. Wie früher trug Farruk einen Nadelstreifenanzug, aber er war merklich dünner geworden und seine Gesichtsfarbe war fahl. Nichts erinnerte mehr an den grobschlächtigen brutalen Mann, der Leyla damals als junge Frau für seine Organisation angeworben hatte.

»Leyla Khan, endlich sehen wir uns wieder. Wann sind wir uns das letzte Mal begegnet? Ich glaube, es war in Kairo«, sagte Farruk mit rauer Stimme. »Ich hätte nicht gedacht, dass du als Schwangere diese Reise nach Beirut auf dich nimmst.«

»Spar dir die Floskeln! Hier bin ich. Also lass die Kinder frei«, fauchte Leyla.

»Dreh dich um und heb deine Jacke hoch. Ich möchte kontrollieren, ob du nicht doch eine Waffe bei dir hast.«

»Meine Waffen liegen drüben in Aunties Wohnung.« Leyla drehte sich einmal um die eigene Achse.

»Okay, komm hierher und setz dich, dann lasse ich die Kinder gehen.«

Leyla gehorchte und nahm auf einem wackeligen Stuhl inmitten des Raums Platz. Farruk gab einem der beiden Mädchen einen Klaps auf den Hinterkopf. Weinend rannte es zu seiner Mutter. Gia umarmte das Mädchen.

»Was ist mit meinem anderen Kind?«, stieß sie mit zitternder Stimme hervor.

»Die kommt frei, wenn ich mit Leyla alles geklärt habe«, erwiderte Farruk. »Und jetzt verschwinde, ehe ich es mir anders überlege und die Kleine doch töte.«

»Bitte nicht!«, schluchzte Gia. Sie nahm ihre Tochter an der Hand und lief hastig hinaus auf den Flur.

»Was willst du von mir, nach so vielen Jahren?«, fragte Leyla mit eisiger Stimme.

Sie dachte an David, von dem sie sich nicht mehr verabschieden konnte. Sie dachte an ihre Kindheit in dem Flüchtlingslager. Sie dachte an ihr ungeborenes Kind, das vielleicht nie das Licht der Welt erblicken würde. Und sie dachte schließlich an ihren eigenen Tod, hier in Beirut. Sie war am Ende angekommen. Der Kreis hatte sich geschlossen.

»Nein, ich töte dich nicht, obwohl ich allen Grund dazu hätte«, bohrte sich die Stimme von Farruk in ihren Kopf und verscheuchte diese schwarzen Gedanken. »Meiner Firma geht es nicht gut. Die Zeiten haben sich geändert. Nachdem einige meiner Mitarbeiter verhaftet wurden, haben sich meine Kunden von mir distanziert. Sie benötigten meine Dienste nicht mehr, ich muss mein Unternehmen bald schließen. Eigentlich wollte ich mich zur Ruhe setzen, aber dafür fehlt mir das nötige Geld. Da habe ich mich an meine beste Problemlöserin erinnert, die schöne, kaltblütige und charakterlose Leyla Khan.«

»Sag endlich, was du willst«, unterbrach Leyla Farruks Geschwafel.

»Du schuldest mir noch Geld vom letzten Auftrag, den du auf eigene Rechnung durchgeführt hast. Dabei handelt es sich um eine Million Dollar, wie du sicher weißt.«

»Woher soll ich so plötzlich eine Million nehmen?«

»Verkauf mich nicht für dumm«, zischte Farruk. »Ich will die Million Dollar, die du in Beirut versteckt hast. Ich weiß, dass dieses Geld noch hier sein muss. Du konntest es damals nicht so schnell außer Landes bringen.«

»Wie kommst du darauf, dass ich dieses Geld hier versteckt habe?«, gab Leyla zurück.

»Ich weiß es einfach. Früher hatte ich meine Ohren überall, Leyla. Und jetzt keine faulen Ausreden mehr, sonst stirbt das Kind.« Farruk drückte die Mündung seiner Waffe an den Kopf des Mädchens, das vor Angst zu wimmern begann.

»Tu dem Kind nichts«, lenkte Leyla sofort ein. »Du bekommst das Geld. Aber ich muss überprüfen, ob es noch an dem sicheren Ort ist, wo ich es damals versteckt habe.«

»Es ist in deinem Interesse, dass die Million da ist. Sonst stirbt das Kind«, drohte Farruk kalt und wies mit seiner Waffe zur Tür. Grob packte er das Kind am Arm. »Los, gehen wir.«

Als sie aus dem Haus in das grelle Licht des Tages traten, schloss Leyla geblendet die Augen. Ein kalter Wind fegte durch die Straße und wirbelte Staub auf. Sie überlegte kurz, wie sie vor ihm flüchten konnte, entschied sich allerdings dagegen. Er würde Gias Kind ohne Skrupel töten. Außerdem war es an der Zeit, endgültig mit der Vergangenheit abzuschließen.

»Hast du einen Wagen?«, knurrte sie.

»Steht gleich hier vorne.« Farruk deutete auf einen staubigen Toyota SUV mit verbeulten Kotflügeln.

Das ist keine deutsche Luxuslimousine mehr wie früher, dachte Leyla. *Er scheint tatsächlich pleite zu sein.*

»Wir müssen Richtung Schatila in den Süden fahren«, erklärte Leyla, als sie die Tür des Toyotas öffnete.

»Du fährst«, befahl Farruk und setzte sich mit dem Mädchen auf den Rücksitz. »Versuch nicht, mir eine Falle zu stellen, sonst ist das Kind tot.«

»Vergiss nicht, dass ich dich kenne.«

Leyla startete den alten Geländewagen und fuhr die schmale Einbahnstraße zwischen den Gebäuderuinen hindurch, bis sie auf die Zufahrt zur Autobahn gelangte, die sich kilometerlang am Meer entlangzog. Hier war nichts mehr von dem schrecklichen Bürgerkrieg zu sehen, der jahrzehntelang gewütet und die Stadt zerstört hatte. Die Menschen flanierten in der Sonne über die restaurierte Croisette und bestaunten die Auslagen der internationalen Modeboutiquen, die sich hier niedergelassen hatten.

Ein Stück außerhalb der Stadt fuhr Leyla von der Autobahn ab und auf eine Schnellstraße, die zu dem Flüchtlingslager Schatila und weiter in die Berge führte.

Die Landschaft war karg und es gab nur mehr wenige Häuser. Seit Leyla von hier weggezogen war, hatte sich nicht viel verändert. In Schatila war Auntie eine der Überlebenden des furchtbaren Massakers von 1982 gewesen, und Leyla hatte Jahre später ihre Kindheit in dem Lager verbracht. Bei der Erinnerung an Auntie überkam sie erneut eine unbändige Wut und die senkrechte Zornesader auf ihrer Stirn schwoll an. Wie gerne würde sie jetzt Farruk von ihren Kugeln durchsiebt einfach im Staub verrecken lassen. Aber genau in diesem Moment hörte sie die Stimme des kleinen Mädchens.

»Ich will zu meiner Mama!«

»Bald kommst du wieder zu Gia«, versprach Leyla, und ihre Wut verflüchtigte sich.

Bei der Abzweigung Burj-el-Chalim fuhr sie auf eine schmale, mit Schlaglöchern durchsetzte Asphaltstraße. Ein leerer Lastwagen kam ihnen mit großer Geschwindigkeit entgegen und Leyla musste seitlich auf die Piste ausweichen. In einiger Entfernung tauchte ein umzäuntes Gelände auf, vor dem mehrere mit Abfall beladene LKWs parkten. Leyla kurvte im Schritttempo an den Mülllastern vorbei.

»Hier hast du dein Versteck?«, wunderte sich Farruk und griff nervös nach seiner Pistole.

»Das ist eine Müllverwertungsanlage. Der Besitzer ist ein Freund von mir. Es gibt kein besseres Versteck«, antwortete Leyla und lenkte den SUV auf einen staubigen Hof. Sie hielt vor einem grauen Containerbüro und stieg aus.

»Ich bleibe mit dem Mädchen im Wagen sitzen!«, rief Farruk ihr hinterher.

Die Tür des Bürocontainers öffnete sich und ein Mann mit schwarzen Haaren hinkte heraus.

»Leyla, du bist es wirklich«, sagte er erfreut und betrachtete sie von oben bis unten. »Du hast dich kein bisschen verändert. Und du bist bald Mutter, wie ich sehe.« Dabei deutete Pierre auf ihren Bauch.

»Danke, Pierre, ich habe nur wenig Zeit. Ich muss endlich meine Ware abholen«, begrüßte Leyla ihn.

Sie kannte Pierre aus ihrer Beiruter Zeit. Er hatte sie bei einigen Aufträgen logistisch unterstützt. Doch nach einer schweren Schussverletzung hatte auch er sich aus dem Geschäft zurückgezogen und sich an der Abfallverwertungsanlage eines Freundes beteiligt.

»Das dachte ich mir. Du weißt ja, wo du deine Ware findest«, meinte Pierre und verschwand in seinem Büro. Nach einigen Minuten kehrte er zurück und händigte Leyla einen Schlüssel aus. Erst jetzt bemerkte er, dass sich noch jemand in dem Toyota befand.

»Ist das demnach der alte Gauner Farruk?«, folgerte Pierre.

»Ja, ich habe einen Deal mit ihm«, entgegnete Leyla kurz angebunden.

»Alles klar, geht mich auch nichts an«, sagte Pierre achselzuckend und hinkte in sein Büro zurück. Bevor er die zwei Blechstufen nach oben stieg, drehte er sich noch einmal zu ihr um. »Pass auf dich auf, Leyla. Du hast deine Vergangenheit erfolgreich hinter dir gelassen. Wäre schade, wenn es umsonst gewesen ist.«

Meine Vergangenheit lässt mich niemals los, dachte Leyla und öffnete die rückwärtige Tür des Toyotas.

»Du kannst hier auf mich warten«, sagte sie zu Farruk, doch dieser winkte ab.

»Nein, ich komme mit.«

»Traust du mir etwa nicht?«

»Du hast es erraten.« Farruk packte das Mädchen und zerrte es aus dem SUV. »Die Kleine nehme ich mit.«

»Wie du meinst«, fauchte Leyla.

Sie gingen über den Platz, stiegen den Hang hinauf, bis sie zu einem schmalen Weg kamen, der am Rand einer gewaltigen, tief in den Boden eingelassenen Müllpresse zu einem lang gestreckten Garagenkomplex verlief. Vor einem Eisentor blieb Leyla stehen und steckte den Schlüssel ins Schloss. Er passte und sie schob das Tor auf. In der Garage stand eine Geländemaschine und an einem Haken an der Wand hing eine Ledermontur.

»Das ist mein Motorrad für Notfälle. Hätte mich die Polizei verfolgt, wäre ich damit geflüchtet«, erklärte Leyla. Sie erwähnte nicht, dass in der kleinen Ledertasche, die am Lenker hing, auch eine Beretta versteckt war. Doch wie sollte sie an die Pistole gelangen, ohne dass Farruk das Mädchen zuvor töten konnte?

»Spar dir das Gerede! Wo ist das Geld?«, bellte Farruk und packte das kleine Mädchen so fest an den Haaren, dass es aufschrie.

»Du musst ein wenig Geduld haben.« Leyla marschierte zur Rückwand der Garage, kniete sich auf den Boden und zählte die rohen Ziegelsteine ab, aus denen die Mauer bestand. Bei dem fünften Stein stoppte sie und zog ihn mit den Fingerspitzen aus der Wand. Anschließend griff sie in die Öffnung und holte einen verschweißten Plastikbeutel heraus, den sie Farruk zuwarf.

»Da drin ist eine knappe Million Dollar. Damit sind wir quitt.«

»Obwohl es mir schwerfällt, versuche ich, dir einmal noch zu vertrauen.« Farruk steckte die Pistole ein. Er hob den Plastikbeutel auf und drückte ihn an sich.

»Ich habe Wort gehalten, jetzt musst du auch zu deinem Wort stehen«, forderte Leyla. »Lass das Kind frei!«

»Immer mit der Ruhe. Erst fahren wir zurück und ich zähle in meinem Büro das Geld nach«, beschied Farruk sie, und sein Blick fiel ins Leere.

Leyla ballte kurz die Fäuste, doch dann erhob sie sich rasch und schritt an Farruk vorbei zum Ausgang. Wieder stiegen sie die Böschung hinauf, um auf den schmalen Weg zu gelangen. Ein böiger Wind wirbelte dichten Staub auf. Mehrere Lastwagen kippten gerade ihre Abfälle in die Presse, und Dutzende von Vögeln flatterten gierig über dem Müll auf der Suche nach Beute. Wie aus dem Nichts schoss plötzlich eine Möwe mit lautem Kreischen direkt neben Farruk vorbei und streifte ihn mit ihrem Flügel. Er zuckte zusammen und ließ vor Schreck den Geldbeutel fallen, der über die Böschung bis an den Rand der Müllpresse kullerte.

»Verdammt, mein Geld!«, schrie Farruk und bückte sich. Krampfhaft hielt er das Mädchen mit einer Hand umklammert, während er mit der anderen nach dem Päckchen langte.

Die Laster hatten inzwischen ihren Abfall abgeladen. Langsam setzten sich die seitlichen Wände der Müllpresse in Bewegung, um die Haufen zu einer kompakten Masse zu pressen.

»Leyla, hilf mir, das Geld heraufzuholen!«, rief Farruk und kroch vorsichtig die Böschung hinab, um das Geldbündel zu erreichen. Wieder flog ein Vogel mit schrillem Krächzen knapp über den Kopf des Kindes hinunter in den Müll. Das kleine Mädchen kreischte laut auf und riss sich von Farruk los. Irritiert blickte er zurück, verlor das Gleichgewicht, schlitterte den Hang hinunter und landete direkt neben dem Plastikbeutel, der jedoch durch den Aufprall über die Kante in den Müll flog. Automatisch versuchte Farruk noch, das Paket zu greifen, fand jedoch keinen Halt mehr. Wie in Zeitlupe stürzte er in die Tiefe des riesigen Müllbehälters.

Sein Schrei ging in dem infernalischen Lärm der Presse unter, deren Wände sich knirschend zur Mitte bewegten und Farruk mitsamt seinem Geld und dem Müll zerquetschten.

»Hilfe!« Das kleine Mädchen kroch auf allen vieren durch den Staub und versteckte sich völlig verstört hinter Leylas Rücken.

»Keine Angst, dir passiert nichts«, flüsterte Leyla und drückte das Kind fest an sich. »Ich bringe dich jetzt zu deiner Mutter.«

Der Staub legte sich und sie wollte gerade gehen, da fiel ihr ein schwarzer Schmetterling auf, der aus der Müllpresse in den diesigen Himmel aufstieg. Plötzlich erinnerte sich Leyla wieder an die Worte von Auntie: »Wenn du einen schwarzen Falter siehst, dann ist jemand in Gefahr, den du liebst.«

Was hatte dieser schwarze Falter zu bedeuten? Leyla dachte daran, dass sie schon seit Tagen nichts mehr von David gehört hatte. Sie wusste, was zu tun war.

31

Les Deux Alpes – Talstation des Chalet-Hotels La Montagne

Morton war auf der Autobahn ohne Verzögerungen nach Grenoble gelangt und fuhr weiter hinauf in die Berge, bis er das schmucke Bergdorf Les Deux Alpes erreichte. Unterhalb des mächtigen Gebirgsmassivs thronte das alpine Chalet-Hotel, in dem morgen die Abstimmung über die innovativen Akkus von FuturX stattfinden sollte.

Während Morton auf den vielen Hinweisschildern die Talstation suchte, dachte er mit Vergnügen an seinen Besuch bei Robyn. Wie ein Schachspieler hatte er schon vor einiger Zeit in Gedanken sämtliche Möglichkeiten durchgespielt und die beste Option gewählt. Trotzdem gab es immer einen Plan B, und das war Robyn. Er hatte herausgefunden, dass sie in dem elitären Klub IQ150 verkehrte, und sich dort als »Todesfalter« eingeschlichen, um ihr Vertrauen zu gewinnen. In Robyns Wohnung hatte er in Sekundenschnelle eine russische Spyware namens »Parasite« auf ihrem Computer installiert. Auf diese Weise war es ihm auch gelungen, Robyns Verkehrs-App zu manipulieren und die Autobahn virtuell zu sperren. Stein und Maja wurden daher von Robyn auf die Bundesstraße nach

Les Deux Alpes gelotst. Und das ermöglichte es Morton, früher vor Ort zu sein, sich in einem Sportgeschäft mit der nötigen Ausrüstung einzudecken und sich einen Plan zurechtzulegen.

In der Nähe der Talstation, von der die Gondeln zum Chalet-Hotel hochfuhren, parkte er seinen Wagen und ließ sich von »Parasite« auf den neuesten Stand bringen. Stein und Maja hatten einen Unfall gehabt und die Bundesstraße war wegen eines abgegangenen Schneebretts blockiert. Aufgrund der starken Schneefälle und der frühen Dunkelheit konnte kein Hubschrauber starten, und die beiden mussten in der Nähe der Unfallstelle auf einem Waldweg ausharren, bis ein Schneemobil sie abholte und nach Les Deux Alpes brachte. Morton scrollte erneut durch die Fotos der Tagungsteilnehmer und betrachtete die Aufnahme der Person genauer, die er für seinen Plan ausgewählt hatte.

»Doktor Luc Castillon, du gefällst mir«, pfiff Morton lächelnd durch die Zähne. Castillon war ungefähr in seinem Alter und sah ihm ähnlich. Morton schaute sich ein weiteres Foto von Castillon in einem schwarzen Jogging-Outfit an. Eine ähnliche Freizeitkleidung hatte Morton kurz zuvor in einem Sportgeschäft erstanden. Diese Information verdankte er der Detailverliebtheit von Robyn, die auch die Hobbys der Teilnehmer aufgelistet hatte. Bei Castillon hatte sie vermerkt: *Liebt teure Rotweine und joggt gerne abends vor dem Essen, am liebsten im schwarzen Jogginganzug.*

Morton stieg aus seinem Wagen und nahm den Sportanzug aus einer Reisetasche. Im Schutz der Dunkelheit zog er sich um und beobachtete dabei die Talstation. Es war ein futuristischer Betonbau des berühmten Architekten David Chipperfield. Dieser hatte die Breitseite der Talstation, die zum Bergmassiv zeigte, als eine einzige riesige verspiegelte Glaswand entworfen. Dahinter lagen die Suiten für die betuchten

Gäste des Chalet-Hotels, wenn die Privatgondeln zum Hotel wetterbedingt nicht in Betrieb waren.

Morton vertrieb sich die Zeit, indem er den zweideutigen Chat von Robyn mit einem britischen MI5-Agenten verfolgte, doch schon wenig später öffnete sich die Glastür des Foyers und Castillon kam heraus. Er trug einen schwarzen Jogginganzug wie auf dem Foto und hatte eine Stirnlampe an seiner Mütze befestigt. Mit weit ausholenden Armbewegungen zum Auflockern ging er an der kunstvoll verrosteten Sternschnuppe von Frank Gehry vorbei, die ihren Schatten über Castillon warf, als wolle sie ihn erdrücken. Morton wartete, bis Castillon den Jogging-Parcours erreichte, der rund um einen kleinen See führte. Rasch stieg er aus dem Wagen und lief eine schmale Gasse entlang, die ebenfalls in den Rundkurs mündete. Jetzt begann Castillon locker zu laufen und Morton folgte ihm in einiger Entfernung, um nach einigen Minuten aufzuschließen.

»Sie joggen auch nachts? Es gibt nicht viele Menschen, die das gern machen«, sagte Morton, als er auf gleicher Höhe mit Castillon war.

»Ich mag die Stille und die Dunkelheit«, erwiderte Castillon und drehte sich zu Morton. Der Schein seiner Stirnlampe streifte Mortons Gesicht. »Kennen wir uns?«, fragte er, ohne seinen Lauf zu unterbrechen.

»Nein, aber vielleicht haben Sie mein Gesicht schon in der Zeitung gesehen«, antwortete Morton.

»Jetzt, wo Sie es erwähnen«, meinte Castillon zweifelnd. »Sie sind doch …« Er ließ den Rest des Satzes in der Luft hängen.

»Ich habe als Journalist über die Eurokrise geschrieben, der Artikel erschien auch in Übersetzung im ›Le Figaro‹. Mein Name ist August Schröder, ich bin hier für die Pressekonferenz akkreditiert und schreibe für das ›Hamburger Abendblatt‹.«

»Ich bin Luc Castillon.«

»Sehr erfreut. Machen Sie hier Urlaub?«

»Nein, ich bin in offizieller Mission als Arzt hier.« Castillon zog das Tempo an.

»Interessant, müssen Sie denn die Tagungsteilnehmer auf mögliche Krankheiten untersuchen?«, erkundigte sich Morton.

»Gott, nein, ich bin nur für etwaige Notfälle zuständig. Sollte einem der Minister etwas zustoßen, dann bin ich zur Stelle«, erklärte Castillon. »Mehr darf ich dazu nicht sagen, ich hoffe, Sie verstehen das.«

»Aber sicher. Es ist nicht entspannend, wenn man ständig über Berufliches redet.« Morton nickte verständnisvoll und bemühte sich, gleichmäßig zu atmen, denn er spürte ein leichtes Stechen in der Seite. »Wie lange laufen Sie schon?«, wechselte er das Thema.

»Seit meiner Studienzeit. Ich habe mit Halbmarathon begonnen und bin zum Marathon gewechselt. Im Augenblick bereite ich mich auf einen Triathlon vor.«

»Wow, dann sind Sie ja eine richtige Sportskanone«, heuchelte Morton Bewunderung. Mittlerweile hatte es aufgehört zu schneien. Die Wolkendecke riss auf und Morton sah vor sich bereits die Eisfläche des Sees im Mondlicht glitzern. Doch plötzlich verlangsamte der Arzt sein Tempo und verfiel in einen leichten Trab.

»Intervalltraining ist wichtig«, erklärte Castillon. »Eine Zeit lang Speed laufen und danach wieder langsam traben. So wird das Herz optimal gefordert.«

»Danke für den Tipp. Das werde ich mir merken«, stimmte ihm Morton zu. »Ich mag gern neue Herausforderungen beim Joggen.«

»Was zum Beispiel?«, wollte Castillon neugierig wissen.

»Sind Sie schon einmal auf dem Eis gelaufen?« Morton deutete mit dem Kopf zum vereisten See, an dessen Ufer sie entlangtrabten.

»Nein, und Sie?«

»Ich genieße das Laufen auf dem Eis. Man schwebt über die spiegelnde Fläche, das fühlt sich grandios an. Aber man benötigt auch viel Krafteinsatz, damit die Beine nicht wegrutschen. Wollen wir es einmal versuchen?« Morton schwenkte zur Seite und steuerte auf das Ufer zu.

»Ja, warum nicht.« Castillon folgte Morton, der bereits die Eisfläche betreten hatte. Mit seiner Stirnlampe leuchtete er bis zur Mitte des Sees. Unter seinen Laufschuhen knirschte das Eis, und das Gefühl, in Gefahr zu sein, versetzte Morton einen Adrenalinschub. Er liebte dieses Risiko.

»Sie haben recht, August«, freute sich Castillon, während er an Morton vorbeizog. »Das ist wirklich ein tolles Gefühl. Ich habe nur Angst, dass die Eisfläche nicht stabil genug ist.«

»Keine Sorge, das Eis ist bis in die Tiefe gefroren, das hat mir ein Einheimischer erzählt.« Allerdings hatte der Verkäufer in dem Sportgeschäft Morton auch gewarnt, nicht in die Mitte des Sees zu laufen, da es dort zurzeit lediglich eine dünne Eisdecke gab.

»Was ist? Haben Sie keine Puste mehr?« Castillon drehte den Kopf herausfordernd zu Morton, der jetzt immer weiter zurückfiel.

»Aber nein, ich hole schon noch auf«, keuchte Morton extra laut.

Castillon lief mit weit ausholenden Schritten voran und flog förmlich wie ein Eisschnellläufer über die im Mondlicht schimmernde Fläche. Jetzt hatte der Arzt die Mitte des Sees erreicht und verlangsamte jäh sein Tempo.

»Es knackt bedenklich«, rief Castillon Morton zu und leuchtete mit der Stirnlampe auf das Eis. In diesem Moment begann der Boden unter seinen Füßen mit einem krachenden Geräusch zu bersten und Sprünge zuckten wie Blitze über das Eis. Die große Eisscholle, auf der Castillon stand, löste sich von der Fläche und kippte nach vorne. Mit einem entsetzten Aufschrei fiel Castillon in das eisige Wasser.

»Verdammt!«, fluchte der Arzt schockiert und versuchte verbissen, sich an der Kante der Eisscholle aus dem Wasser zu ziehen. Doch der Rand war zu glatt und Castillon rutschte immer wieder ab.

»Helfen Sie mir, August!«, schrie er Morton zu, der in sicherer Entfernung stehen geblieben war und Castillons aussichtslosem Kampf zuschaute.

»Wie lange werden Sie durchhalten? Was glauben Sie?«, überlegte Morton interessiert und hockte sich auf die Eisfläche, um Castillon besser beobachten zu können. »Fünf Minuten oder doch nur zwei?«

»Sind Sie verrückt! Das ist kein Spaß. Sie müssen mich sofort herausziehen, sonst ertrinke ich!«, brüllte Castillon in Todesangst und streckte Hilfe suchend seine Hand in die Höhe.

»Ich denke, in weniger als fünf Minuten haben Sie keine Kraft mehr zu paddeln und versinken im Eiswasser. Es gibt übrigens eine starke Unterströmung in dem See. Durch die Kälte werden Ihre Muskeln steif und verkrampfen sich. Dann können Sie nicht mehr gegen den Sog ankämpfen. Unaufhaltsam geraten Sie unter die Eisdecke, und vielleicht kann ich noch Ihr Gesicht betrachten, wenn Sie in meine Richtung treiben. Als Arzt wissen Sie sicher, dass unter diesen Umständen jede Hilfe zu spät kommt.«

Morton winkte dem verzweifelten Mann im Eisloch noch kurz zum Abschied zu, bevor er sich umdrehte und gut gelaunt zurück zur Talstation joggte.

32

Dicke weiße Flocken trieben in das Schneeloch und bedeckten wie Puderzucker die beiden Personen, die sich gerade bemühten, die Eiswände hochzuklettern.

»Das hat keinen Sinn«, seufzte Maja, nachdem sie wieder abgerutscht war. »Wir erfrieren.« Sie hockte im Schneidersitz da und starrte die vereiste Wand des Schneelochs an.

»Man findet uns mit dem GPS-Signal, keine Sorge«, sprach David ihr Mut zu. »Du darfst aber nicht zu lange auf dem Boden sitzen, Maja, sonst kühlst du aus. Beweg dich ein bisschen und wärm dich dabei auf.«

David begann, die Beschaffenheit des Schneelochs zu erkunden. Zum Glück war die Grube nicht sehr tief und der Grund mit Schnee bedeckt. Deshalb hatten sie den Sturz auch glimpflich überstanden. Er tastete in seiner Lederjacke nach dem Handy, um ein Signal an Robyn zu senden, konnte es aber nicht finden. Nachdem er alle Taschen erfolglos durchforstet hatte, ging er in die Knie und blickte auf dem Boden umher.

»Was suchst du?« Maja war jetzt aufgestanden.

»Mein Handy, ich muss es beim Absturz verloren haben«, sagte David so ruhig wie möglich. Er wollte Maja auf gar keinen Fall zu sehr aufregen, denn jetzt mussten sie beide einen kühlen Kopf bewahren.

»O Mann, das heißt, niemand kann uns hier finden!«, schlussfolgerte Maja mit einem Anflug von Panik.

»Natürlich kann man uns orten. Das Handy liegt sicher oben am Rand des Schneelochs und sendet ein Signal. Außerdem sind wir nicht weit von der Straße entfernt«, beschwichtigte er sie.

»Wie lange wird das dauern?«, sorgte sich Maja und steckte die Hände in die Daunenjacke, die ihr David gegeben hatte. »Willst du deine Jacke zurück? Du frierst ja«, fügte sie an.

»Kein Problem, ich bin die Kälte gewöhnt. Wir versuchen, uns selbst zu befreien«, entschied David. »Dabei wird mir auf jeden Fall warm.« David stellte sich mit dem Rücken zur Eiswand und bedeutete Maja, näher zu kommen. »Wir machen eine Räuberleiter, und wenn du die Kante des Schneelochs erreichst, dann ziehst du dich mit den Armen hoch.«

»Klingt gut.« Maja nickte und wischte sich mit dem Ärmel über ihre tropfende Nase. »Die Jacke behindert mich nur.« Sie zog sie aus und warf sie in den Schnee. David band ihr das Seil um die Hüften, mit dem sie ihn später hochziehen sollte.

Geschickt stieg Maja mit einem Fuß auf Davids zu einer Stütze verschränkten Hände. Er schob sie in die Höhe und sie konnte auf seine Schultern klettern.

»Erreichst du den Rand der Grube?«, fragte David, der breitbeinig an der Wand lehnte, um Majas Gewicht auf seinen Schultern auszutarieren.

»Ja, wenn ich mich strecke, erwische ich mit den Fingerspitzen die Kante«, erwiderte Maja. »Okay, ich stemme mich hoch.«

Maja stieß sich von David ab und zog sich nach oben. Doch die Kante war zu glatt, Maja rutschte ab und landete unsanft wieder auf dem Boden der Grube.

»Wie blöd!« Verärgert klopfte sie sich den Schnee vom Pullover. Sie richtete ihre Mütze und blickte zu David. »Versuchen wir es noch einmal. Schaffst du das?«

»Na klar«, antwortete David. »Du kannst dich ruhig von meinen Schultern abstoßen, damit du oben vielleicht mit den Unterarmen Halt findest.«

»Aber das tut dir doch weh.« Maja verzog skeptisch das Gesicht.

»Ach was, ich halte das schon aus.«

Wieder schwang sich Maja hoch, stieß sich von Davids Schultern ab und schob diesmal ihre Unterarme über den Rand. Keuchend krallte sie ihre Finger in den Schnee und wollte sich mit ihren Füßen an der eisglatten Wand abstützen, rutschte jedoch ab. Aber Maja war zäh und ließ nicht locker. David stieß ihre Füße mit seinen Händen nach oben, aber es gelang ihr nicht, auch ihren Oberkörper über den Rand zu drücken. Noch immer hing sie an der Kante, da ließen ihre Kräfte nach und sie fiel wieder nach unten.

»Ich schaffe es einfach nicht«, schimpfte sie resignierend. Stumm hockte sie sich auf den Boden und vergrub ihr Gesicht zwischen den Armen. »Das ist das Ende«, sagte sie düster und blickte zu David auf.

»Still.« David legte den Zeigefinger auf seine Lippen. Von oben war ein tappendes Geräusch zu hören, so, als würde jemand durch den Schnee stapfen. Aber es waren keine menschlichen Schritte, es klang, als würde sich ein Tier nähern.

»Was ist das?«, flüsterte Maja. Sie sprang auf, wich an die Eiswand zurück und starrte hinauf zum Rand der Grube.

Oben tauchte langsam ein großer gestromter Schädel auf.

»O mein Gott! Ein Wolf!« Maja zuckte zusammen, als sie den zottigen Kopf erblickte.

»Das ist nur ein Hund!« David schnalzte mit der Zunge. Der große Hund registrierte ihn und blickte aufmerksam nach unten. Das Tier hatte einen hyänenartigen Schädel, aber seine dunklen Augen blickten treuherzig und interessiert.

»Was ist das für ein Hund?«, fragte Maja stockend.

»Ich tippe, dass es ein Mischling ist«, meinte David. »Das ist für uns von Vorteil, denn Mischlinge sind sehr klug und können einen ausgeprägten Spieltrieb haben. Mal sehen, ob er uns aus der Grube ziehen kann.«

»Wie soll das funktionieren?«, zweifelte Maja.

»Warte ab. Gib mir das Seil!«

Hastig knotete Maja den Strick auf, den sie um ihre Taille gewickelt hatte.

»Nein, behalt das Seil um. Ich brauche das andere Ende.« David holte sich das Seil, schnippte mit den Fingern und spuckte auf das Ende. Daraufhin wedelte er mit dem Ende des Taus hin und her und beobachtete den Mischling dabei. In schneller Abfolge stieß er helle Laute in der Kopfstimme aus, um das volle Interesse des Hundes zu erlangen. Aufmerksam folgte der Mischling den Gesten. Schließlich ließ David einen schrillen Pfiff hören und warf das Seil mit dem Befehl »*Prends ça!* Nimm!« kraftvoll nach oben. Das Tau segelte durch die Luft. Dessen Ende sauste am Kopf des Hundes vorbei, der sofort danach schnappte.

»*Tire ça!* Zieh!«, erteilte David dem Hund das Kommando, und dieser riss so fest an dem Seil, dass Maja sofort in die Luft gehoben wurde.

»*Tire, tire!*«, feuerte David den Hund an, schob gleichzeitig Maja mit aller Kraft immer weiter in die Höhe.

»*Tire! Tire ça!*« Wieder zerrte der Hund an dem Strick. Maja hatte jetzt die Kante erreicht und krallte ihre Hände in den Schnee.

»Ich schaffe es!«, keuchte sie und wuchtete ihren Oberkörper über den Rand. Plötzlich hielt sie inne. »Der Hund kommt auf mich zu!«, rief sie ängstlich.

»Du musst ihn ignorieren. Er tut dir nichts. Gib ihm das Kommando ›*Couché!* Platz!‹«, brüllte David von unten hinauf.

»*Couché!*«, hörte er Maja zaghaft.

»Du musst das Kommando lauter sagen!«

»*Couché!*« Diesmal war die Stimme von Maja laut und kräftig.

»Was ist?«

»Der Hund liegt im Schnee«, teilte Maja David mit.

»Sehr gut. Du stehst jetzt langsam auf und bindest deinen Teil des Stricks vorsichtig um die Brust des Hundes.«

»Ich versuche es.«

Lange Zeit herrschte Stille und David hörte nur das Hecheln des Mischlings. Dann wurde mit einem Mal das Ende des Seils zu ihm heruntergeworfen.

»Was muss ich jetzt tun?«, fragte Maja.

»Du gibst dem Hund das Kommando ›*Tire ça!*‹ und ziehst mit ihm mit. Er denkt, das ist ein Spiel, und wird dir folgen. So holt ihr mich hier heraus.«

Schnell schlang sich David das Seil um die Hüften und verknotete es. Mit angehaltenem Atem wartete er. Er wusste, er durfte Maja auf gar keinen Fall nervös machen, denn ihre Anspannung würde sich auf den Mischling übertragen und ihn verunsichern.

»*Tire ça!*«, hörte er den zaghaften Befehl von Maja.

»Lauter!«, schrie David. »Du sollst ihn ermuntern. Sprich mit höherer Stimme und motiviere ihn.«

»*Tire! Tire!*« Jetzt klang Maja, als würde sie auf dem Fußballplatz stehen und eine Mannschaft anfeuern.

Nur wenige Augenblicke später spannte sich das Seil und David wurde ruckartig hochgezogen. Als er die Kante erreichte, grub er seine Hände in den Schnee und kroch über den Rand auf sicheren Boden. Langsam stand er auf und schüttelte den Schnee von seiner Kleidung. Der Hund betrachtete ihn abwartend und kam mit gesträubtem Fell langsam näher.

»*Viens ici!*« David schnalzte mit der Zunge und winkte das Tier zu sich. Beinahe unmerklich begann der Hund mit dem Schwanz zu wedeln. Noch ein wenig zögerlich trottete er auf David zu und beschnupperte ihn eingehend.

»Der Hund hat richtig gefährlich ausgesehen. Ich hatte einen Moment lang Angst«, gestand Maja.

»Er hat erkannt, dass von uns keine Gefahr droht.«

»Wow, ein kluges Tier. Ich hatte bisher nicht viel mit Hunden zu tun.«

David blickte auf den Boden und entdeckte plötzlich sein Handy, das dort im Schnee lag. Er aktivierte die Verbindung und schickte ein Signal zu Robyn. Einige Zeit später zerschnitt ein Scheinwerfer die Dunkelheit und ein Schneemobil tauchte auf.

»Da haben Sie aber Glück gehabt, in der Dunkelheit findet man die meisten Verirrten in dieser Gegend nur sehr schwer«, sagte der Fahrer zu David.

»Wie weit ist es von hier bis nach Les Deux Alpes?«, wollte David wissen.

»Keine fünf Kilometer, doch es geht steil das Bergmassiv hinauf. Ich kann Sie aber auch nach Grenoble bringen.«

»Nein, wir müssen nach Les Deux Alpes.«

»Wem gehört eigentlich der Hund?«, wandte sich Maja an den Lenker, der ihr gerade eine Thermodecke umhängte, und deutete auf den Mischling, dessen gestromtes Fell von den Schneeflocken bedeckt war.

»Das ist Leo. Er war ein rumänischer Streuner. Jetzt gehört er dem Betreiber einer Schutzhütte, ungefähr einen Kilometer weiter südlich. Wir kennen den Hund, er streicht immer nachts durch die Gegend.«

»Leo hat uns aus dem Schneeloch gezogen«, berichtete Maja. »Ohne ihn hätten Sie uns nie gefunden.«

»Wirklich? Leo kann so etwas?«, wunderte sich der Fahrer. »Ist ein Tier überhaupt so klug?«

»Jeder Hund besitzt eine natürliche Intelligenz«, erklärte David. »Die muss man wecken und fördern. Auf diese Weise können diese Tiere die unwahrscheinlichsten Dinge. Leo hat uns mit einem Seil aus der Grube gezogen.«

»Und das haben Sie geschafft? Sie sind ja ein richtiger Hundeflüsterer.«

»Stimmt, das bin ich in meinem anderen Leben«, erwiderte David. »Aber jetzt müssen wir los.« David beugte sich zu Leo und kraulte ihn zum Dank intensiv hinter den Ohren. Der Hund stupste ihn kurz mit seiner Schnauze gegen das Kinn und sprang quirlig den Schneeweg entlang.

Hunde sind einfach einzigartige Lebewesen und die Kommunikation mit ihnen funktioniert manchmal ohne große Worte. Das ist bei Menschen leider fast nie möglich, dachte David.

Er nahm Maja an der Hand und ging mit ihr zu dem Schneemobil, dessen Fahrer sie nach Les Deux Alpes brachte.

Als sie den exzentrischen Bau von David Chipperfield erreichten, wurden sie bereits von der französischen Polizei erwartet.

»Sie müssen die Nacht über hier unten bleiben«, sagte ein Colonel. »Das Chalet-Hotel ist für die EU-Umweltminister reserviert. Morgen können Sie dann mit uns und dem Arzt Doktor Castillon mit der Seilbahn hinauf ins Hotel fahren.«

33

BERLIN – ZENTRALE DER ABTEILUNG

Robyn saß vor dem großen Bildschirm im Black Room und lehnte sich beruhigt zurück. Über einen Satellitenslot hatte sie gerade David und Maja beobachtet, die in die Talstation von Les Deux Alpes gebracht worden waren. Dort würden sie in Sicherheit sein, denn eine Eskorte des französischen Geheimdienstes bewachte das Gebäude.

»Morgen ist alles überstanden«, seufzte Müller und nahm seine schwarze Hornbrille ab. »Ich werde am Wochenende in der Panorama Bar im Berghain auflegen. Was machen Sie denn Schönes?«

»Ich?« Robyn zog auf dem Stuhl ihre Beine an und verknotete sie wieder. »Das ist ein Tag wie jeder andere«, sinnierte sie und spielte mit ihren Schuhbändern. »Logisch betrachtet gibt es keinen Unterschied zwischen den einzelnen Wochentagen, das wurde nur willkürlich von den Religionen festgelegt, um den Menschen eine Struktur zu geben und einen Grund, sich zu freuen.« Natürlich beneidete sie ihren Chef insgeheim um sein exzentrisches Hobby. Müller war unter der Woche der unnahbare Leiter der Abteilung, doch am Wochenende verwandelte er sich in einen coolen DJ, der die Massen zum Wogen brachte.

»Warum können Sie nicht einfach über Ihren Schatten springen und sagen: ›Am Wochenende schlafe ich aus‹«, frotzelte Müller.

»Das ist doch völlig unlogisch, ausgerechnet am Wochenende länger zu schlafen als an anderen Tagen«, widersprach Robyn.

»Lassen wir das! Diese Diskussion ist sinnlos«, winkte Müller entnervt ab. »Ich hole mir einen Kaffee, möchten Sie auch eine Tasse?«

»Danke, ich trinke wie immer nur Tee«, antwortete Robyn und wies auf die Plastikkanne, die vor ihr auf dem Tisch stand. »Wissenschaftlich betrachtet täuscht der Kaffeegenuss bloß einen Energieschub vor. Tatsächlich ist …«

»Es reicht für heute«, schnitt ihr Müller das Wort ab.

Während Müller mit der Kaffeemaschine hantierte, loggte sich Robyn in ihren Account ein. Wie schon häufiger zuvor verringerte sich die Leistung ihres Computers, sobald sie online war, und Robyn nahm sich vor, die Sache genauer zu überprüfen. Aber zuvor musste sie die Daten aus der Cloud herunterladen und an Stein senden.

Sie war gerade dabei, die Systemverwaltung der Cloud zu durchsuchen, als ihr hochgerüsteter Computer auf jeden Befehl mit Verzögerung reagierte.

»Was ist denn da los?«, fragte sich Robyn genervt und aktivierte ein Programm, um Informationen über den aktuellen Stand der Cloud zu bekommen. Ein Supportfenster klappte auf und die Meldung »2nd User« erschien.

Irritiert durchsuchte Robyn ihren Computer, fand aber keinerlei Anzeichen dafür, dass sich jemand in ihr Gerät gehackt hatte. Sie warf einen schnellen Blick zu Müller, der versonnen vor der Kaffeemaschine stand und zuschaute, wie die pechschwarze Flüssigkeit in eine winzige Espressotasse tropfte. Wieder loggte sie sich mit den Zugangsdaten in die

Cloud ein und erneut dauerte es unnatürlich lange, bis das Verzeichnis erschien. Sie scrollte durch die Dateien, bis sie zu dem extra verschlüsselten Ordner gelangte, in dem Jonas die Informationen deponiert hatte. Plötzlich merkte sie, dass jemand versuchte, in den Ordner einzudringen und die Daten zu löschen. Hastig verschlüsselte sie die Dateien mit eigenen Codes, doch der Eindringling umging mühelos die Sperren und startete sofort erneut den Versuch, die Dateien zu öffnen.

Robyn massierte ihre Schläfen mit den Zeigefingern und dachte angestrengt nach. Sie brauchte unbedingt externe Hilfe. Da erinnerte sie sich an den Australier Ralph, der sie in den IQ150-Klub gebracht hatte. Hastig schickte sie ihm eine SOS-Nachricht und schilderte ihm das Problem. Schon kurz darauf erhielt sie eine Antwort.

»Du sagst, die Leistung deines Computers wird bei jeder Aktion langsamer und das Warnsystem meldet einen zweiten User, obwohl du keinen Eindringling orten kannst. Das deutet auf eine neuartige russische Spyware namens ›Parasite‹ hin.«

»Kannst du diesen Parasiten unschädlich machen?«, schrieb Robyn zurück.

»Müsste funktionieren. Das dauert aber ein bisschen.«

»Ich habe keine Zeit. Der Eindringling probiert ständig, wichtige Dateien zu löschen.«

»Ach, er beginnt mit dem Löschprogramm. Das ist gut«, schrieb Ralph zurück.

»Wieso soll das gut sein?«

»Weil er dann mit einer eigenen Kennung arbeiten muss. Sonst würdest du ihn ja gar nicht identifizieren. Er ist sozusagen aus deinem Schatten getreten und arbeitet jetzt eigenständig. Ich logge mich schnell einmal in diese Cloud ein.«

Auf dem Bildschirm sah Robyn, wie der Ordner mit den Informationen plötzlich verschwand und dann mit einer anderen Endung erneut auftauchte.

»Was hast du gemacht?«, schrieb Robyn an Ralph.

»Eine japanische Firewall schließt jetzt den Ordner wie in einen Sarkophag ein. So kann niemand mehr darauf zugreifen und die Daten löschen.«

»Aber ich muss doch die Daten downloaden«, schrieb Robyn zurück.

»Das geht im Moment leider nicht. Die Dateien sind in dem Sarkophag versiegelt. Niemand hat jetzt Zugang zur Cloud.«

»Das könnte ein Problem werden.«

»Ich kann die Versiegelung aufheben, wenn der Eindringling identifiziert ist. In dem Moment können wir ihn auch blockieren und orten.«

»Aber er kann wieder in meinem Schatten verschwinden«, warf Robyn ein.

»Ist nicht möglich, denn ich habe auch deine Kennung geschützt, und er kann nicht mehr als Parasit an deinen Aktionen partizipieren.«

»Wo befindet sich denn der Angreifer zurzeit?«

»In einem Ort in den französischen Alpen.«

»Danke, du hast mir sehr geholfen.« Robyn loggte sich aus dem Chat aus und konzentrierte sich sofort auf das Signal. Es kam aus einem Ort, der nicht weit entfernt von Grenoble lag. Hastig schrieb sie eine Nachricht an David und informierte ihn kurz über den Hackerangriff und die weitere Vorgehensweise.

Mit zusammengekniffenen Augen starrte Robyn auf ihren Bildschirm. Wie war es möglich, dass ein Parasit in ihren abgesicherten Computer gelangen konnte? Sie fand einfach keine logische Erklärung dafür. Je länger sie darüber nachdachte, desto unlogischer erschien es ihr, dass jemand ihre Firewalls durchbrochen hatte. Jeder Angriff wäre normalerweise in einem Protokoll erfasst worden.

Mit einem Mal durchzuckte sie die Erkenntnis. Es war ihr Fehler gewesen. Sie hatte es zu verantworten, dass dieser Parasit in ihrem Computer sein Unwesen trieb und vielleicht die ganze Operation »Umweltkind« gefährdete.

Überdeutlich sah sie die Situation, in der es passiert war, in der die Spyware in ihrem Laptop installiert worden war. Sie erinnerte sich daran, wie Todesfalter an ihrem Schreibtisch stand, und hörte seine Worte: »Ich möchte deine Aura spüren.« Stück für Stück ließ sie seinen Besuch Revue passieren, um sicher zu sein. Als Todesfalter gegangen war, hatte er zum Abschied gesagt: *Bis bald, Robyn. Ich bin jetzt für zwei Tage in den Bergen. Aber dann kehre ich zurück, und du wirst unser Wiedersehen kaum erwarten können.*

Zur Bestätigung ihres Verdachts holte Robyn das Fenster mit dem Signal des Eindringlings auf ihren Bildschirm. Es befand sich in der Nähe von Grenoble in den Bergen. Todesfalter war der Mann, der verhindern wollte, dass Maja vor der Kommission ihre Aussage machte. Er war bereits in Les Deux Alpes, und sie selbst hatte ihm den Weg dorthin gewiesen.

34

Leyla war mit Farruks Wagen zurück nach Beirut gefahren. Neben ihr saß das kleine Mädchen und lachte vor Erleichterung, weil es bald zu seiner Mutter zurückkehrte. Mit verschränkten Armen an den Wagen gelehnt beobachtete sie Gia, die mit einem Freudenschrei ihr Kind in die Arme schloss.

Dabei dachte sie an ihren ungeborenen Sohn, der bald das Licht der Welt erblicken würde. Würde sich Leyla genauso freuen, wenn ihr Kind ihr entgegengelaufen kam? Zärtlich strich sie über ihren Bauch und flüsterte: »Alles wird gut.«

»Was ist mit Farruk geschehen?«, erkundigte sich Gia ängstlich.

»Du musst dir keine Sorgen mehr machen. Farruk kann dir nie wieder etwas Böses antun«, beruhigte Leyla sie.

»Ist er tot?«

»Er hat das bekommen, was er verdient hat«, verkündete Leyla.

»Dann hat die Gerechtigkeit gesiegt. Dank sei Allah! Ich weiß nicht, wie ich dir das jemals vergelten soll. Du hast meiner Kleinen das Leben gerettet.« Gia griff nach der Hand von

Leyla und küsste sie überschwänglich. »Ich stehe tief in deiner Schuld.«

»Hör auf damit. Du schuldest mir nichts.«

»Möchtest du heute Abend zu uns zum Essen kommen? Ich koche dir etwas Besonderes«, lud Gia sie ein.

»Das ist sehr nett von dir, aber ich fliege noch heute ab.« Leyla blickte an der verrotteten Hausmauer hoch, hinter der Auntie so elend ums Leben gekommen war. »Ich muss vor meiner Abreise noch einmal in die Wohnung, um mich an Auntie zu erinnern und um sie zu trauern.« Leyla zurrte den Schal fester um ihren Kopf.

»Das kann ich verstehen.« Gia nickte und Leyla betrat das dunkle Treppenhaus. Langsam stieg sie wieder die Stufen hinauf und blieb vor der Tür zu Aunties Wohnung stehen. Noch immer hing der Geruch des Todes in der Luft, obwohl Leyla alle Fenster geöffnet hatte. Auf dem Tisch befanden sich die beiden Pistolen, die sie dort hingelegt hatte. Gedankenverloren steckte sie die Waffen in ihre Umhängetasche und blickte sich in dem schlicht möblierten Zimmer um.

»Hier hat deine Großmutter gelebt«, flüsterte sie ihrem Kind zu und strich über ihren Bauch. »Sie war eine tapfere Frau, die mein Überleben gesichert hat. Auntie hat mich beschützt, genauso wie ich dich immer beschützen werde. Du und David, ihr seid das Liebste, was ich besitze.«

Als Leyla den Namen David aussprach, durchzuckte sie plötzlich eine heiße Welle der Erinnerung, und sie dachte an den schwarzen Falter, der aus der Müllpresse aufgestiegen war.

»David ist in Gefahr. Das war die Botschaft an mich.« Leyla griff hektisch nach ihrem Handy und wählte Davids Nummer.

»Leyla, endlich meldest du dich«, hörte sie seine Stimme, und ein Glücksgefühl durchströmte sie. »Wo bist du gerade?«

»Ich bin in Beirut, aber schon auf dem Weg zurück in unser Zuhause. David, mir ist ein Zeichen erschienen, das mich an eine Prophezeiung von Auntie erinnert hat. Du bist in großer Gefahr.«

»Du weißt, dass ich auf solche Prophezeiungen nicht viel gebe. Ich bin nicht so abergläubisch wie du«, erwiderte David.

»Bitte erinnere dich doch an die rote Wüstenblume, die wir gesehen haben, bevor wir im Wüstensand verschüttet worden sind«, warnte ihn Leyla. »Auch damals hat Auntie mit ihrer Prophezeiung recht behalten und wir wurden gerettet.«

»Nein, das war nicht die rote Wüstenblume, die uns gerettet hat, sondern es war Robyn, die den verschütteten Bus geortet hat«, widersprach David leicht gereizt.

»Ach, du und dein rationales westliches Denken! Kannst du nicht einmal auf mich hören?«

»Das ist im Augenblick unmöglich«, seufzte David. »Aber ich verspreche dir, dass ich sofort zurückkomme, wenn ich diesen Auftrag erledigt habe.«

»Dann ist es vielleicht schon zu spät«, sagte Leyla düster. »Ich vertraue auf mein Gefühl.«

»Leyla, ich liebe dich und würde alles für dich tun. Aber hier ist eine junge Frau, meine Nichte. Sie ist in höchster Gefahr, denn man hat schon mehrmals versucht, sie zu töten. Mein Auftrag ist es, sie zu schützen«, erklärte David.

»Insofern bleibt mir wohl nichts anderes übrig, als dir alles Glück dieser Welt zu schicken, damit dir nichts passiert«, gab sich Leyla geschlagen. »Pass auf dich auf.«

»Ich geb mir Mühe«, versprach David. Er wollte noch etwas sagen, doch seine Stimme ging in einem atmosphärischen Rauschen unter.

»David?« Leyla schüttelte ihr Mobiltelefon, aber die Verbindung blieb unterbrochen.

Sie steckte ihr Handy wieder ein und ging in das karge Schlafzimmer, in dem Auntie so elendig verhungert war. Leise summte sie ein altes Volkslied, das ihr Auntie oft vor dem

Einschlafen vorgesungen hatte, um sich an die schönen Stunden zu erinnern, von denen es in dem überfüllten Flüchtlingslager nur wenige gegeben hatte.

Aber dann dachte sie an jenen Nachmittag, an dem Leyla aus der provisorischen Schule der englischen NGO-Lehrer in das Zelt zurückgekehrt war.

Sie schlug das rissige Tuch zurück, das Auntie gegen den Staub über den Eingang gespannt hatte, und starrte auf den niedrigen Tisch, auf dem ein kleiner Kuchen mit acht Kerzen stand. Die Flammen flackerten leicht und warfen einen goldenen Schein auf Aunties verwittertes Gesicht.

»Heute ist dein Geburtstag, Leyla. Komm, blas die Kerzen aus und wünsch dir etwas!«, forderte sie die vor Freude sprachlose Leyla auf.

Das war einer der kurzen Gedankenblitze, der Leyla durch den Kopf schoss, als sie das Lied summend durch die Wohnung zur Eingangstür wanderte. Auf der Schwelle blieb sie noch einmal stehen und blickte zurück. »Danke für das Leben, das du mir ermöglicht hast«, flüsterte sie und musste plötzlich weinen.

Mehrere Minuten lang stand sie an den Türrahmen gelehnt, schlug mit den Fäusten gegen das Holz und ließ ihren Tränen freien Lauf. Es war wie eine Katharsis, denn danach fühlte sich Leyla frei und konnte endlich das Haus und ihre traurige Vergangenheit verlassen.

Sie setzte sich in Farruks Wagen und fuhr auf der verkehrsreichen Stadtautobahn zum Flughafen. Einige Kilometer vor dem Flughafen parkte sie den SUV auf einem verlassenen Grundstück hinter einer Ruine. Den Schlüssel und die Pistolen ließ sie in einem Müllhaufen verschwinden. Als Nächstes rief sie ein Taxi, mit dem sie sich direkt zum Abflugterminal bringen ließ. Erschöpft legte sie den Kopf gegen die Rückenlehne und betrachtete die bunten Quasten, mit denen der Taxifahrer den Innenraum seines Wagens geschmückt hatte. Bald würde sie in einer Maschine nach Madrid sitzen und danach weiter nach Palma de Mallorca fliegen. Auf ihrer Finca würde sie in Ruhe auf David warten und die kurze Zeit bis zur Geburt für Yoga und Meditation nutzen.

Als das Flughafenterminal auftauchte, spürte sie unvermittelt ein heftiges Stechen im Unterleib. Sie biss die Zähne zusammen und wartete, bis der Fahrer anhielt. Mit schmerzverzerrtem Gesicht stieg sie aus dem Taxi und wankte zu den Schiebetüren. Plötzlich brach ihr der Schweiß aus und sie spürte unter den Jeans eine Flüssigkeit ihre Beine hinunterlaufen. Leyla stieß einen unartikulierten Schrei aus und ging vor den sich zischend öffnenden Türen in die Knie. Blut tropfte aus den Hosenbeinen auf den Beton. Alles begann sich um sie zu drehen. Sie dachte an den schwarzen Falter, der aus der Müllpresse geflattert war. In diesem Moment wusste Layla, dass sie das Omen falsch gedeutet hatte.

Wenn du einen schwarzen Falter siehst, dann ist jemand
in Gefahr, den du liebst.

Doch damit war nicht David gemeint gewesen, sondern das Kind in ihrem Leib. Diese Erkenntnis traf Leyla wie ein Blitz. Die Welt rings um sie versank in einem schwarzen Schlund.

35

LES DEUX ALPES – CHALET-HOTEL AUF DEM BERGMASSIV

Gloria Schmidt stand in einem seidenen Bademantel vor dem Fenster ihrer Suite und starrte nach draußen. Die Nacht war hereingebrochen; nur weit unten schimmerten verschwommen die Lichter des Bergdorfs. Hier oben in fast dreitausend Meter Höhe, so weit entfernt von dem täglichen Leben, erschienen ihr die Probleme mit dem noch nicht ausgereiften Akku auf einmal unwirklich und klein.

Was bedeutet schon der Tod von ein paar Menschen, wenn man dafür eine bahnbrechende Entdeckung zum Wohle der gesamten Menschheit serienreif macht?

Auch wenn die radioaktiven Blöcke für die Akkus aus russischen Atomreaktoren stammten und illegal in die EU gebracht worden waren, minderte es nicht im Geringsten die innovative Leistung von Gloria und ihrem Team. Sie alleine hatten den Mut gehabt, mit Kohlenstoff-14 zu experimentieren. Sie alleine hatten es geschafft, das radioaktive Material in einen Diamanten einzuschließen, um auf diese Weise elektrische Spannung zu generieren. Aufgeputscht von ihren eigenen Gedanken, die wie aufgeladener Sternenstaub durch ihren

Kopf rasten, schlenderte sie zur Hausbar und goss sich ein Glas Champagner ein. Mit tänzelnden Schritten kehrte sie dann wieder zu ihrem Aussichtsplatz zurück und musterte sich ausgiebig in dem nachtschwarz schimmernden Glas. In der Scheibe spiegelte sich auch ihr Erfolg. Spontan hob sie das Glas.

»Auf Felix, den Klügsten!«, rief sie laut und ließ plötzlich das Glas fallen. Starr vor Schreck beobachtete sie, wie das Glas auf dem Boden zersprang und die Splitter wie leuchtende Steine über ihre nackten Füße rieselten.

»Felix«, flüsterte Gloria erneut, und das Bild eines jungen Mannes mit dunklen, ernsten Augen tauchte vor ihr auf. »Ich wollte nicht, dass es so endet«, murmelte Gloria und machte einen großen Schritt zur Seite, um nicht auf die Scherben zu treten. »Du verzeihst mir das doch, nicht wahr?«, bettelte sie. Jahrelang hatte sie nicht mehr an Felix gedacht, hatte die Erinnerung erfolgreich verdrängt, doch jetzt war sie machtvoll zurückgekehrt.

»Aber du hättest nie das erreicht, was ich geschafft habe«, sprach sie mit ihrem unsichtbaren Gegenüber, während sie sich mit zitternden Händen Champagner in ein neues Glas eingoss. »Deine Erfindung wäre auf ewig nur eine unrealistische Fantasie geblieben.«

Gloria trank das Glas in einem Zug leer und öffnete mit einer lasziven Handbewegung ihren Morgenmantel.

»Alles hättest du von mir haben können, aber du musstest ja deinen eigenen Kopf durchsetzen. Ach, Felix, es hätte so schön mit uns werden können.« Gedankenverloren schlüpfte Gloria aus ihrem Morgenmantel und ließ ihn zu Boden fallen.

»Du hattest einfach zu viele Skrupel, hast dir Sorgen gemacht wegen dem radioaktiven Material, das du nicht unter Kontrolle bringen konntest.« Gloria angelte nach der Champagnerflasche, um sich erneut einzuschenken. »Skrupel kenne ich nicht, wenn es darum geht, ein Ziel zu verfolgen. Das habe ich wahrscheinlich von meinen Eltern geerbt.« Wieder hob Gloria ihr Glas, um dem unsichtbaren Gast zuzuprosten. Mit der Sektflöte in der Hand schritt sie wieder zum Fenster, öffnete mit einem Ruck die Schiebetür daneben und die Umrisse ihres Körpers verflüchtigten sich in der Dunkelheit.

»Balthus, wo bist du?« Gloria stand nackt im Schnee und schnippte mit dem Finger. Der Irische Wolfshund erhob sich träge vom Teppich, streckte sich ausgiebig und tappte langsam zu ihr. »Komm, wir machen noch einen Spaziergang.« Der Schnee knirschte unter Glorias nackten Füßen. Bei jedem Atemzug stieg ein Nebelhauch aus ihrem Mund. Doch Gloria spürte keine Kälte, sie dachte an Felix und an den Erfolg, den sie ihm gestohlen hatte.

Doch plötzlich begann Balthus leise zu knurren, Gloria beugte sich zu ihm herab und ihre Erinnerung verschwand wie der flüchtige Kuss einer unverbindlichen Affäre am nächsten Morgen. Vollkommen nüchtern richtete sie sich auf und sah zwei Security-Männer um die Ecke des Gebäudes biegen.

»Madame, ist etwas geschehen?«, rief einer von ihnen schon von Weitem.

»Alles in Ordnung«, wiegelte Gloria ab und warf ihr Glas hinaus in die Nacht. Euphorisch reckte sie ihre Arme in den schwarzen Himmel, spürte den Schnee auf ihrer Haut und ein Schauer durchströmte sie. Sie gab Balthus ein Zeichen und stolzierte kerzengerade unter den verlegenen Blicken des Wachpersonals zurück in ihre Suite.

Dort warf sie sich auf ihr Bett und verbannte alle Gedanken an Felix in den hintersten Winkel ihres Gehirns, dort, wo das Böse wie glimmende Kohle verborgen lag und bei der erstbesten Gelegenheit sofort wieder aufglühen konnte. Minutenlang konzentrierte sie sich auf das Hier und Jetzt. Erst danach war sie in der Lage, wieder aufzustehen und sich den Morgenmantel überzuwerfen. Keine Sekunde zu früh, denn ihr iPad blinkte bereits ungeduldig. Als sie die Verbindung herstellte, sah sie Alexejs Datscha. Er selbst saß auf einer fellbezogenen Couch.

»Wie fühlst du dich?«, fragte Alexej, und Gloria wusste, dass es eine rein rhetorische Frage war, denn er interessierte sich nie für ihr Befinden, sondern ausschließlich für Geld. Alexej saß in einen dicken Pelzmantel gehüllt auf der Veranda seiner Datscha außerhalb von Moskau und hielt ein geschliffenes Wodkaglas in der Hand, das er in Richtung Kamera erhob.

»Bist du aufgeregt?«, wollte er wissen.

»Wieso sollte ich das sein?«, stellte ihm Gloria eine Gegenfrage.

»Du wirkst so erhitzt, deine Wangen glühen.«

»Ach, das ist nur die Beleuchtung«, antwortete sie leichthin.

»Darf ich dir schon zu deinem großen Erfolg gratulieren?« Alexej lächelte breit.

»Bitte nicht, das bringt Unglück.« Mit gespieltem Entsetzen machte Gloria das Hexenkreuz, doch tief in ihrem Inneren meinte sie es ernst. Alexej wischte ihren Einwand mit einem lauten Lachen beiseite.

»Sei bloß nicht abergläubisch. Alles wird gut ausgehen. Wenn du hier wärst, dann könntest du mein Herz für dich pochen hören«, sagte er und klopfte sich theatralisch auf die Brust. »Du hast die Zulassung für die Akkus so gut wie in der Tasche.« Alexej beugte sich zur Kamera vor und blickte Gloria mit seinen eisigen Augen so durchdringend an, dass sie das iPad zur Seite legte.

»Was machst du gerade?«

»Nichts, ich habe mir bloß die Nase gepudert.« Gloria griff wieder nach dem iPad.

»In einem Monat sind wir bereits Milliardäre. Wenn nämlich die Aktien an der Börse in die Höhe geschossen sind«, redete Alexej weiter, während er sich Wodka nachschenkte.

»Du hast recht, darauf trinken wir!« Gloria hielt ihr Glas in die Höhe. »Auf mein Ansehen und deinen Reichtum.« Sie tippte mit ihrer Champagnerflöte gegen den Bildschirm, und auch Alexej erhob sich schwankend und berührte mit dem Glas sein Computerdisplay. »Ich muss jetzt Schluss machen, Alexej, denn gleich beginnt das Abendessen mit den Ministern.«

»Du überstrahlst sicher alle, mein intelligentes Täubchen«, machte ihr Alexej zum Abschluss noch ein Kompliment.

Nachdenklich stellte sich Gloria vor den Wandschrank und ließ den Blick über ihre Garderobe schweifen. Nach einigen Augenblicken der Unentschlossenheit wählte sie schließlich ein graues Kleid aus verwaschener Seide, das eine kleine Manufaktur in Italien gefertigt hatte. Als sie sich geschminkt hatte, trank sie noch schnell ein Glas stilles Quellwasser und übte vor dem Spiegel ein natürliches Lächeln.

»Bis bald, mein Schatz.« Sie umarmte Balthus und drückte ihm einen Kuss auf die zottige Stirn. Aber der Hund rührte sich nicht, sondern blieb ruhig und gelassen auf der Couch liegen.

Der riesige Bankettsaal stand im krassen Gegensatz zu dem sonstigen Berghütten-Design des Chalet-Hotels. Der Saal war in ein zartes Blau getaucht, der von der Lichtskulptur der Malerin Tracey Emin abstrahlte, die eine ganze Wand des Raums einnahm. Der Satz »*I want my time with you*« in großen Leuchtbuchstaben war der gleiche wie jener in dem Londoner Bahnhof St Pancras, doch hatte die Künstlerin hier eine andere Typo verwendet.

Die Worte »*I want my time with you*« brachten Gloria sofort zum Nachsinnen. *Werde ich jemals Zeit mit dir verbringen?* Dabei dachte sie seltsamerweise nicht an Morton, sondern an Felix.

Doch sofort war sie wieder die kühle Unternehmerin, als Bedienstete in Tracht ihr die Tür öffneten und sie den Saal betrat. Die meisten Minister waren bereits anwesend und saßen in ihren dunklen Anzügen bei Tisch. Assistentinnen und Sekretäre der Minister nahmen nicht an dem Bankett teil, sondern würden erst morgen mit der Gondelbahn von der Talstation nach oben kommen. Gloria wurde von einem Ober zu ihrem Platz geleitet. Neben ihr saß ein Mann mit gerötetem Gesicht.

»Die Wetterkapriolen sind eine ziemliche Belastung für den Kreislauf. Letzte Woche hatte es hier über zehn Grad und heute fegt ein gewaltiger Schneesturm über das Land«, sagte ihr Tischnachbar, der holländische Umweltminister.

»Da haben Sie recht«, stimmte Gloria ihm zu. »Das ist ein Zeichen, dass der Klimawandel bereits weit fortgeschritten ist. Deshalb ist es wichtig, dass mein Team und ich mit unserer Entwicklung einen bescheidenen Beitrag für eine gesündere Welt leisten können.«

»Ich bin sehr gespannt auf Ihr Patentrezept«, sagte der Minister.

»Kein Patentrezept, aber ich habe mich der Ökomobilität verschrieben. Mein Unternehmen hat ein Elektroauto mit fast unbegrenzter Reichweite realisiert.«

»Unbegrenzte Reichweite ... was heißt das im Klartext?«, erkundigte sich der Minister skeptisch.

»Wie das Wort schon sagt. Die Akkuleistung unseres Fahrzeugs ist unbegrenzt«, antwortete Gloria. »Sie brauchen weder mit Strom aufzuladen noch zu tanken.«

»Wie soll das funktionieren? Mit herkömmlichen Lithium-Kobalt-Akkus ist das unmöglich.«

»Wir haben ein neues spektakuläres Verfahren geschaffen, aber darüber werde ich morgen Genaueres berichten. Lassen Sie uns jetzt zunächst einmal das wunderbare Essen genießen.« Gloria deutete auf den Teller, den ein diskreter Kellner soeben serviert hatte. Es folgten drei weitere Gänge und die

Gespräche plätscherten dahin, wobei sich Gloria alle Mühe gab, aufmerksam und geistreich zu wirken. Plötzlich erblickte sie in der Ferne erneut das Gesicht von Felix, seine überraschte Miene, als sie tat, was sie nie für möglich gehalten hätte.

Als es endlich so weit war, dass Gloria sich in ihre Suite zurückziehen konnte, fiel die Anspannung von ihr ab. Sie hatte unversehens wieder ein Flashback.

»Erklär uns deine Idee für diese Batterie. Wie funktioniert das?«, fragte Gloria, die junge Studentin.

»Wir verwenden abgebrannte Atomstäbe aus stillgelegten Atomkraftwerken und nutzen sie als Antriebsquelle«, antwortete ihr Kollege Felix.

»Aber ist das nicht gefährlich, da werden doch viele Menschen radioaktiv verseucht?«

»Nicht, wenn man das radioaktive Material in künstliche Diamanten einbindet. Dadurch entsteht eine Spannung, die wir als Energiequelle nutzen können.«

»Du bist ja ein Genie!«, rief Gloria und küsste Felix überschwänglich. »Wenn wir einen Investor für die Entwicklung finden, dann sind wir bald berühmt.«

»Ich will keinen Investor an Bord haben, denen geht's doch nur um den Profit. Wir produzieren den Prototyp und stellen ihn der Allgemeinheit gratis zur Verfügung.«

»Bist du verrückt? Diese Entwicklung ist eine Menge Geld wert. Überleg es dir noch einmal.«

»Nein! Da gibt's nichts zu überlegen.«

Zack. Mit einem Mal verglühte die Erinnerung wie ein alter Super-8-Film, der im Projektor hängen bleibt und verschmort. Gloria stürzte aus dem Aufzug, riss die Tür zu ihrer Suite auf und vergrub ihr Gesicht im struppigen Fell ihres Hundes. Im nächsten Augenblick schnappte sie sich ihr Handy und wählte eine Nummer.

»Morton, ich habe seit Langem wieder mal an Felix gedacht«, sagte sie mit leiser Stimme.

»Denk lieber an morgen. Bei mir läuft alles nach Plan.«

36

Les Deux Alpes – Talstation Gondelbahn

Der Gipfel des Bergmassivs war wolkenverhüllt. Unaufhörlich stürzten kleinere Lawinen die steilen Felsen nach unten und zogen eine weiße Schneefahne hinter sich her, die wie eine Welle zerstob, wenn die Schneemassen ins Tal donnerten.

David saß vor der gläsernen Panoramawand an seinem Frühstückstisch und bewunderte das Schauspiel. Dunkle Wolken schoben sich vom Bergmassiv wie ein Lavastrom stetig weiter nach unten, und das alpine Chalet-Hotel oben auf dem Massiv war nicht mehr zu erkennen.

»Wie geht es dir heute?«, wandte er sich an Maja, die wortkarg und bleich ihm gegenüber am Tisch vor ihren Frühstücksflocken saß.

»Gut.« Sie fuhr mit den Fingern in das Müsli und schaufelte sich eine Handvoll in den Mund.

»Nimmst du keinen Löffel?«

»Nein, wieso? Ich habe als Kind bei meinem Vater immer so gegessen. Das ist ganz normal.«

»Da ist was Wahres dran. Im Orient isst man stets auf diese Art. Aber nur mit der rechten Hand, die linke gilt als unrein.«

»Du bist ein cooler Typ, David«, lobte ihn Maja und stand auf. »Ich gehe auf mein Zimmer und lade mir jetzt endlich die Infos von Jonas aus der Cloud herunter.«

»Das ist im Augenblick nicht möglich, denn es gab gestern Abend einen Hackerangriff.«

»Was? Und das erfahre ich erst jetzt?« Aufgebracht setzte sich Maja wieder. »Was genau ist passiert?«

»Es besteht im Moment kein Grund zur Sorge. Die Daten sind in Sicherheit. Die Cloud-Dateien von Jonas wurden in einen Sarkophag gehüllt und versiegelt. Deshalb kann im Moment niemand darauf zugreifen. Nicht einmal du«, informierte David sie.

»Aber ich brauche doch die Unterlagen für meinen Vortrag«, sagte Maja mit einem verzweifelten Unterton.

»Das wissen wir ja. Ich kläre sofort das weitere Vorgehen mit Robyn«, beruhigte David sie und zog sein Handy aus der Tasche.

»Wie war Ihre Nacht, Stein?«, meldete sich Robyn.

»Es gab nichts Ungewöhnliches«, antwortete David. »Ich denke, dass heute keine große Gefahr mehr droht. Hier wimmelt es von Agenten der französischen Geheimpolizei.«

»Statistisch gesehen treten Gefahren exakt in den Momenten auf, wenn man sich am sichersten fühlt«, gab Robyn zu bedenken.

»Meine Wachsamkeit sinkt deshalb nicht, das müssten Sie eigentlich wissen.«

»Das war auch nicht meine persönliche Meinung, sondern ich habe bloß eine Statistik zitiert.«

»Wann können wir die Daten von Jonas bekommen?«

»Ich erledige das für Sie, wenn wir absolut sicher sind, dass keine Gefahrenquelle mehr in Ihrer Nähe existiert.«

»Geht in Ordnung. Gibt es etwas Neues von dem geheimnisvollen Hacker?«

»Nein, im Moment ist das Signal nicht aktiv. Die weitere Vorgehensweise sieht so aus: In zwanzig Minuten fahren Sie mit der Gondel nach oben in das Chalet-Hotel. Die Fahrt dauert genau fünfzehn Minuten. Im Hotel werden Sie bereits erwartet und sofort auf Ihre Zimmer gebracht. Dort erhalten Sie einen Zeitplan für den weiteren Tagesablauf bis hin zum Termin der Abstimmung. Im Anschluss daran fahren Sie wieder mit der Gondel ins Tal und werden zum Flughafen gebracht. Ihr Auftrag ist damit erfüllt.«

»Danke für die Informationen. Dann machen wir uns bald auf den Weg.« David legte sein Handy zur Seite. »Wir müssen in ein paar Minuten aufbrechen«, sagte er zu Maja.

»Ich hole mir noch schnell einen Kaffee.« Maja stand auf und ging zu dem stylishen Kaffeeautomaten, der auf einem Bord aus Birnenholz stand. Gerade füllte ein schlanker Mann um die dreißig mit dunklen Haaren und Brille seine Tasse auf und lächelte Maja freundlich an.

»Für welchen Minister arbeiten Sie?«, sprach er Maja an.

»Ich bin für einen Vortrag engagiert«, entgegnete Maja kurz angebunden.

»Sie halten sicher einen Umweltvortrag«, redete der Mann weiter.

»Wie kommen Sie darauf?« Maja hielt ihre Tasse unter den Auslauf.

»Darf ich?« Der Mann drückte auf einen Knopf, und schwarzer Kaffee ergoss sich in Majas Tasse.

»Sie haben zwei Zöpfe wie Greta Thunberg, die bekannte Umweltaktivistin. Haben alle Schwedinnen diese Frisur?«, bemerkte er mit einem charmanten Lächeln.

»Keine Ahnung, ich finde es einfach praktisch. Haben Sie keine anderen Sorgen?«

»Das war nur nett gemeint«, lenkte der Mann sofort ein. »Aber im Ernst: Oben im Hotel tagen die EU-Umweltminister, da ist es doch irgendwie logisch, dass sich Ihr Vortrag um die Umwelt dreht.«

»Stimmt.« Maja nickte.

»Ich heiße Luc.« Der Mann streckte Maja die Hand entgegen.

»Maja.« Der Händedruck von Luc war kräftig und sein Lächeln hatte etwas Jungenhaftes.

»War schön, Sie kennenzulernen«, meinte Luc. »Ich bin übrigens Arzt, falls Sie oben im Hotel ein gesundheitliches Problem bekommen sollten.«

»Danke, aber ich bin kerngesund.«

»Das dachte ich mir sofort. Sie strahlen Energie und Lebensfreude aus. Vielleicht sieht man sich nach dieser Veranstaltung wieder.«

»Ja, vielleicht«, verabschiedete sich Maja und ging wieder zu David.

»Wer war das?« David musterte den Mann eingehend, der gerade eine Tageszeitung durchblätterte.

»Er heißt Luc und ist der Arzt, falls im Hotel etwas passiert«, erklärte Maja.

»Brauchst du noch etwas aus deinem Zimmer?«, fragte David.

»Ich habe meinen Anorak schon dabei. Aber was ist mit unseren Sachen?«

»Die bleiben hier in der Rezeption, denn wir kehren abends wieder hierher zurück.« David stand auf. Er verband die Ohrhörer mit seinem Handy, um mit Robyn in Kontakt zu bleiben.

Gemeinsam mit Assistentinnen, Beratern, dem Arzt und mehreren Agenten stiegen Maja und David in die Gondel, die sie zum Chalet-Hotel auf fast dreitausend Meter hinaufbefördern würde. Als alle Personen von der Polizei kontrolliert waren, setzte sich die Gondel in Bewegung. In der Zwischenzeit hatte der Wind an Heftigkeit zugelegt und die Gondel schwankte bedenklich.

»Ich bin nicht ganz schwindelfrei. Hoffentlich stürzen wir nicht ab«, murmelte Maja und blickte nervös nach draußen, wo die Baumwipfel unter ihnen in dem dichten Schneetreiben fast nicht mehr auszumachen waren.

»Keine Angst. Diese Gondeln sind für extreme Witterungsverhältnisse ausgelegt«, beschwichtigte David sie.

»Stein, sind Sie schon in der Gondel?«, hörte David die Stimme von Robyn über seinen Ohrhörer.

»Ja, weshalb fragen Sie?«, antwortete er leise und drehte sich zur Seite.

»Das Signal ist wieder aktiv. Todesfalter ist online«, sagte Robyn mit gepresster Stimme.

»Ist das sein Codename? Können Sie seinen Standort feststellen?« David blickte zurück zur Talstation, die im dichten Schneetreiben nur noch undeutlich zu erkennen war.

»Stein, das Signal kommt ganz aus Ihrer Nähe.« Robyn wurde unvermittelt hektisch.

»Was? Sie glauben, Todesfalter befindet sich in der Gondel?«, fragte David ungläubig.

»Genauso ist es.«

»Ich versuche, ihn zu identifizieren.« Unauffällig schaute sich David um, doch fast alle Passagiere hatten Mützen auf und waren wegen der Kälte dick vermummt. Die meisten hatten ihre Handys gezückt und blickten darauf.

»Es sind gerade zu viele Personen anwesend«, informierte David Robyn. »Haben Sie einen Anhaltspunkt, wie ich diese Person identifizieren kann?«

»Todesfalter ist um die dreißig und hat einen tätowierten Schmetterling auf der Innenseite seines rechten Unterarms.«

»Woher wissen Sie das alles?«

»Todesfalter war bei mir«, gestand Robyn zerknirscht.

»Wie bitte?«

»Sie haben richtig gehört. Todesfalter hat sich bei mir eingeschlichen und meinen Computer manipuliert. Ich habe einen unverzeihlichen Fehler gemacht, Stein«, bekannte Robyn niedergeschlagen. »Ich habe Sie und Maja in Lebensgefahr gebracht. Deshalb ist es ganz klar, dass Sie dieses Vergehen an Müller melden. Und ich kann auch verstehen, wenn man mich deswegen feuert.«

»Darum geht es im Moment nicht, Robyn. Jeder von uns macht einmal Fehler, auch Sie. Und davon abgesehen, haben Sie mir schon so oft das Leben gerettet. Jetzt müssen wir eruieren, wer von den Passagieren Todesfalter ist. Sie müssen doch sein Gesicht gesehen haben, wenn er bei Ihnen war.«

»Er hatte die Kapuze seines Hoodies ganz tief in die Stirn gezogen und wollte, dass ich kein Licht mache.«

»Ist Ihnen das nicht verdächtig erschienen?«, wunderte sich David.

»Nein, denn die Statuten des Klubs verbieten es, dass man sich persönlich trifft.«

»Was für ein Klub?«

»Ein Klub für Leute mit hoher Intelligenz. Aber meine Klugheit ist wahrscheinlich doch zu eindimensional«, bezichtigte Robyn sich.

Ohne Vorwarnung wurde die Gondel langsamer und begann, heftig zu schaukeln. Plötzlich blieb sie ruckartig stehen und schwang leicht nach rechts und links. David blickte kurz aus dem Fenster, konnte aber in dem heftigen Schneetreiben nichts erkennen.

»Was ist passiert?«, fragte Maja und spähte nervös umher.

Luc, der Arzt, lächelte ihr beruhigend zu und zuckte bedauernd mit den Schultern.

»Die Gondel ist stehen geblieben. Gibt es einen Stromausfall?«, fragte David Robyn.

»Ich logge mich sofort in das System des Elektrizitätswerks von Les Deux Alpes ein«, versprach Robyn, und David hörte, wie sie ihre Tastatur bearbeitete.

»Nein, da wird nichts gemeldet«, sagte sie nur wenige Augenblicke später. »Achtung, Stein! Das Signal ist jetzt ganz nahe bei Ihnen. Passen Sie auf!«

David blickte unauffällig umher. Er bemerkte einen Agenten des DGSI, des französischen Inlandsgeheimdienstes, den er an dem roten Zeichen am Revers seines Mantels erkannte. Der Mann war etwa dreißig Jahre alt und rückte langsam an Maja heran. Mit ausdrucksloser Miene scrollte er durch Informationen auf seinem Handy. Bei jedem Schwenk der Gondel kam er einen Schritt näher auf Maja zu. Plötzlich griff er in die Tasche seines Mantels und zog einen schmalen Gegenstand hervor. David konnte nicht genau bestimmen, was es war. Es sah aus wie eine kleine Spritze oder ein Rasiermesser, aber er war sich nicht sicher.

»Stein, das Signal überschneidet sich gleich mit dem Ihren. Können Sie endlich jemanden identifizieren?«, meldete sich Robyn ungeduldig.

»Ein Agent des französischen Geheimdienstes könnte unser Mann sein«, wisperte er.

»Beschreiben Sie die Zielperson«, forderte ihn Robyn auf.

»Mittelgroß, dunkelhaarig, um die dreißig«, antwortete David leise.

»Das muss er sein. Sehen Sie vielleicht das Tattoo?«

»Nein, er hat einen Mantel an.«

»Egal, schützen Sie Maja.«

Die Gondel schwankte vor und zurück. Maja hielt sich an einer Mittelstange fest und hatte die Lippen fest zusammengepresst. Ihr Gesicht war bleich und sie zitterte leicht. Der Arzt streckte ihr auffordernd eine Wasserflasche entgegen.

»Danke«, sagte Maja mit gequältem Gesichtsausdruck und winkte ab. »Ich leide an Höhenangst.«

Inzwischen hatte der Agent Maja fast erreicht und hielt den Gegenstand unter seinem Handy verborgen. Unmerklich spannte David seine Muskeln an. Jetzt stand der französische Agent direkt hinter Maja und zückte den Gegenstand. David trat hinter den Mann und drückte ihm mit zwei Fingern die Luftröhre ab. Sofort sackte der Agent zusammen, doch David fing ihn so geschickt auf, dass niemand etwas bemerkte.

Plötzlich gab es einen Ruck und die Gondel setzte sich wieder in Bewegung.

David ließ den Agenten auf einen an der Wand befestigten Klappsitz sinken und griff nach dem Gegenstand. Es war nur ein elektronischer Zeichenstift für das Display seines Handys.

»Dem Mann ist übel geworden.« David winkte dem Arzt und deutete auf den in sich zusammengesunkenen Agenten.

»Ich kümmere mich sofort um ihn.« Der Arzt lächelte freundlich und kniete sich neben den ohnmächtigen Geheimdienstler.

»Falscher Alarm«, flüsterte David Robyn zu.

»Das Signal ist verschwunden«, verkündete Robyn. »Aber es besteht höchste Alarmstufe. Todesfalter fährt mit Ihnen ins Hotel.«

37

LES DEUX ALPES – CHALET-HOTEL

Das Schneetreiben hatte ein wenig nachgelassen, als die Gondel das Hotel erreichte. Im Gegensatz zu der futuristisch designten Talstation wirkte das Hotel wie eine überdimensionierte Almhütte. Die Wände waren mit verwitterten Holzschindeln verkleidet und das lang gezogene Dach mit großen Steinen beschwert. Über dem Eingang hing ein kapitales Hirschgeweih und alle Portiers trugen historische Trachten aus dem letzten Jahrhundert.

»Du gehst sofort auf dein Zimmer und verlässt es nur in Begleitung von Wachpersonal«, schärfte David Maja ein, als sie das hohe Foyer betraten, in dessen Mitte ein riesiger Kupferkessel an einer Kette von der Decke baumelte. Rund um das Foyer verlief eine Galerie, von der aus man zu den einzelnen Suiten gelangte.

»Das ist ja wie im Gefängnis«, murrte Maja. »Ist das wirklich nötig?«

»Ja. Es ist jemand im Hotel, der es auf dich abgesehen hat«, sagte David.

»Will er mich töten, so wie Jonas?«

»Ich gehe davon aus. Deshalb öffnest du deine Zimmertür ausschließlich, wenn ich oder jemand vom Wachpersonal klopft.« David pochte in einem bestimmten Rhythmus an die Wand. »Hast du dir das Klopfzeichen gemerkt?«

»Habe ich. Und was machst du in der Zwischenzeit?«

»Ich lade die Dateien herunter und bringe sie dir danach vorbei«, antwortete David. »Vor deinem Zimmer steht ein bewaffneter Wachposten. Es kann dir also nichts geschehen.«

Gemeinsam mit David stieg Maja eine knarrende Holztreppe hinauf zur Galerie des Obergeschosses. Auch hier bestanden die Wände aus roh behauenen Baumstämmen, was an eine Blockhütte erinnerte. Vergilbte Fotografien hingen in aus Ästen geformten Bilderrahmen und zeigten die ausgemergelten Gesichter von Bergbauern. Vor einer Tür am äußeren Ende der Galerie saß ein Wachmann auf einem Stuhl. Als er David und Maja bemerkte, sprang er auf und öffnete die Tür, um sie hineinzulassen.

»Hat jemand dieses Zimmer zuvor betreten?«, fragte David den Beamten.

»Nein, Monsieur.«

Maja war beeindruckt von der Aussicht des Zimmers direkt auf das Gipfelkreuz, das nur einige Meter über dem Hotel in den grauen Himmel ragte.

»Ich lasse dich jetzt alleine. Denk daran, was ich dir gesagt habe«, ermahnte David sie, ehe er den Raum verließ.

Mit einem Seufzer setzte sich Maja auf das Bett und ließ die letzten Tage Revue passieren. So viel war geschehen, dass sie sich nicht mehr an jede Einzelheit erinnern konnte. Die Eindrücke überlagerten sich und wurden zu einem einzigen rasenden Film. Sie fühlte sich müde und ausgelaugt, aber gerade jetzt konnte sie sich keinen Durchhänger erlauben. Auf dem Nachttisch lag eine Mappe mit den Angeboten des Hotels, die Maja durchblätterte.

»Wie schön, es gibt ja ein Dampfbad«, frohlockte sie, als sie auf die entsprechende Seite im Verzeichnis stieß. Dieses gesunde Bad erinnerte sie an Schweden und war genau das Richtige, um sich wieder fit zu fühlen. Sie öffnete den Wandschrank, in dem ein flauschiger Bademantel und ein Jogginganzug lagen. Ohne lange zu überlegen, schlüpfte sie in den Freizeitdress und öffnete die Tür.

»Ich gehe ins Dampfbad. Ist das okay?«, wandte sie sich an den Wachmann.

»Ich begleite Sie, Mademoiselle.« Er wartete, bis Maja die Suite verlassen hatte, schloss gewissenhaft die Tür ab und folgte ihr hinaus auf die Galerie. Auf der anderen Seite trat gerade Luc, der Arzt, aus dem Zimmer, aber ohne sie zu beachten.

Von der Galerie führte ein verschnörkelter Aufzug bis hinunter in den Keller, wo sich der Wellnessbereich des Hotels befand. Schweigend fuhren Maja und der Wachmann nach unten und passierten einen langen Korridor, bis sie das Dampfbad erreichten.

»Ich mache einen kurzen Check und warte danach draußen«, verkündete der Beamte, während Maja in den Vorraum ging und wartete.

Der Mann kam im selben Moment retour und sagte zu ihr: »Alles in Ordnung. Ich wünsche Ihnen ein entspannendes Vergnügen.«

Nachdem Maja sich ausgezogen hatte, schlang sie sich ein Handtuch um die Hüften und betrat das dampferfüllte Bad. Niemand sonst war in dem runden Raum, der mit seinen Fresken und künstlich abgeblätterten Wänden an eine römische Therme erinnerte. Maja legte sich auf eine Steinbank und spürte die feuchtheiße Luft über ihren Körper streichen. Nach und nach entspannte sie sich und ihre Lider wurden schwer. Sie dachte an Jonas und die Stunden mit ihm, in denen sie sich eine Zukunft als altes Paar in einer schwedischen Blockhütte ausgemalt hatten. Aber es war alles anders gekommen und sie sah wieder das Gesicht ihres toten Freundes mit dem Einschussloch in der Stirn vor sich. Schnell richtete sie sich auf. Sie strich die Haare zurück und wischte sich den Schweiß aus dem Gesicht.

Mit einem Mal spürte sie einen kalten Luftzug. Maja lugte zur Tür, konnte aber in dem dichten Dampf nichts erkennen. Sie überfiel das Gefühl von Kälte, die sich in dem Dampfbad ausbreitete. Hastig griff sie nach ihrem Handtuch, wickelte es um ihren Körper und stieg von der Liegefläche hinunter. Plötzlich vernahm sie ein lautes Zischen, so, als hätte jemand Wasser auf die Kohlebecken geschüttet.

»Ist da jemand?«, rief sie in den Nebel hinein und lauschte. Jetzt glaubte sie, leise Schritte zu vernehmen. Ihr Herz begann wie verrückt zu klopfen und ihre Nackenhaare stellten sich auf.

»Hallo! Wer ist da?« Maja bemühte sich, selbstsicher zu klingen, obwohl sie vor Angst zitterte. Durch Wedeln mit den Händen versuchte sie vergebens, den Dampf ein wenig zu verscheuchen, um wenigstens die Tür zu erkennen. Endlich hatte sie sie erreicht und wollte sie gerade öffnen, als sich eine Hand auf ihre nackte Schulter legte.

»Du solltest nicht zu lange im Dampfbad bleiben. Das ist nicht gut für das Herz«, hörte sie eine Stimme in ihrem Rücken.

Mit einem Schrei wirbelte Maja herum und blickte in das Gesicht von Luc. Er trug dunkle Hosen sowie ein enges schwarzes Hemd und schien in seinen Kleidern überhaupt nicht zu schwitzen.

»Was machen Sie hier?«, fragte Maja und wich gleichzeitig einen Schritt zurück.

»Ich habe mir Sorgen gemacht. Du warst so lange im Dampfbad, da musste ich nachschauen, ob alles in Ordnung ist.« Luc lächelte verschmitzt und kam langsam näher.

»Mir geht es gut. Ich brauche keinen Arzt«, grummelte Maja und tastete hinter ihrem Rücken nach dem Türgriff. Als sie ihn zu fassen bekam, drehte sie den Knauf und die Tür öffnete sich einen Spalt breit.

»Ich gehe jetzt wieder auf mein Zimmer!«, rief sie nach draußen, wo der Sicherheitsbeamte wartete.

»Das ist wirklich eine gute Idee«, stimmte ihr Luc zu. »Ich begleite dich.«

»Nicht nötig, ein Personenschützer ist für meine Sicherheit zuständig«, beschied ihn Maja und riss die Tür auf.

Der Wachmann lag auf dem Boden, als würde er schlafen, doch sein Kopf war grotesk verdreht.

»O mein Gott! Was ist mit ihm geschehen?«

»Er ist tot«, konstatierte Luc kühl.

»Tot?« Maja presste sich die Faust vor den Mund, um nicht laut aufzuschreien. Erst jetzt fiel ihr auf, wie problemlos Luc in das Dampfbad gelangt war. War Luc vielleicht der Mann, vor dem David sie gewarnt hatte? *Mein Gott, wie naiv bin ich nur gewesen*, dachte sie und wollte wegrennen. Doch sie wurde so fest an den Haaren zurückgerissen, dass sie nach hinten taumelte und gegen Luc prallte.

»Wir gehen jetzt auf dein Zimmer und du gibst mir die Daten von Jonas. Wenn uns jemand aufhält, dann sagst du, du hättest ein Kreislaufproblem und brauchst einen Arzt. Hast du das verstanden, Maja?«, fragte Luc mit seiner angenehm weichen Stimme und hielt ihr ein kleines Skalpell an den Hals.

»Ja, verstanden. Aber ich habe die Dateien nicht. Sie sind in der Cloud eingeschlossen.«

»Das stimmt, ist aber kein Problem. Ich habe das Gespräch zwischen Stein und Robyn mitgehört.« Luc packte Maja am Arm und deutete auf den Jogginganzug, der auf der Bank im Vorraum lag. »Zieh dich an.«

Kurz darauf fuhren sie mit dem Aufzug hinauf in das Obergeschoss. Als Luc das Scherengitter des Lifts aufschob, sah Maja einen Wachmann gegenüber auf einem Stuhl sitzen. Er hob den Kopf, als sich die beiden näherten.

»Madame, Monsieur, welches Zimmer?«, erkundigte sich der Mann und schaute sie an.

»Antworte, sonst stirbst du sofort«, zischte Luc und drückte Maja seine Faust in den Rücken.

»Ich habe ein Kreislaufproblem. Der Doktor gibt mir etwas dagegen«, sagte sie und stierte den Mann mit unnatürlich aufgerissenen Augen an. Aber der Wachposten deutete ihren Hilfe suchenden Blick falsch.

»Richtig, ich kann das an Ihren Augen sehen«, meinte der Beamte und wies auf Luc. »Monsieur, wer sind Sie? Können Sie sich ausweisen?«

»Ich bin Doktor Luc Castillon und mein Ausweis befindet sich in meinem Zimmer. Ich hole ihn später. Jetzt muss ich aber dringend dieser Patientin helfen.«

»In Ordnung, Doktor Castillon. Sie können passieren.«

Langsam gingen beide den Korridor entlang, bis sie vor Majas Zimmertür standen. Angespannt suchte Maja nach einer Fluchtmöglichkeit. Unauffällig warf sie einen Blick hinter sich. Der Wachmann neben dem Aufzug hatte sich wieder in eine Zeitschrift vertieft und sonst war niemand zu sehen. Nur auf der gegenüberliegenden Seite der Galerie patrouillierten zwei schwerbewaffnete Männer einer französischen Spezialeinheit vor den Türen der Minister auf und ab.

»Wusstest du, dass es einen Punkt im Nacken gibt, hinter dem sich der Hirnstamm befindet? Eine Verletzung zieht eine sofortige Lähmung nach sich«, hörte sie die leise Stimme von Luc an ihrem Ohr. »Man nennt das Locked-in-Syndrom. Du nimmst deine Umgebung mit allen Sinnen wahr, bist aber in deinem gelähmten Körper gefangen. Versuch also nicht, die Aufmerksamkeit der beiden Herren dort drüben zu erringen.«

Maja nickte unmerklich und Luc öffnete mit der Sicherheitskarte die Tür.

»Setz dich bitte, Maja«, sagte Luc sanft, nachdem sie die Suite betreten hatten, und wies auf das Bett. »Jetzt kümmern wir uns um David Stein.«

38

Die Monitore an den schwarzen Wänden im Black Room der Abteilung warfen gespenstische Schatten auf die Gesichter der IT-Experten, die ununterbrochen die Bilder der verschiedenen Überwachungskameras analysierten.

Robyn hatte die Nacht im Black Room verbracht, denn nach wie vor machte sie sich Vorwürfe wegen ihres Fehlers. Insgeheim schwor sie sich, nie wieder den Versuch zu unternehmen, eine menschliche Beziehung aufzubauen. Doch jetzt galt es, Stein zu helfen und herauszufinden, wer dieser Todesfalter wirklich war. Deshalb hatte sie die unterschiedlichsten Stichwörter eingegeben, die einen Zusammenhang mit FuturX hatten. Sie hatte die Sachlage durchdacht und war zu dem Schluss gekommen, dass eine Verbindung zwischen Todesfalter und FuturX und auch Gloria Schmidt existieren musste. Weshalb war Todesfalter sonst so an den Daten interessiert?

»Was bedeutet der Aufwand hier?«, wollte Müller wissen, der gerade in den Black Room kam.

»Wir haben die Information erhalten, dass sich eine Person mit dem Decknamen ›Todesfalter‹ in dem Chalet-Hotel befindet und verhindern will, dass die brisanten Fakten von Maja präsentiert werden«, antwortete Robyn.

»Wieso haben wir davon nichts gewusst?« Müller nahm seine schwarze Brille ab und rieb sich die Nasenwurzel. »Wie kann es sein, dass sich eine suspekte Person in dem Chalet-Hotel aufhält?«

»Wir sind dabei, das herauszufinden. Die Zielperson muss sich unter fremdem Namen eingeschleust haben. Wir bemühen uns gerade, die Identität von Todesfalter zu eruieren.«

»Dann beeilen Sie sich, in wenigen Stunden beginnt bereits die Sitzung der EU-Umweltminister.« Müller marschierte zu dem großen Monitor und starrte auf Hunderte von winzigen Bildsequenzen, die parallel abliefen.

»Ich starte jetzt eine Selektion«, sagte Robyn und gab einem der IT-Techniker das Zeichen. Dieser schickte eine Suchmaske auf die riesige Glaswand, in die Robyn »FuturX« eintippte und einen rückwirkenden Zeitraum von drei Jahren. Im Zeitraffer liefen die Bilder und Videos über den zentralen Monitor. Robyn selektierte die Bilder erneut, indem sie den Namen »Gloria Schmidt« dazustellte. Immer noch war eine Unmenge von Videos vorhanden, die die diversen Vorträge und PR-Auftritte von Gloria zeigten. Robyn stellte fest, dass Gloria bei jedem ihrer Vorträge das Bild eines chinesischen Mädchens einblendete und dazu eine kleine Geschichte erzählte. So auch in einem Video, das anlässlich einer Investorenpräsentation im Netz gelandet war. In dem drei Jahre alten File wurde Alexej Alexandrowitsch als neuer Kapitalgeber von FuturX vorgestellt, und Robyn musste zugeben, dass Gloria eine charismatische Persönlichkeit war, die ihre Zuhörer packen und mitreißen konnte. Das Video war beinahe zu Ende und Robyn dachte schon über eine andere Selektionsmethode nach, als sie plötzlich aus den Augenwinkeln etwas entdeckte.

Die Kamera schwenkte noch einmal zu den geladenen Gästen und folgte Gloria, die Hände schüttelte und mit ihren langen dunklen Haaren und dem schlichten Kleid ausgesprochen attraktiv wirkte. Jetzt machte die Kamera wieder einen Bogen zur Bühne, aber während des Schwenks sah Robyn, wie Gloria auf einen Mann mit schwarzen Haaren zuging und ihm fast zärtlich über den Arm strich. Der dunkle Pullover des Mannes wurde ein Stück hochgeschoben und Robyn erkannte auf der Innenseite seines rechten Arms einen dunklen Fleck.

»Was ist das?« Elektrisiert blickte Robyn auf und stoppte das Video. Angespannt ließ sie es bis zum Ausgangspunkt zurücklaufen. Sie erinnerte sich an Todesfalter, als er bei ihr gewesen war. Auch er hatte ein Tattoo an dieser Stelle gehabt. Das konnte kein Zufall sein! Sofort aktivierte sie ein Super-Slow-Motion-Programm und analysierte Bild für Bild. Als sie die gesuchte Szene fixiert und abgespeichert hatte, vergrößerte sie den Ausschnitt mit dem Arm immer weiter, bis die einzelnen Pixel alle Umrisse auflösten. Mit einem Bearbeitungsprogramm korrigierte sie das Detailbild so lange, bis wieder eine Kontur zu erkennen war.

»Das ist ein Schmetterlingstattoo«, bemerkte sie zu Müller, der an die Glaswand trat und das Mal eingehend betrachtete.

»Sie haben recht. Das ist ein schwarzer Falter.«

»Wir haben endlich ein Gesicht. Jetzt brauchen wir nur noch einen Namen für Todesfalter.«

Robyn ließ das File wieder in Super-Slow-Motion über den Bildschirm laufen, um eine verwertbare Ansicht des Gesichts von Todesfalter zu erhalten. Mithilfe einer Gesichtserkennungssoftware wurde sie in dem Jahrbuch einer Hochschule in Hamburg fündig. Es war die private Elite-Universität Biotech, die sich auf Biotechnik und Atomchemie spezialisiert hatte.

»Unser Mann heißt Morton Bergham. Du bist also der Todesfalter. Jetzt habe ich dich. Und ich werde mich eingehend mit deiner Vergangenheit beschäftigen.« Robyn ließ den Namen durch die Verzeichnisse der Universität laufen.

»Das ist aber interessant«, murmelte Robyn, als sie eine Immatrikulationsliste öffnete. »Gloria Schmidt und Morton Bergham haben an derselben Uni studiert.«

»Was haben wir noch?« Müller drehte sich zu Robyn und blickte sie fragend an.

»Hier steht, dass es ein Studienprojekt gab, an dem sie gemeinsam mit einem weiteren Studenten, Felix Zanger, gearbeitet haben. Dieser ist allerdings später spurlos verschwunden, und Gloria und Morton haben das Projekt allein weitergeführt.«

»Nehmen Sie sofort mit dem zuständigen Professor Kontakt auf. Irgendetwas stimmt da nicht«, ordnete Müller an. »Wir müssen herausfinden, was damals wirklich passiert ist.«

»Das ist ein Doktor Anatol März«, antwortete Robyn und wählte bereits die Nummer. Kurz darauf war sie mit dem Sekretariat der Universität verbunden und trug ihr Anliegen vor.

»Ich frage nach, ob der Herr Professor Zeit hat«, erwiderte die Sekretärin und schickte Robyn in eine Warteschleife.

»März«, meldete sich bald darauf ein Mann mit sonorer Stimme.

»Es geht um zwei Ihrer Studenten, Gloria Schmidt und Morton Bergham, die Sie vor Jahren unterrichtet haben«, erklärte Robyn, nachdem sie sich vorgestellt hatte.

»Gloria und Morton?«, sagte der Professor gedehnt. »Was möchten Sie denn wissen?«

»An welcher Entwicklung haben die beiden damals gearbeitet?«, fragte Robyn.

»Es waren eigentlich drei Studenten. An der Universität wurden sie das ›Triumvirat‹ genannt, weil sie dauernd

235

zusammensteckten. Sie experimentierten mit Kohlenstoff-14, um eine Nuklearbatterie zu entwickeln.«

»Wer von den dreien war denn federführend bei dieser Entwicklung?«

»Das kann ich nicht sagen. Sie haben immer nur von ›wir‹ gesprochen. Jedenfalls war es nicht klar, wer die Grundidee hatte. Aber wenn ich es mir so recht überlege, war Felix das Genie in diesem Trio. Von ihm stammten die innovativsten Ansätze. Er war ein enorm heller Kopf. Darum war ich sehr bestürzt, als Felix spurlos verschwand.«

»Haben Sie eine Ahnung, was passiert sein könnte? Gab es Streit zwischen den dreien?«

»Genaues weiß ich leider nicht, nur so viel: Ich bin in der Nacht, in der Felix verschwand, mit meinem Hund spazieren gegangen. Neben dem Unigelände befindet sich ein ausgedehntes Waldgebiet, das an einen Sumpf grenzt. Plötzlich ist mir Gloria entgegengekommen. Sie war ja eine meiner hübschesten Studentinnen, aber an jenem Abend habe ich sie fast nicht wiedererkannt. Mit zerrauften Haaren, verschwitzt und mit schmutziger Kleidung tauchte sie wie ein Gespenst vor mir auf. Sie ist mit schreckgeweiteten Augen auf mich zugetaumelt und hat unentwegt gesagt: ›Ich wollte das nicht! Ich wollte das nicht!‹ Ich denke, sie hat mich überhaupt nicht registriert.«

»Glauben Sie, dass sie etwas mit dem plötzlichen Verschwinden von Felix zu tun gehabt hat?«, forschte Robyn weiter.

»Ich weiß es nicht, aber zutrauen würde ich es Gloria schon. Sie war von jeher extrem ehrgeizig und hat ihre Ziele rücksichtslos verfolgt. Aber das sind natürlich alles nur Vermutungen. Gloria und Morton haben später bei der Polizei ausgesagt, dass Felix unter Depressionen litt.«

»Er könnte also Selbstmord begangen haben?«, fragte Robyn nach.

»Ich habe keine Ahnung.«

»Danke, Sie haben mir geholfen«, verabschiedete sich Robyn und trennte die Verbindung. Gleich darauf wählte sie sich in eine sichere Leitung ein, um David Stein zu erreichen. Robyn schickte ihm ein Foto von Morton Bergham mit dem Text »Todesfalter hat jetzt eine Identität«. Doch das Handy von David war abgeschaltet.

39

LES DEUX ALPES – CHALET-HOTEL

David stand am Fenster seiner Suite und blickte zu dem Gipfelkreuz hinauf, das ein paar Meter über dem Hotel in den Himmel ragte. Mittlerweile hatte es aufgehört zu schneien und der Himmel klarte auf. Er griff nach seinem Handy, um Robyn zu bitten, die Daten in der Cloud freizugeben, damit er sie downloaden konnte, als es klingelte. Gleichzeitig aktivierte sich die Tracking-App, die Robyn für die Ortung von Todesfalter bei ihm installiert hatte. Irritiert nahm David den Anruf entgegen.

»David Stein. Es freut mich, Sie persönlich zu sprechen«, hörte er eine weiche Stimme.

»Mit wem spreche ich?«, fragte David, obwohl er wusste, wer in der Leitung war.

»Sie sind doch intelligent und können eins und eins zusammenzählen.«

»Was wollen Sie, Todesfalter?«

»Kommen Sie bitte sofort in das Zimmer von Maja, dort können wir alles Nähere besprechen.«

»Was haben Sie vor und wo ist Maja?«

»Maja geht es gut. Sie sitzt neben mir und erfreut sich bester Gesundheit. Noch …«, setzte Morton hinzu.

»Okay, ich komme«, sagte David knapp. »Tun Sie ihr nichts. Ich bin sofort bei Ihnen.« Hastig trennte er die Verbindung.

Im selben Augenblick erhielt er ein Foto von Robyn mit dem Text: »Todesfalter hat jetzt eine Identität.« Das Foto zeigte den Arzt Castillon, mit dem sich Maja unterhalten hatte und der ebenfalls in der Gondel gewesen war. »Wirklich clever«, knurrte David und wusste, dass er seinen Gegner nicht unterschätzen durfte. Er eilte hinaus auf die Galerie und wählte sich gleichzeitig in die sichere Leitung zu Robyn ein.

»Todesfalter hat Maja in seiner Gewalt. Ich bin auf dem Weg zu ihm.«

»Stein, ich bleibe die ganze Zeit online, damit ich Sie so weit wie möglich unterstützen kann.«

David stand vor Majas Suite. Erst jetzt fiel ihm auf, dass kein Security-Mann davor Wache hielt. Noch ehe er klopfte, wurde die Tür aufgerissen. Maja starrte ihn mit schreckgeweiteten Augen an.

»David«, flüsterte sie, »Luc hat mich im Dampfbad überwältigt und den Wachmann getötet.«

»Keine Sorge, Maja, alles wird gut«, machte David der jungen Frau Mut.

»Das hängt ganz davon ab, David Stein, wie Sie sich verhalten. Aber kommen Sie doch herein.« Morton tauchte hinter Maja auf und hielt ihr ein schmales Skalpell an den Hals. »Nehmen Sie bitte auf dem Bett Platz«, wies er ihn an und trat von der Tür weg.

Als David sich setzte, stieß Morton Maja auf einen Stuhl. Aus dem Bund seiner Hose zog er eine Parabellum mit Schalldämpfer.

»Sie wissen, warum Sie hier sind?«, wandte sich Morton an David.

»Natürlich, ich soll Ihnen die Daten übergeben.«

»Falsch. Ich brauche die Daten nicht mehr. Sie werden sämtliche Ordner, die sich in der Cloud befinden, vor meinen Augen löschen. Auf diese Weise ist unser Problem für immer gelöst«, klärte ihn Morton auf.

»Das geht nicht. Ich habe die Codes für die Entschlüsselung des Sarkophags noch nicht erhalten«, antwortete David, um Zeit zu gewinnen.

»Halten Sie mich für so dumm, David? Bitte beeilen Sie sich, sonst …«

Morton lächelte siegesgewiss und stellte sich hinter Maja. Mit dem Skalpell ritzte er leicht die Haut an ihrem Hals ein und Maja zuckte zusammen. Ein heller Blutstropfen perlte über ihre weiße Haut und versickerte im Kragen ihres Joggingshirts.

»Hören Sie mit Ihren Psychospielchen auf, Morton Bergham alias Todesfalter, Absolvent der Biotech-Universität in Hamburg. Als intelligenter Mensch müssten Sie wissen, dass Sie keine Chance haben, von hier zu verschwinden. Man kennt Ihre Identität und es gibt dazu auch ein Foto. Also, wozu dieser ganze Aufwand?«

»Sie verstehen nichts, David«, zischte Morton. »Der Weg ist das Ziel. Unsere bahnbrechende Entwicklung wird die Welt revolutionieren. Diese nuklear betriebenen Fahrzeuge retten das Klima des Planeten. Die nächste Generation wird es uns danken. Ich habe all das nur aus Liebe getan, für Gloria. Wahre Liebe ist doch für Sie ein Fremdwort …«

»Darum geht es jetzt nicht. Es ist falsch, für diese Entwicklung unschuldige Menschenleben zu opfern«, warf David ein.

»Es gibt immer Kollateralschäden, das lehrt uns die Geschichte. So ist das eben. Visionäre wie ich und Gloria können nicht von solchen Kleinigkeiten aufgehalten werden.«

»Hören Sie auf mit diesem philosophischen Gerede. Ihnen geht es lediglich um den Profit.«

»Schon wieder falsch, David!« Morton wirkte mit einem Mal enttäuscht. »Sie denken, ich mache das bloß des Geldes wegen? Da haben Sie sich getäuscht. Es dreht sich allein um Gloria und ihren Ruhm! Aber genug geredet, kommen wir jetzt zu den Daten!«

»Ich probiere, mit Robyn Kontakt aufzunehmen. Habe ich Ihr Wort, dass Sie Maja dann freilassen?«, vergewisserte sich David.

»Wenn alles zu meiner Zufriedenheit abläuft.«

David griff nach seinem Handy und verband sich mit Robyn.

»Haben Sie den Sarkophag bereits geöffnet?«, fragte er.

»Ja, das ist erledigt«, bestätigte Robyn.

»Schalten Sie auf Lautsprecher, wir wollen alle zuhören«, mischte sich Morton ein.

»Hallo, Robyn«, begrüßte er sie. »Deine Wohnung ist wirklich entzückend, aber du solltest auch dein Privatleben intensivieren und nicht Tag und Nacht arbeiten.«

»Die derzeitige Situation erlaubt keine Abschweifungen. Bleiben wir beim Wesentlichen. Sagen Sie mir, was ich zu erledigen habe«, parierte Robyn ohne sonderliche Gefühlsregung.

»Robyn, du bist immer so kühl und unnahbar. Das gefällt mir.« Morton schüttelte amüsiert den Kopf, wurde aber sofort wieder ernst. »Öffne den Ordner von Jonas!«, befahl er.

»Tun Sie das nicht!«, schrie Maja plötzlich dazwischen und sprang von ihrem Stuhl auf. Mit ihren gefesselten Händen versuchte sie, nach dem Handy von David zu schnappen, doch Morton packte sie und stieß sie auf ihren Stuhl zurück.

»Reiß dich zusammen, Maja. Sonst kann ich für nichts garantieren«, donnerte Morton. »Du bist doch eine kluge Frau, die an ihrem Leben hängt.«

»Ich bin aber auch bereit, für meine Überzeugung zu sterben«, verkündete Maja laut und blickte Morton herausfordernd an. »Und ich werde nicht ruhen, bis alle Welt weiß, dass Ihre radioaktiven Akkus Menschen und Umwelt verseuchen.«

»Sei still! Du redest von Dingen, die du nicht verstehst«, antwortete Morton aufgebracht und drückte die Pistolenmündung an Majas Schläfe. »Noch ein Wort, und ich drücke ab.«

»Lass das, Maja«, sagte David so ruhig wie möglich, um die aufkommende Aggressivität zu entschärfen. »Man wirft sein Leben nicht so leichtfertig weg.« Er beugte sich wieder zu dem Mobiltelefon und sprach mit Robyn. »Haben Sie erledigt, worum Morton Sie gebeten hat?«

»Sie können das live auf dem Bildschirm Ihres Laptops mitverfolgen«, versicherte ihm Robyn und gab Morton die Kennung, die er in seinen Rechner eintippte.

»Hier sehen Sie die Cloud, darin befinden sich die Ordner von Jonas. Ich öffne jetzt alle Ordner«, erläuterte Robyn jeden Schritt. »Was soll ich als Nächstes tun?«

»Löschen Sie alle Daten in den Ordnern und schicken Sie mir ab jetzt ein Protokoll über Ihre Zugriffe.«

»Alles klar«, antwortete Robyn.

Gebannt starrte Morton auf den Bildschirm, wo die Bild- und Textdateien eine nach der anderen verschwanden und sich im Nichts auflösten.

Robyn mailte das Löschprotokoll an Mortons Rechner.

»Gut«, sagte er, nachdem er die Aufzeichnung ihrer Zugriffe durchgesehen hatte.

»Nein, nein. Bitte nicht, das sind doch die Beweise für die kriminellen Aktivitäten von FuturX«, stöhnte Maja auf. Vor Wut schossen ihr die Tränen in die Augen.

»Danke, Robyn.« David beugte sich zu dem Handy, um es auszuschalten, aber in diesem Augenblick trat Morton hinter ihn und schlug ihm den Kolben der Parabellum auf den Hinterkopf.

David versuchte noch, sich auf den Beinen zu halten, doch da knickten seine Knie ein. Wieder holte Morton mit der Waffe aus und traf ihn am Schädel. David hörte Maja aufschreien, es klang allerdings weit entfernt. Der Teppich verschwamm vor seinen Augen und er sackte mit einem Stöhnen zusammen. Verbissen kämpfte er gegen die anrollende Ohnmacht an, als ihn ein neuer Schlag traf und die Welt schlagartig dunkel wurde.

David schwebte durch ein schwarzes Universum, in dem es kein Oben oder Unten und keinen Horizont gab. Hilflos kreiste er umher, trieb stetig schneller auf ein schwarzes Nichts zu, das ihn zu verschlingen drohte. Plötzlich schoss aus diesem konturlosen Nebel ein greller Blitz auf David zu und traf ihn an seiner rechten Hand, in der er nach wie vor das Handy hielt. Der elektrische Schlag war so stark, dass sein ganzer Körper von einer leuchtenden Aura umhüllt wurde und der Nebel sich lichtete. Verwirrt blickte David umher. Er lag in Majas Hotelzimmer auf dem Boden, von ihr und Morton war keine Spur zu entdecken. Noch immer zuckte sein rechter Arm und in seinen Ohren dröhnte ein leiser Brummton.

»Stein, sind Sie wieder bei Bewusstsein?«, hörte er die Stimme von Robyn aus dem Lautsprecher des Handys.

»Was ist geschehen?« David betastete die Verletzungen an seinem Kopf.

»Ich habe Sie mithilfe eines elektronischen Impulses über das Handy aus der Ohnmacht geholt.«

»Eine geniale Methode. Was würde ich nur ohne Sie machen?«, bedankte sich David. »Todesfalter ist mit Maja geflohen.« Er rappelte sich auf und presste ein Taschentuch auf die blutende Wunde an seinem Hinterkopf. »Helfen Sie mir, die beiden zu finden.«

»Das ist kein Problem, Stein. Todesfalter hat sein Handy dabei und ich kann das Signal orten.«

»Wo sind sie gerade?«

»Das Signal entfernt sich in Richtung Gipfel«, erklärte Robyn.

»Gut, dann weiß ich, wo ich zu suchen habe.«

David erinnerte sich an das große Gipfelkreuz, das er von seiner Suite aus erblickt hatte. Er lief aus dem Zimmer und ging die Galerie entlang. Er bemühte sich, so natürlich wie möglich zu wirken, um kein Aufsehen zu erregen. Wenn der Wachdienst seine blutende Wunde zu Gesicht bekäme, geriete er in Erklärungsnot und würde wertvolle Zeit verlieren. Maja war eine Zeugin, und Todesfalter würde nicht zögern, sie zu töten.

40

Les Deux Alpes – Chalet-Hotel

Die EU-Umweltminister trafen sich pünktlich in dem Veranstaltungssaal des Chalet-Hotels, der wie zuvor in das sanfte Blau der Leuchtschrift der Künstlerin Tracey Emin getaucht war.

Gloria nahm das Kunstwerk nur flüchtig wahr, denn ihre ganze Aufmerksamkeit galt den Ministern. Diese standen an den Stehtischen und unterhielten sich leise mit ihren Amtskollegen. Alle blickten kurz auf, als Gloria den Saal betrat. Sie hatte sich für ihren Auftritt die langen dunklen Haare sorgfältig geglättet und trug ein schlichtes graues, bodenlanges Kleid aus recycelter Baumwolle. Auf Make-up und Schmuck hatte sie bewusst verzichtet, so kamen ihre großen dunklen Augen noch besser zur Geltung.

»Sie sehen großartig aus.« Der persönliche Sekretär der Bundeskanzlerin trat zu Gloria, die zu einem der Stehtische schritt und nach einem Glas mit Quellwasser griff.

»Was für eine Überraschung! Ich dachte nicht, dass Sie auch hier sind«, sagte Gloria erfreut und schüttelte ihm die Hand.

»Aber natürlich, ich will mir doch Ihre Präsentation nicht entgehen lassen«, entgegnete der Sekretär mit einem wissenden

Lächeln. »Ich beobachte Sie, um mir ein umfassendes Bild von Ihrer Persönlichkeit zu machen.«

»Aber gern«, antwortete Gloria, ohne mit der Wimper zu zucken. Bald war sie am Ziel ihrer Wünsche angelangt. Dann hätte sie alles erreicht, was sie sich vorgenommen hatte. Mit eisernem Willen und der nötigen Konsequenz hatte sie sämtliche Hindernisse überwunden. Jetzt war es nur noch ein kleiner Schritt bis zu Ruhm und Anerkennung.

»Das scheint Sie nicht sonderlich zu berühren«, meinte der Sekretär.

»Ich gehe sparsam mit meinen Emotionen um.«

Das war Taktik, um ihren Marktwert in die Höhe zu treiben. Sofern tatsächlich einflussreiche Persönlichkeiten aus Politik und Wirtschaft sie diskret begutachteten, dann durfte sie nicht zu früh ihre Gefühle zeigen. Sie musste sich den Umwerbungen entziehen, zaudern, um schließlich doch zuzusagen. Denn diese Entscheidung hatte sie schon längst getroffen. Wenn es sich um das Erreichen eines Ziels handelte, war Gloria unnachgiebig. Da zählte keine Freundschaft. Genauso wie sie keine Skrupel gehabt hatte, als es sich darum drehte, die Entwicklung professionell zu vermarkten, anstatt sie der Öffentlichkeit gratis zur Verfügung zu stellen, so wie Felix das vorgehabt hatte.

»Da gibt es nichts zu überlegen«, hatte Felix auf ihre Frage geantwortet, als sie einen Spaziergang durch den Wald bis zu dem sumpfigen Marschland gemacht hatten.

»Aber wir haben alle gemeinsam an der Entwicklung gearbeitet«, warf Gloria ein und blickte zu Morton, der schweigend neben ihnen herging.

»Ihr wisst genau, dass die Grundidee, mit Kohlenstoff-14 zu experimentieren, von mir stammt. Das habe ich so auch dokumentiert.«

»Ach, du notierst dir die einzelnen Arbeitsschritte? Ist das deine
Art der Zusammenarbeit als Team, als Triumvirat?«, mischte sich
jetzt auch Morton ein.

Wieder sah Gloria zu ihm und ihre dunklen Augen glänzten
wie glühende Kohlen. Ihr langes Haar flatterte im Wind und schlug
wie eine Peitsche über ihre Schultern. Morton hatte sich Handschuhe
angezogen und stand abwartend auf der Lichtung. Gloria visierte
Felix ernst an und sagte: »Überleg es dir noch einmal.«

»Nein, die Entwicklung geht unentgeltlich an die
Öffentlichkeit.«

»Ist das dein letztes Wort?«

Felix nickte wortlos.

»So soll es geschehen«, sprach Gloria leise, und Morton setzte
sich in Bewegung.

»Sie schauen so ernst drein, meine Liebe«, bemerkte der Sekretär
und griff nach einem der Häppchen, die von einem Kellner auf
einem Tablett herumgereicht wurden.

»Ich bereite mich nur geistig auf meinen Vortrag vor«, erwiderte Gloria mit einem angedeuteten Lächeln. Felix und
Morton verschwanden aus ihren Gedanken, und sofort war
sie wieder im Hier und Jetzt. »Schließlich geht es hier um die
Zukunft unseres Europas.«

»Wie recht Sie doch haben. Darf ich Ihnen den Vorsitzenden
der Ministerkonferenz vorstellen?« Der Sekretär winkte einen
kleinen Mann mit schlohweißen Haaren zu sich. »Das, mein
lieber Ludger, ist Gloria Schmidt, die mit den Entwicklungen
ihrer Firma die Elektromobilität revolutionieren wird.«

»Sehr angenehm.« Gloria reichte dem Vorsitzenden die
Hand und prostete ihm zu.

»Sie haben in Massachusetts und Hamburg studiert, wie
ich gelesen habe?«, fragte der Vorsitzende. »Ungewöhnlich,

dass eine Frau auf dem Gebiet der Atomchemie derartig Furore macht.«

»Nun, ich orientiere mich an berühmten Vorbildern wie Marie Curie mit der Radioaktivität oder Hedy Lamarr für die Entwicklung des Frequenzsprungverfahrens. Natürlich werde ich mit meinen bescheidenen Fähigkeiten niemals deren Bedeutung für Medizin und Technik erreichen.«

»Aber, aber, Sie sollten Ihr Licht nicht so unter den Scheffel stellen«, beeilte sich der Sekretär, ihr zu widersprechen. »Ein nuklear betriebenes Elektrofahrzeug, das unbegrenzt fährt, wäre die größte Innovation des 21. Jahrhunderts.«

»Wir können damit nicht nur die Umwelt entscheidend schonen, sondern auch jedem Bürger ein kostengünstiges Auto zur Verfügung stellen«, ergänzte Gloria.

»Wie beeindruckend!«, schwärmte der Vorsitzende. »Ich bin sehr gespannt auf Ihren Vortrag.« Er linste auf die Armbanduhr und winkte seinem Assistenten.

»Wo bleibt bloß die Mitarbeiterin von Safe World, die mit ihrem Vortrag das Meeting einleiten soll?«, wunderte sich der Vorsitzende und blickte suchend umher. »Ich kann sie nirgends sehen. Sollen wir noch warten?«

»Das würde unseren Zeitplan völlig durcheinanderbringen. Am klügsten ist es, wir stellen die Vortragsreihenfolge um. Beginnen wir doch einfach mit FuturX.«

»Eine gute Idee.« Der Ratsvorsitzende nickte zustimmend und wandte sich wieder Gloria zu. »Wenn Sie nichts dagegen haben, starten wir mit Ihren Ausführungen, Frau Schmidt.«

»Aber mit dem größten Vergnügen.« Gloria stellte ihr Glas auf den Stehtisch und ging zu dem Techniker, der Bilder und Videos auf seinem Computer gespeichert hatte. Mit leiser Stimme instruierte Gloria ihn, während die EU-Umweltminister an der langen Tafel Platz nahmen.

Gloria schritt zum Podium und strich sich die langen Haare zurück. Sie wartete einige Augenblicke, bis sie die Aufmerksamkeit aller der im Raum versammelten Minister auf sich konzentriert hatte. Augenblicke wie diesen genoss Gloria. Die Dutzende Augenpaare, die sie gespannt beobachteten, verschafften ihr jene Energie, die sie emportrug und immer höher steigen ließ, bis sie eines Tages den Himmel berühren konnte. Ruhig begann sie mit ihrem Vortrag.

»Mein Bekenntnis zu einer Gesellschaft, in der es nicht nur um Geld, sondern auch um eine lebenswerte Umwelt geht, basiert auf einem Erlebnis, das ich vor einigen Jahren in Beijing hatte.«

Es war der gleiche Vortrag, den Gloria auch in Berlin an der Humboldt-Universität gehalten hatte. Hier wurde ebenfalls das Foto von Mei-Yun auf den riesigen Bildschirm hinter Gloria projiziert und Gloria schilderte zum wiederholten Mal ihren plötzlichen Sinneswandel und ihren weiteren Werdegang. Als sie ihren Vortrag beendet hatte, brandete zwar lediglich höflicher Applaus auf, doch Gloria spürte, dass sie die Mehrheit der Minister auf ihrer Seite hatte.

Routiniert bedankte sie sich mit einer Verbeugung und gefalteten Händen und stolzierte dann zu ihrem Platz zurück.

»Ein sehr interessanter Vortrag. Das wird die Zukunft der Elektromobilität, da bin ich mir sicher«, hörte sie einen Minister einem anderen zuraunen.

»Warten wir erst mal die Präsentation der Expertin von Safe World ab«, wandte sein Kollege ein. »Diese Radioaktivität ist keine ungefährliche Sache.«

»Wie lange haben wir dafür eingeplant?«, fragte der Vorsitzende seinen Assistenten.

»Ungefähr eine Stunde, dann sollte die Abstimmung stattfinden.«

»Was ist mit Maja Svenson?«

»Sie ist nicht auf ihrem Zimmer und auch sonst nirgendwo zu finden.«

»Lassen wir ihr noch die Stunde! Wenn sie bis dahin nicht erscheint, wird der Saal geschlossen und die Abstimmung erfolgt.«

Mit unbewegter Miene hatte Gloria dieses Gespräch mitgehört und angelte jetzt entspannt nach ihrem Wasserglas. Maja würde auch in einer Stunde nicht auftauchen. Und sie selbst, Gloria, würde den Himmel berühren. In dem Augenblick hatte sie gewonnen.

41

LES DEUX ALPES – GIPFELKREUZ AUF DEM BERGMASSIV

Der Himmel klarte auf und im Sonnenlicht glitzerten die verschneiten Felsen und Eisflächen wie Diamantenfelder. Sonnenstrahlen brachen sich in den Eiszapfen am Gipfelkreuz und warfen zuckende Blitze bis hinunter zum Chalet-Hotel. Morton stieß Maja vor sich her über das schneebedeckte Gelände, bis sie endlich die Gipfelmarkierung erreichten.

»Hier ist unsere Reise zu Ende«, sagte Morton, und das jungenhafte Lächeln huschte über sein Gesicht. Er trug Straßenschuhe, eine dunkle Hose und ein schwarzes Hemd, das am Kragen aufgeknöpft war und weit offen stand. Seltsamerweise verspürte Morton keine Kälte, im Gegenteil: Ihn durchflutete eine Hitzewelle nach der anderen.

»Was willst du noch?« Maja strich sich mit ihren gefesselten Händen eine Haarsträhne aus der Stirn. »Du hast doch alles erreicht, was du wolltest. Die Daten sind gelöscht, ich habe also nichts mehr in der Hand, um FuturX zu schaden.«

»Du bist ein Unsicherheitsfaktor, verstehst du?«

»Wieso das denn? Niemand wird mir glauben, wenn ich keine Beweise vorlegen kann. Welche Rolle spielst du eigentlich bei FuturX?«

»Das braucht dich nicht zu interessieren. Nur so viel: Ich habe an der Entwicklung mitgearbeitet – und zwar mit einem bedeutenden Anteil.« Morton zerrte Maja bis unter das Gipfelkreuz. Dort band er ihre Hände an das metallene Gestänge. »Sieh dich um. Ist das nicht ein traumhaftes Panorama?« Er breitete die Arme aus und hielt sein Gesicht zur Sonne.

»Bitte, lass mich gehen«, bat Maja ihn. »Ich verspreche auch, dass ich dir nicht schaden werde. Niemand wird von all dem erfahren.«

»Niemand wird von all dem erfahren«, echote Morton. »Das ist ja richtig mutig von dir, Maja.« Er ging auf Maja zu, fasste sie am Kinn und zog ihren Kopf ganz nahe zu sich heran. »Du brauchst keine Angst zu haben. Niemand tut dir weh, denn ich bin im Grunde nicht böse.« Morton schob sich noch näher an Maja heran und sein Atem hüllte ihr Gesicht ein. »In einer anderen Zeit hätten wir vielleicht ein Paar sein können, meine Intelligenz und deine Unerschrockenheit, das wäre eine tolle Kombination.«

»Du spinnst ja komplett!« Maja riss ihren Kopf so abrupt zurück, dass sie an das Eisenkreuz knallte. »Du nimmst den Tod von unschuldigen Menschen in Kauf, um ein hochgradig gefährliches Produkt zu verkaufen. Du bist nichts weiter als ein Betrüger und Mörder.«

»Wieso sagst du so etwas? Ich bin doch kein Mörder«, reagierte Morton gekränkt und musste im selben Moment an Felix und all die anderen denken.

Überdeutlich sah Morton mit einem Mal seine letzte Begegnung mit Felix. »Ist das dein letztes Wort?«, fragte Gloria. Felix nickte wortlos. »*So soll es geschehen*«, *sprach Gloria leise, und Morton setzte sich in Bewegung. In der Hand hielt er ein kompaktes Stück Holz, das er auf den Schädel von Felix niedersausen ließ. Felix stöhnte auf und ging zu Boden. Blut schoss aus seinem Hinterkopf. Gloria schrie vor Entsetzen. Raufte sich die Haare. Bat:* »*Beende es.*« *Felix lag auf dem Bauch im Laub. Sein Hinterkopf war blutverschmiert. Er stöhnte leise. Versuchte, sich aufzurichten. Wegzukriechen. Morton holte erneut mit dem Holz aus. Schlug zu, einmal, zweimal, wieder und wieder. Fühlte sich als Herrscher der Welt. War unbesiegbar. Blickte liebevoll zu Gloria, die ihn mit großen Augen anstarrte. Ihn schweigend aufforderte, Felix zu töten. Um der großen Sache zu dienen. Dann schlug er wieder zu. Bis jedes Leben aus Felix gewichen war. Gemeinsam zerrten sie Felix an den Rand des Sumpfs. Rollten ihn hinein. Sahen seinen Körper mit einem lauten Schmatzen in dem braunen Brei versinken. Morton warf das Holz hinterher. Drehte sich zu Gloria. Stirn an Stirn verharrten sie minutenlang am Rand des Sumpfs. Wurden eins für ewig. Verbunden durch die Schuld des Mordes.*

»Ich töte dich nicht«, sagte Morton und atmete tief durch. »Du begehst Selbstmord. Denn deine sogenannten Beweise gegen unser innovatives Elektrofahrzeug existieren nicht. Du hast einfach gelogen. Es gibt eine E-Mail, in der du alles gestehst. Du selbst hast deinen Freund Jonas getötet, weil du krank bist, weil du auf Gloria eifersüchtig bist, die alles hat, was du niemals bekommen wirst. Sie ist schön, intelligent und erfolgreich.«

»Du bist ja vollkommen wahnsinnig«, flüsterte Maja und versuchte, sich von ihren Fesseln zu befreien.

»Komm, ich helfe dir«, gab sich Morton zuvorkommend und schnitt das Klebeband durch, mit dem Majas Hände zusammengebunden waren. Gleichzeitig packte er sie im Genick und zerrte sie hinter das Kreuz. Stieß sie ein paar Schritte über die Eisfläche bis zu einer Kante, unterhalb derer sich ein steiler Abgrund auftat. Maja begann zu zittern, als Morton sie an den Rand schob. »Schau genau nach unten, Maja. Es sind ungefähr zweihundert Meter in die Tiefe. Der perfekte Ort, um Selbstmord zu begehen. Wann sonst fühlt man sich so frei und schwebt durch die Lüfte? Es ist nur ein kleiner Schritt. Du fliegst wie ein Vogel in die Ewigkeit und niemand wird dich finden.« Morton zog die Parabellum aus seinem Hosenbund, wischte seine Fingerabdrücke mit dem Hemd ab und warf die Waffe in die Tiefe. »Vielleicht entdeckt man dich in einigen Jahren. Dann wird man auch die Pistole mit dem Blut von David Stein finden und endlich wissen, dass du ihn getötet hast.«

Maja stemmte die Absätze ihrer Schuhe in den Schnee, um Morton aufzuhalten, der sie unnachgiebig nach vorne schob. Doch in dem Moment, in dem Majas Widerstand erlahmte und sie mit geschlossenen Augen den Tod erwartete, zerriss eine Stimme die gläserne Stille auf dem Gipfel.

»Morton Bergham – bist du wirklich ein Todesfalter?«

»David Stein, du lebst noch? Ich dachte, ich hätte dir den Schädel eingeschlagen?« Überrascht ließ Morton Majas Arme los und drehte sich zu David um.

Maja versetzte ihm einen Stoß und nutzte ihre Chance. Sofort rannte sie los, stolperte, fiel in den Schnee, blickte angstvoll zurück, doch Morton verfolgte sie nicht. Er hatte ausschließlich Augen für David Stein.

»Er will mich umbringen!«, rief Maja.

»Keine Angst, du bist in Sicherheit«, beruhigte sie David. »Verschwinde, so schnell du kannst. Du hast jetzt deinen großen Auftritt vor den EU-Umweltministern.«

»Aber ich habe keine Daten. Wir haben doch alles gelöscht«, widersprach Maja mit resignierter Stimme.

»Lass das nur Robyns Sorge sein«, beschwichtigte sie Stein und gab Maja sein Handy. »Und jetzt mach, dass du zu der Abstimmung kommst.«

Morton fühlte die zärtlichen Sonnenstrahlen in seinem Gesicht, die ihm ein schwaches Gefühl von Geborgenheit gaben, eine Wärme, die er nur kurze Zeit bei Gloria empfunden hatte.

Stein kam langsam näher. Der Kragen seiner Lederjacke war blutig, doch ansonsten schien er erstaunlich fit zu sein. Instinktiv presste Morton die Hand auf seinen rechten Unterarm, um sich Kraft von dem schwarzen Tattoo, seinem Todesfalter, zu holen. Der Schnee knirschte unter seinen Sohlen, als er auf Stein zusteuerte. Ein kalter Wind zerrte an seinem schwarzen Hemd, der Saum flatterte, als er es aufknöpfte.

»Ich habe es schon in Riga gewusst, dass du ein ebenbürtiger Gegner bist. Es sind deine Augen, die furchtlos sind und eine große Traurigkeit ausstrahlen. Genauso wie meine. Wir beide haben in der Vergangenheit Schlimmes erlebt.« Morton warf einen Blick auf die glitzernde Schneefläche, aus der das Kreuz von der Sonne bestrahlt wie die Erlösung emporragte.

»Das mag sein, aber mein Leben ist nicht so wie deines von Lügen und Tod durchsetzt. Du hältst dich für ein Genie, bist aber lediglich ein gemeiner Mörder. Jemanden zu töten ist der letzte Ausweg, wenn man mit dem Verstand nicht mehr weiterkommt«, schossen Steins Worte wie bösartige Kugeln über den schneeweißen Gipfel.

»Du sprichst aus der Zwergenperspektive, David Stein. Aber ich sage dir, dass man zum Wohle unseres Planeten vor keinem Opfer zurückschrecken darf. Du kannst natürlich nicht das große Ganze sehen, das ich von meinem Gipfel aus überblicken kann. Deshalb verzettelst du dich bei einzelnen Schicksalen. Denn was ist gut? Und was ist böse?«

»Sag du es mir«, erwiderte David kühl.

»Für einen Übermenschen zählen diese Kategorien nicht. Denn als Gott kann ich über Gut und Böse entscheiden.«

»Du tust mir leid, Morton«, verhöhnte ihn Stein. Morton wich langsam zurück und der Schatten des Kreuzes legte sich über ihn. Verzerrt hörte er David Steins Worte.

»Das Spiel ist aus.«

»Weißt du, dass ein wahrer Todesfalter keine Furcht kennt? In der Stunde des Todes erfährt er seine größte Erleuchtung.« Morton zog sein schwarzes Hemd aus, hielt es in den Wind. Dann öffnete er seine Finger und eine Böe erfasste das Hemd, trieb es wie einen riesigen Schmetterling über den Schnee. Zärtlich strich er sich über den schwarzen Falter auf seinem Arm und schritt auf den Abgrund zu.

»Ich bin der wahre Todesfalter. Ich bin das Gute und das Böse. Licht und Finsternis.« Als Morton den Rand des Abgrunds erreichte, blieb er kurz stehen. So vieles in seinem Leben wäre anders gekommen, wenn er als Kleinkind nicht von seinen Eltern ausgesetzt worden wäre, wenn er damals seinen Mitschüler Robert nicht getötet hätte. Damals war er vom Hellen ins Dunkel gegangen. Damals hatte Morton erfahren, dass er die Macht besaß, über Leben und Tod zu entscheiden. So, wie er auch jetzt entscheiden konnte. Und bewusst den Tod wählte. Mit einem eleganten Schwung stieß sich Morton von der Kante ab und stürzte lautlos wie ein Todesfalter in die Tiefe.

42

LES DEUX ALPES – CHALET-HOTEL

Maja lief auf das Chalet-Hotel zu. In ihrem Kopf hämmerte ununterbrochen die Botschaft: *Du tust das für Jonas.* Die Worte brannten sich in ihren Verstand. Sie wusste, dass ihr Vortrag jetzt von allergrößter Wichtigkeit war. Davids Handy, das er ihr gegeben hatte, summte und signalisierte eine eingehende Nachricht. Sie aktivierte das Gerät und erblickte das Gesicht einer Frau mit kurzen blonden Haaren.

»Maja«, sagte die Frau. »Hier ist Robyn.«

»Alles klar. David meinte, dass Sie die Daten von Jonas für mich haben«, erwiderte Maja, während sie die Tür aufriss und an dem verblüfften Portier vorbeieilte. »Wie können Sie mir jetzt helfen? Was ist mit den Daten passiert? Wie haben Sie das wieder rückgängig gemacht?« Während sie redete, durchquerte Maja mit weit ausholenden Schritten das Foyer, um zu dem Saal zu gelangen, in dem die Abstimmung stattfand.

»Es war eine einfache digitale Operation. Die Dateien in der Cloud wurden schon vorher kopiert und wir haben nur alles von der Kopie gelöscht. Das Original von Jonas blieb erhalten«, erläuterte Robyn.

»Cool, und wie kann ich jetzt diese Daten präsentieren?«

»Keine Sorge, ich verbinde Sie über Bluetooth mit dem Computer, der Ihre Informationen auf die Leinwand projiziert. Aber Sie müssen sich beeilen, Maja. In wenigen Minuten erfolgt die Abstimmung.«

»Ich bin schon da.« Maja hatte den Saal erreicht. Vor der Tür standen ein Mann in Zivil und ein Wachposten.

»Wo wollen Sie hin?«, herrschte der Mann sie an und stellte sich breitbeinig vor die Tür.

»Ich bin Maja Svenson von Safe World und muss jetzt einen Vortrag halten.«

»In dieser Kleidung?« Der Security-Mann musterte Maja von oben bis unten.

Verdammt, dachte sie. *In dem Jogginganzug bin ich tatsächlich nicht sehr vorzeigbar.*

»Es gibt Wichtigeres als die perfekte Kleidung«, versetzte Maja gereizt.

»Können Sie sich ausweisen?«, mischte sich der Mann in Zivil ein und hielt Maja seinen Ausweis vors Gesicht. Er zog die laminierte Karte so schnell weg, dass Maja keine Möglichkeit hatte, einen Blick darauf zu werfen.

»Mein Ausweis ist auf meinem Zimmer, aber ich habe keine Zeit mehr, denn die Abstimmung der EU-Minister findet gleich statt«, sagte Maja und trat vor Nervosität von einem Bein auf das andere.

»Tut mir leid, ohne Legitimation können Sie den Saal nicht betreten. Ich muss Sie bitten mitzukommen, damit wir Ihre Identität feststellen«, wies sie der Mann in Zivil an und packte Maja am Arm.

»Das geht nicht. Dort drinnen wird gerade über die Zulassung gefährlicher Akkus entschieden!«, rief Maja aufgebracht, riss sich los und stürzte zur Tür, die in den Saal führte.

»Beruhigen Sie sich bitte und machen Sie kein Aufsehen.« Der Wachmann griff automatisch zu seiner Waffe, die er am Gürtel trug. »Gehen Sie von der Tür weg.«

»Nein!« Maja schüttelte den Kopf und drückte die Klinke nieder.

»Maja!«, ertönte die Stimme von Robyn auf dem Handy, gleichzeitig tauchte ihr Gesicht auf dem Display auf. »Ich übernehme das!«

»Okay«, sagte Maja. Sie ließ die Türklinke los und streckte dem Beamten das Handy entgegen.

»BND, Bundesnachrichtendienst«, grüßte Robyn und hielt ihren Ausweis in die Kamera. »Maja Svenson wird im Auftrag der deutschen Bundesregierung einen Vortrag vor diesem Gremium halten, das wurde so mit dem deutschen Umweltministerium und dem Auswärtigen Amt abgeklärt.«

»Das prüfen wir sofort.« Der Security-Beamte blickte fragend zu dem Mann in Zivil, dieser runzelte nervös die Stirn und telefonierte, während die Zeit davonraste. Schließlich gab er dem Wachmann ein Zeichen, der die schwere Flügeltür öffnete. »Auf Ihre Verantwortung«, nickte er zu Robyn, und Maja konnte eintreten.

Hastig durchschritt Maja die Tür und stürmte in den Saal. Beeindruckt sah sie den riesigen Spruch »*I want my time with you*«, der sich über eine ganze Wand des hohen Raumes zog. Die Leuchtbuchstaben erstrahlten in einem zarten Blau, tauchten Wände, Tische und Stühle in ein weiches und positives Licht.

Maja sah Gloria Schmidt in ein angeregtes Gespräch mit einem Mann im dunklen Anzug vertieft. Sie kannte Gloria nur aus dem Fernsehen und von YouTube-Files. In der Realität wirkte sie nicht mehr ganz so sanft und ätherisch, denn durch die Maske der friedlichen Umweltkämpferin schimmerte ihre unerbittliche Härte.

Gloria wollte gerade einen Schluck Wasser trinken, als sie Maja bemerkte. Wie in Trance stellte sie das Glas auf den Tisch zurück. Auch der Mann im dunklen Anzug war jetzt auf Maja aufmerksam geworden und betrachtete sie mit fragendem Blick.

»Maja Svenson?« Ein kleiner Mann mit weißem Haar kam auf sie zu. »Ich bin der Vorsitzende der Kommission. Sie haben Glück, wir wollten in einer Minute mit der Abstimmung beginnen. Ich weiß nicht, ob noch genügend Zeit für Ihren Vortrag ist.«

»Bitte! Sie müssen mich anhören, es geht um Leben und Tod.«

»Aber natürlich«, sagte der deutsche Umweltminister und nickte Maja freundlich zu. »Wir möchten auf jeden Fall hören, was die Mitarbeiterin der renommierten Umweltschutzorganisation Safe World uns mitzuteilen hat.«

»Nun gut, dann beeilen Sie sich«, entschied der Vorsitzende. »Wo sind denn Ihre Unterlagen?«

»Hier!« Maja hielt ihr Handy in die Höhe. »Ich brauche nur einen Rechner, dann bin ich so weit.«

»So geht das nicht!« Plötzlich stand Gloria Schmidt vor ihr. Sie überragte Maja um einen Kopf und wirkte mit ihren blitzenden Augen wie eine Rachegöttin. Ihre negative Präsenz war förmlich greifbar, als sie Maja zuzischte: »Verschwinden Sie auf der Stelle!«

»Ich decke Ihre Machenschaften auf, Frau Schmidt«, entgegnete Maja. Sie wich keinen Millimeter zurück und eine große Ruhe überkam sie. »Ich werde jetzt allen Anwesenden zeigen, was Ihr Unternehmen in Wirklichkeit macht.«

»Sie haben ja keine Ahnung, wie das Business abläuft. Man muss mit einer Innovation immer der Erste sein.«

»Ihnen ist doch egal, dass diese Nuklearbatterien eine Gefahr darstellen!«

»Das bisschen Radioaktivität schadet niemandem«, ließ sich Gloria zu einer gewagten Aussage hinreißen.

»Sie geben also zu, dass Ihre Erfindung nicht ausgereift und gefährlich ist?«

»Das habe ich so nicht gemeint«, versuchte Gloria, sich herauszureden.

»Ich fand Ihre Aussage aber völlig klar«, konterte Maja. »Ihnen ist die Umwelt völlig egal. Alles, was sie wollen, ist, Profit aus dieser Entwicklung zu schlagen.«

»Du mieses Stück Dreck. Du bist eine ebensolche Ratte wie dein idealistischer Freund Jonas. Ihr seid alle gleich. Felix war genauso. Wollt mit eurem Idealismus die Welt retten. Sie zu einem Ort für das Gute und Schöne machen. Aber die Welt ist böse und hässlich«, keifte Gloria. Sie zerrte ihr Handy aus einer versteckten Tasche ihres Kleides und wählte mit zitternden Fingern eine Nummer.

»Morton, wo bist du, verdammt noch mal?«, rief sie verzweifelt mit hochrotem Gesicht. »Wieso ist die Schlampe hier und nicht tot?«

Alle Gespräche verstummten und die Umweltminister betrachteten Gloria wie ein exotisches Tier, das von einer ansteckenden Krankheit befallen war und vor dem man sich unbedingt fernhalten musste.

»Frau Schmidt, ich würde Sie bitten, den Saal zu verlassen, damit Frau Svenson mit ihren Ausführungen beginnen kann«, sagte der Vorsitzende und strich sich durch seine weiße Mähne. Der persönliche Sekretär der Bundeskanzlerin erhob sich ebenfalls und knöpfte sein Sakko zu. Ohne Gloria eines Blickes zu würdigen, ging er langsam auf Maja zu. »Was Sie da erwähnt haben, hat mich neugierig gemacht. Es wäre schön, wenn junge Menschen wie Sie in Zukunft in beratender Funktion für uns tätig würden.«

»Das kommt ein wenig überraschend«, antwortete Maja perplex.

»Sie brauchen das auch nicht jetzt zu entscheiden«, erklärte der Sekretär und schüttelte Maja die Hand.

»Ich habe mich leider in Ihnen getäuscht«, sagte er beiläufig, als er an Gloria vorbei nach draußen ging.

Gloria wollte etwas darauf erwidern, biss sich aber auf die Lippen und schwieg. Sie musterte Maja noch einmal mit einem eiskalten Blick, dann warf sie ihre langen Haare mit einer herrischen Bewegung nach hinten und stolzierte zum Ausgang. Maja blickte ihr hinterher und sah, wie Gloria von dem Mann in Zivil aufgehalten wurde.

»Madame Schmidt? Französische Geheimpolizei. Wir wurden von unseren deutschen Kollegen um Amtshilfe gebeten. Kommen Sie bitte mit. Wir haben einige Fragen an Sie.«

Als sich die Türen hinter Gloria geschlossen hatten, trat Maja auf die Bühne und begann mit ihrem Vortrag.

»Ich präsentiere Ihnen hier Beweise für die Gefährlichkeit dieser Nuklearbatterien und zeige Ihnen Interviews mit Mitarbeitern von FuturX. Diese Dokumentation wäre ohne Jonas Lindström nicht möglich gewesen, er hat sein Engagement mit dem Leben bezahlt. Für dich, Jonas!«

Als sie ihren toten Freund erwähnte, musste Maja kurz schlucken, doch sofort riss sie sich zusammen und begann, Fakt für Fakt auf den riesigen Bildschirm zu werfen und zu erläutern. Sie erzählte von den illegal ins Land gebrachten Brennstäben, vom lettischen Geheimdienst und Teilen der Regierung, die von Gloria Schmidt und Alexej Alexandrowitsch bestochen worden waren. Sie präsentierte Messungen an den Akkus, die nachwiesen, dass eine hohe radioaktive Konzentration vorhanden war, und zum Schluss zeigte sie ein Gutachten, das den angeblich natürlichen Unfalltod von zwei FuturX-Mitarbeitern infrage stellte, da bei beiden eine tödliche Dosis Radioaktivität festgestellt worden war. Sie entwarf ein Zukunftsszenario und demonstrierte, was eine europaweite Produktion von FuturX-Akkus für die Umwelt und die Menschen bedeuten würde.

Als Maja geendet hatte, herrschte kurz Stille in dem Saal. Dann brach eine erregte Diskussion aus, die der Vorsitzende nur mit Mühe bändigen konnte.

»Ich denke, eine Abstimmung über die Zulassung der Elektrofahrzeuge von FuturX ist hinfällig«, schlussfolgerte der Vorsitzende schließlich und blickte in die Runde. Die Minister hoben die Hände und signalisierten damit ihre Zustimmung zu seiner Einschätzung. »Der Antrag auf Zulassung wird abgelehnt.«

Als Maja vom Podium stieg, spürte sie plötzlich, wie sich das Adrenalin aus ihrem Körper verflüchtigte und sie eine bleierne Müdigkeit befiel. Langsam ging sie zur Tür und sah David, der mit verschränkten Armen am Türrahmen lehnte. Auf seinem Hinterkopf klebte ein großes Pflaster. Er wirkte mitgenommen.

»Was ist mit Morton?«, fragte Maja. »Gloria Schmidt wurde festgenommen, das hätte ich nie gedacht.«

»Er hat sich der irdischen Gerechtigkeit entzogen«, meinte David kurz, um abrupt das Thema zu wechseln. »Gratuliere zu deinem Auftritt. Mir gefallen diese innovativen Projekte und dein Idealismus. Ich finde es bewundernswert, wie bedingungslos du dich für eine bessere Welt einsetzt.«

Plötzlich summte sein Handy, das Maja noch immer bei sich hatte.

»Oh, dein Handy. Du hast einen Anruf.« Sie reichte David das Mobiltelefon.

»Es ist eine unbekannte Nummer«, sagte David und nahm das Gespräch an. Da Maja zuvor den Lautsprecher aktiviert hatte, konnte auch sie den Anruf mithören.

»Hier spricht Doktor Rafi Samir aus dem General Hospital in Beirut. Sind Sie David Stein? Wir haben Ihre Telefonnummer bei einer schwangeren Frau gefunden, die auf der Intensivstation liegt und um ihr Leben kämpft. Ihr Name ist Leyla Khan.«

43

Der Horizont färbte sich blutrot, als die Sonne hinter den Hügeln unterging und die letzten Strahlen über die Terrasse der Finca strichen. David saß an dem rohen Holztisch und telefonierte.

»Wann kann ich die Wiege abholen?«, fragte er den Besitzer eines kleinen Geschäfts in Ses Salinas, der Babywiegen aus einem Stück Holz fertigte. Vor vier Wochen noch war David in Beirut gewesen und hatte an dem Krankenbett von Leyla gesessen, ihre Hand gehalten und gehofft, dass sie aus dem Koma erwachen würde, in das sie nach einer Notoperation gefallen war, die nötig gewesen war, um das Kind zu retten.

»Sie hat schwere innere Blutungen, aber wir können sie nicht erneut operieren, solange sie im Koma liegt. Das ist zu riskant«, erklärte Doktor Samir, der Leyla betreute.

»Wird sie wieder zu sich kommen?«, fragte David und spürte einen Kloß im Hals, als er das wachsbleiche Gesicht von Leyla sah, die über einen Schlauch künstlich beatmet wurde.

»Das ist schwer zu sagen. Zumindest geht es dem Baby gut«, erklärte der Arzt und klopfte David aufmunternd auf die Schulter. »Kommen Sie mit und begrüßen Sie Ihren Sohn.«

Mit schweren Gliedern stand David auf und ging mit dem Arzt in den Nebenraum. Dort sah er einen Brutkasten aus Plexiglas, in dem ein winziges Baby lag und friedlich schlummerte.

»Das ist mein Sohn«, flüsterte David gerührt und strich über die Kunststoffabdeckung. »Er sieht mir ähnlich, finden Sie nicht auch?«, meinte er an Dr. Samir gewandt.

»Das sagen alle Väter«, erwiderte Dr. Samir lächelnd. »Aber ja, eine gewisse Ähnlichkeit ist vorhanden.«

»Wie lange muss er in dem Brutkasten bleiben?«

»Das Baby kam ungefähr drei Wochen zu früh auf die Welt. Es ist eine reine Vorsichtsmaßnahme. In einer Woche können Sie das Baby mit nach Mallorca nehmen.«

»Und die Mutter? Was ist mit Leyla? Wie sehen ihre Chancen aus?«, erkundigte sich David mit heiserer Stimme.

»Wie ich Ihnen schon sagte, das hängt von vielen Faktoren ab. Aber am wichtigsten ist, dass Leyla spürt, dass jemand bei ihr ist, der sie liebt«, sagte Doktor Samir ungewöhnlich einfühlsam.

Seit damals waren vier Wochen vergangen und David war zurück auf der Finca. In Windeseile hatte er übers Internet einen Schnellkursus in Babypflege gemacht und auch eine Kinderfrau gefunden, die sich gerade um den kleinen Jungen kümmerte. Noch immer war sich David unschlüssig, welchen Namen er dem Kind geben sollte. Das würde wohl noch einige Tage intensives Nachdenken bedeuten.

Sein Handy auf dem Holztisch vibrierte.

»Hier ist Maja. Ich wollte mich für alles bedanken, was du für mich getan hast.«

»Wo bist du gerade, Maja?«

»Ich bin in Stockholm. Die Leiche von Jonas wurde in einem Kühlraum von FuturX auf der Insel vor Riga gefunden. Morgen ist das Begräbnis«, antwortete Maja mit trauriger Stimme. »Was hat sich mit dem Unternehmen ergeben?«

»Nun, Alexej Alexandrowitsch hat sein Engagement beendet und gegenüber den Behörden ausgesagt, dass er von all diesen Machenschaften nichts gewusst hätte. Er ist wieder in Moskau.«

»Was ist mit Gloria Schmidt?«, fragte Maja zögernd. »Sie war ja die treibende Kraft hinter allem.«

»Gloria Schmidt sitzt im Untersuchungsgefängnis«, antwortete David. »Robyn hat mir übrigens eine Aussendung des Kanzleramts gemailt, in dem jegliche Verbindung von Gloria zum Kanzleramt abgestritten wird.«

»Ach, Robyn«, stieß Maja nachdenklich hervor. »Sie hat mir sehr geholfen. Sie ist ein technisches Genie. Wir wären alle zusammen ein gutes Team.«

»Wen meinst du damit?«

»Na, dich und Robyn. Warum unterstützt du mich nicht in Zukunft dabei, die Welt zu verbessern?«, schlug Maja spontan vor. »Du bist doch auch ein Idealist.«

»Ich? Das hat mir noch niemand gesagt.« David lächelte breit, ehe er antwortete. »Das ist sicher eine Überlegung wert. Ich lasse es mir einmal durch den Kopf gehen.«

»Gib deinem Herzen einen Stoß. Es gibt in dieser Welt noch viel zu tun«, sagte Maja. »Schau dich bloß um auf der Erde. Vergiftetes Saatgut, lecke Atomkraftwerke, versmogte Städte, mit all dem beschäftige ich mich bei Safe World. Bis bald, David.«

»Ja, bis bald, Maja.« Nachdenklich ließ David das Handy sinken und dachte nach. Dann schrieb er spontan eine Mail an Maja und Robyn.

Als er sie verschickt hatte, entdeckte er in der Ferne eine Staubwolke, die sich gegen den blutroten Abendhimmel abhob. Es war ein Mountainbike, das sich über den staubigen Weg der Finca näherte. Vor der Terrasse bremste der Fahrer ab und stellte das Rad an das Geländer.

»Ich kann endlich wieder Rad fahren«, freute sich Leyla und nahm ihren Helm ab. Sie fuhr sich durch die verschwitzten Haare und kam zu ihm an den Tisch. »Es geht aufwärts.« Sie gab David einen Kuss auf die Stirn und drehte sich zur Tür.

»Hat er mich vermisst?«, fragte sie.

»Unser Sohn hat die ganze Zeit nach dir gefragt«, machte David einen Scherz. »Nein, er schläft.«

»Die schwarzen Vögel haben mich noch einmal in Frieden gelassen«, meinte Leyla, als sie mit dem Baby auf dem Arm zurückkam. »Aber eine weitere Chance werden sie mir nicht geben, wenn ich mich nicht ändere. Deshalb werde ich mich völlig von allen Aufträgen zurückziehen, die du aber sicher wieder annehmen wirst. Doch denk daran, dass du jetzt einen Sohn hast, der einen Vater braucht.«

»Ich weiß, darüber habe ich lange nachgesonnen«, stimmte David zu und stand auf.

Leyla wiegte das Baby auf dem Arm, das zufrieden mit dem Daumen im Mund schlummerte.

»Unser Sohn braucht seine Eltern«, sagte er und blickte in den Sonnenuntergang. »Ich habe Maja Svenson und Robyn soeben auf unsere Finca eingeladen. Gemeinsam wollen wir als Team ein sinnvolles Projekt für die Zukunft besprechen. Etwas, bei dem wir nicht den Tod bringen, sondern Leben retten.«

ENDE

Zeitfracht Medien GmbH
Ferdinand-Jühlke-Straße 7
99095 Erfurt, Deutschland
produktsicherheit@kolibri360.de

Druck:
CPI Druckdienstleistungen GmbH
im Auftrag der
Zeitfracht Medien GmbH
Ein Unternehmen der Zeitfracht - Gruppe
Ferdinand-Jühlke-Str. 7
99095 Erfurt